魔豆

魔豆

城隍

賽米絲物語

2

蒼葵——著

城隍
賽米絲物語
2

目錄

楔子

東方地府，一個屬於亡者的世界。

那裡終年不見天日，濃闃的黑暗充斥整片天空，即使仰頭極力觀望，也見不到熟悉的星星、月亮，更別說是陽光了。

在活人的想像中，這樣的地方陰森、恐怖，甚至充滿血腥的刑罰。因爲人死後都必須至此面對自己生前犯下的過錯，依輕重論定罰則。

然而事實上，除了終年不見天日，除了罪大惡極的亡魂會被流放到十八層地獄，所謂地府，可說是陽世另一面的縮影。

還未分發到投胎轉世的人們，就像活著時一樣生活、工作，閒來無事還會看看「酆都日報」，看地府裡的陰間神祇或是哪個公務員有沒有什麼八卦被拿出來寫。

而最近這段時日，地府各處不論是閻王殿、城隍府，或是酆都城，一直關注的最大頭條新聞，皆是他們的城隍成爲了交換學生，前往西方的賽米絲學園就讀。

對此，大部分鬼魂都表示想念，希望能早日看到那名外貌可愛的神祇歸來。

當然，也有少部分鬼魂暗自竊喜。

這類鬼魂，通常是想要逃避刑罰的犯罪者。

由城隍統轄的城隍府，除了負責追緝逃離地府、躲藏人間的鬼魂外，若地府有誰作亂，也是他們前往鎮壓。

換個角度想，城隍府可說等同於人界的警察機關。

如今最高掌權者不在，有的罪犯就忍不住動起歪腦筋。

獨眼就是其中一個。

「獨眼」當然不是他眞正的名字，他生前是一名黑道分子，和其他幫派搶地盤時賠上了一隻眼睛，之後這綽號便一直跟著他，死後亦是如此。

嚴格來說，獨眼活著時所犯下的罪，並不足以讓他被流放至十八層地獄中的任一層。他和絕大多數人一樣，都生活在酆都中，只不過他對於找工作嗤之以鼻。他寧願當個扒手，有時再找上比自己弱的傢伙收收保護費。

只要不把事情惹大，那些受害者通常會當作沒這回事。畢竟不管是死是活，一般人都不怎麼想和警察打交道。

而獨眼永遠不會忘記在這天，當他扒了個倒楣鬼的錢包，又恰好瞄見酆都日報——頭條是城隍留學——他突然生起一股強烈的念頭。

如果選在城隍府群龍無首的時候……趁機逃回人間會不會過得比較輕鬆？

他是沒有被丟到十八層地獄，但要輪到他投胎轉世還得百年以上，甚至不知道能不能轉世為人。

這念頭一萌生就難以消除，在欲望驅使下，獨眼終於大著膽子做了。

他要逃出這個地府！他要過上沒有鬼差監管的自由生活！

身為鬼魂的最大好處，就是身體沒有固定形狀，隨時可以像煙或霧地飛往空中——當然不能隨意闖進他人房子，酆都裡的建築都是以特殊材質建造的。

利用鬼魂特質，獨眼離開酆都城，偷偷接近冥河。

根據小道消息，冥河有個地方能讓他們這些鬼魂偷渡到人間。

這事自然不知眞假，但獨眼心想，若眞能成功，他就自由了。

然而獨眼怎樣也沒料到，他好不容易才在不引人注意的情況下來到冥河畔，就有兩名鬼卒發現他的存在，立刻前來逼問。

就像大多數罪犯見到警察，獨眼下意識拔腿就逃。

不逃還不打緊，這一逃，擺明就是有問題，於是兩名鬼卒馬上追了上來。

獨眼眞是恨死自己的反射性行為，他不敢往東西兩個方向跑——開什麼玩笑，那裡可是閻王殿和城隍府，他瘋了才會羊入虎口！

最後獨眼還是逃回了酆都城，城裡人口多到難以計數，要想抓到他並非易事。

獨眼盡可能遵循「藏一棵樹，就要藏進森林裡」的原則，盡量往人多的地方鑽，又挑些大樓之間的小巷跑，不一會兒，那兩名鬼卒就不知道被他甩到哪裡去了。

獨眼靠著水泥牆，調整一下呼吸——他們還是可以呼吸的，不因成為亡者就有所改變——

接著他拍拍身上衣物的灰塵，拉了下外套襟口，準備若無其事地走出去。

他相信那兩名鬼卒也不可能把他的樣子記得一清二楚。

獨眼很快就要走出大樓間的小巷，來到車水馬龍的大馬路。

但是，卻有一道高大身影無預警地擋住巷口。

獨眼嚇了一大跳，反射性退一大步。他自認不矮，可是和忽然擋住去路的人影比起來，頓時矮了一個頭不只。

那是誰？

由於小巷昏暗，天空又終年一片黑，因此獨眼只能勉強辨認出對方是一名高大的男性，披著白大衣，臉上似乎戴著面具，無法看清長相。

無論對方是誰，獨眼腦中都響起了危險的警報。

對方絕對不可能無端擋住他的去路！

獨眼不假思索，馬上轉頭往另一方向狂奔。可他沒有想到，另一端巷口竟也走出一道高大的身影。

同樣身披白大衣，同樣臉覆面具，身高、體型和另一人簡直如出一轍。

要不是獨眼回頭確認過自己身後，他一定會認爲是後方那人跑至他的前方。

既然前後兩方都被人阻擋，獨眼心念一動，打算即刻化作煙霧從高空逃竄。

然而意料之外的事發生了。

獨眼下一秒驚恐地發現，自己沒辦法變形。

獨眼臉上閃過慌張，尤其在見到兩方人影都向自己邁出腳步時，手心更是冒出了汗。

他下意識掏出小刀，緊緊握住，決定要從左方突破，雙腳快速奔跑起來，嘴裡發出凶狠咆哮。

「啊啊啊啊啊啊啊！」

「張其，卒年三十七，台北市，北投人。」一道低沉年輕的男聲說道。

獨眼面前的青年舉起一隻手，剎那間他就撞上了一堵看不見的牆壁，狼狽地跌坐在地，小刀也脫手而出。

他匆匆撿起小刀，心慌意亂地貼靠上大樓外牆，臉上表情帶著惶恐。他終於意識到，左方的青年說出的是他真正的名字、死亡年齡和生前居住地。

他們是誰……他們是什麼人！

彷彿不知道獨眼內心的恐懼，乍看下簡直像是鏡中倒影的兩名青年同時在距離一公尺外的位置停下腳步，身前平空各浮現出一盞紅燈籠。

紅色向來給人熱情、熾烈、富有生命力的印象，可獨眼看見的卻不是如此。映入他眼中的兩抹紅都是安靜的、死寂的，讓人打從心底生起寒意。

獨眼再怎麼蠢也知道對方不是好欺負的角色，全身都快冒出冷汗。他試圖想再尋找逃脫路線，只是這樣的想法在看清對方臉上的面具後，就被冷風吹得煙消霧散。

獨眼臉色發白，原本握著的小刀掉落在地，砸出清脆的聲響。

即使那兩名高大青年伸手摘下面具，露出俊朗且相似得不可思議的臉孔，獨眼的目光還是死死地盯在那兩張面具上。

那是兩張色彩詭艷的面具，勾勒在上頭的花紋肖似牛頭與馬面！

獨眼雙腳一軟，要不是還靠著牆，恐怕就直接跌跪下去了。就算他的鬼魂資歷沒多久，和酆都其他老資格鬼魂比起來可說是小年輕，但不代表他孤陋寡聞。

地府裡的亡者都知道，這裡唯有八人會臉覆古怪詭異的臉譜面具——他們不是別人，正是城隍麾下的八大將軍！

而在這當中，最廣為人知的六位將軍：少年外表的是日遊巡將軍，高眺女子是夜遊巡將軍；總是一起行動，個子一高一矮，外貌也是一成熟一稚氣的兩名女性，各是謝將軍、范將軍；最後的兩位將軍則是一對雙胞胎兄弟。

比起他們的將軍稱謂，更多人喊的是……

「牛爺……馬爺……」獨眼聲音都在顫抖了，他作夢也沒想到這兩號大人物會出現在自己面前。

「為、為什麼你們還在地府！你們這群變態城隍控不是都跟去西方了嗎！」獨眼驚慌失措地發出慘叫。

「兄弟，你聽見了沒有？」阿防笑嘻嘻地說，那張俊朗面孔上笑容耀眼，甚至還有一絲大男孩般的天真爛漫，「我們對大人的愛已經是眾所皆知了哪。」

「我聽見了，兄弟，我的耳朵又沒聾。」羅刹懶洋洋地回答，他睨了獨眼一眼，嘴角也勾起與阿防相似的笑，「感謝你認同我們對大人的愛，但是我家大人豈是你小小亡魂不加尊稱就可以直呼的？」

「張其，你該喊的是城隍大人。」阿防耀眼的笑容未變，然而那雙眼睛裡卻冰冷得毫無笑意，「多次偷竊、勒索，如今還試圖逃離地府，你當眞以爲大人不在，像你這種小鬼就可以大膽放肆了嗎？」

「可惜，你這次打錯如意算盤了，我們可不會容許大人的威嚴受雜魚挑戰。」羅刹向旁伸出右手，一柄氣勢懾人的鋼戟瞬間握在手中。

獨眼全身發抖，他曾聽人說過，牛將軍和馬將軍對人向來不拘小節、毫無架子，但只要牽扯到城隍，他們的性子就會大變，如同狂犬。

他剛大意直稱城隍，再加上先前罪狀，如果被他們帶走……不不不！他不要被帶到閻王殿！他絕對不要被流放到十八層地獄中的任一層！

或許是恐懼激發出抵抗心理，獨眼大吼一聲，也不知道從哪裡生出的勇氣，奮力往其中一人撞去，試圖爲自己爭取一條生路。

成爲目標的阿防不以爲意地挑挑眉，他手一揮，獨眼的身子就像被一股看不見的力量掀翻出去，重重摔跌在地。

獨眼摔得眼冒金星，他害怕地仰起脖子，拚命搖頭擺手地大叫，「我不敢了！小的死也不敢再犯了啊！求兩位大人饒過小的吧——」

回應獨眼的是兩道鋒利銀光，兩柄鋼戟同時交叉而過，快若流星地刺入他脖子兩側的路面。

阿防、羅剎居高臨下地俯視著那個中年鬼魂，眼中是毫無感情的冰冷笑意，嘴角拉出的笑容更是不見親和，只見猙獰。

兩名將軍獰笑著開口。

「可惜，你早就已經死了。」

將面如死灰的逃犯隨手扔給一名路上見到的鬼卒，要他將人押到閻王殿後，阿防和羅剎幹勁全失地踏上了返回城隍府的路途。

「啊啊，有夠無聊的……大人不在，抓到犯人也不會有人給我們摸摸頭了。」羅剎雙手枕在腦後，無視水中亡魂的哀號，以及那不停伸出想抓取什麼的手，直接踏上冥河河面，大步往他們的家走去，「我好想大人給我摸摸頭哪，兄弟。」

「同感，我也快得了大人不足症了啊。」阿防洩氣地咕噥著，同雙生兄弟一樣，直接踏水前行。

縱使冥河裡有許多正在受罰的鬼魂們，可是誰也不敢貿然接近那兩名體型、外貌都相似得不可思議的身影。

「可惡，羨慕死長照和炫姊了，爲什麼偏偏是他們先過去？論對大人的愛，我們兄弟是絕對不會輸的，我們可是大人的狗耶！」

「沒辦法，只好等長照回來，在他的茶裡放瀉藥了。然後我們一定要搶在謝必安和范無救之前，與長照、炫姊接棒，過去那個什麼學園的。」

「難得聽你說了人話，兄弟。沒錯，就這麼辦……嗯？」阿防的雙眼忽然瞇了起來，凝望遠方。

羅剎也注意到不對勁，枕在後腦的雙手放下。

這對兄弟互望一眼，腳下瞬間使勁，迅雷不及掩耳地掠向岸上，奔回矗立在前方的宅邸。

還沒到門前，阿防、羅剎就見一群士兵慌慌張張地向他們擁上。

「將軍！」

「牛爺！馬爺！」

「不得了了！發生事情了！」

這群穿著簡單防身軟甲、手上還拿著武器的男人們七嘴八舌地嚷著。

「另外兩位將軍突然回來了！」

「另外兩位將軍突然消失了啊！」

一群男人湊在一起，簡直比菜市場還吵。

阿防當下沉了臉，斂起微笑，低沉地一喝，「夠了，統統安靜！吵什麼吵？虧你們還是五營兵將的一員，吵吵鬧鬧的成何體統！」

剎那間，所有人都閉上嘴巴，挺直背脊站好。

「你。」羅剎接著點名，「把事情說清楚，說得不清不楚就全體訓練翻三倍。」

「是、是！」被點到名的男人戰戰兢兢地大聲回答，「稟告牛爺、馬爺，方才我等正接受七姑娘和八姑娘的武技指導，半空忽然出現一面華麗的大鏡子。七姑娘和八姑娘見了臉色大變，接著衝進鏡子裡，然後就像是作爲交換，日、夜遊巡兩位將軍自鏡內出現了！他們一落地便立刻返回城隍府內，現在人還待在裡面，沒有出來露面！」

「鏡子……空間之鏡……不是吧！」阿防臉色大變，「該死的，居然還是讓謝必安和范無救搶先了！」

「可惡啊！我們就只晚那麼一步嗎？」羅剎惱怒地咂下舌，隨後大手向眾兵將一揮，「解釋得很清楚，但太長了，所以訓練加一倍。有什麼意見的話，下個月的指導人直接換我跟阿防。」

這話一出，所有人登時像逃難般地鳥獸散，深怕再多逗留一秒，下個月的武校場指導人眞的會換成兩人。

雖說謝必安和范無救也是魔鬼訓練主義者，指導起來只會更嚴苛，不會放鬆，但再怎麼說兩位都是賞心悅目的女性，視覺效果比較能帶來安慰。假使換成羅剎、阿防，先不說他們的長相令同性嫉妒，更可怕的是他們摔起人來往往一次就能將人摔昏。

也不管那些彷彿屁股後有火在燒的下屬們，阿防和羅剎快步奔進城隍府裡，第一時間衝去的是梁炫的房間。

沒想到剛接近梁炫院落，兩人遠遠就看見房門上貼了張白底黑字的公告。

兄弟倆緊急煞住腳步，小心翼翼地躡手躡腳靠近。

紙上直接寫明了這是給他們看的訊息。

阿防、羅剎：

我等已和必安、無救交接，如今由她們倆接手保護大人的職責。我等尚須休養，別吵我，也別去長照那吵他，否則殺無赦。

梁炫　筆

看著紙上優美又透著英氣的字跡，阿防、羅剎對望一眼，小心翼翼地退了出去。

直到來到確定不會吵到梁炫的迴廊上，他們才吐出一大口氣。

「眞的被搶先了……」阿防倚著廊柱，瞪著上方的雕刻。

「明明可以輪到我們的……就差那麼一點點……」羅剎也是相同姿勢。

「下次，下次絕對要換我們過去才行，我已經快受不了看不見大人的日子了！」

「我也一樣，兄弟，我們絕對不能讓金、銀那兩個傢伙贏我們！」

「說的好！萬一下回是他們贏，兄弟，你就切腹謝罪吧！」

「說那什麼蠢話？要切也是你切！」

阿防和羅剎直起背脊，怒目而視，可下一瞬，兩人都放下了環胸的手臂，覺得自己只能在這裡和對方爭論這種事，實在無比空虛。

「好想給大人摸摸……」

「好想給大人抱抱……」

兩名鬱悶的青年同時嘆了一口氣。

「謝必安和范無救現在一定正盡情地做我們想做的事啊……」

發出如此失落嘆息的他們並不知道，此時此刻藉著空間之鏡趕往西方賽米絲學園的謝必安、范無救，她們正遇上了……

一 謝必安、范無救

「七娘！八娘！」

空間之鏡穿出的兩抹人影一落地，各用白羽毛扇和黑紗折扇擋下持著刀叉的章魚觸手，被困在白絲中的艾草忍不住又驚又喜地喊道，素來缺乏表情的小臉也覆上一層光采。

外表看似年幼女童，但眞實身分爲東方地府城隍的艾草，奉命前來西方的賽米絲學園就讀，藉此增進東西兩方的交流。

而就在她和新認識的西方朋友一同執行加分任務、想找出關於「人魚之淚」的線索時，卻在一座湖中塔內碰上危機，幸好危急之際強力援兵及時到來。

那是一高一矮的兩名女性，高的那位是成熟婉約的女子，古典美的白皙臉蛋上戴著一副細框眼鏡，唇畔掛著溫柔似水的微笑，手持白羽毛扇，頭戴奇異高帽；另一名矮個子身影與女子成了對比，是位膚色黧黑的女孩，眼露好勝精光，露出笑容時還可看見小虎牙，手上抓的是柄黑紗折扇，腰間插有一面黑底金字的令牌。

聽見艾草的呼喚，與梁炫、長照交接的謝必安以及范無救登時欣喜萬分地回過頭，喊出了令她們無比想念的兩個字。

「大人！」

但即使內心再喜悅，謝必安依舊不忘以最快速度掌握眼下情況。

城隍大人和其他不認識的路人甲、乙、丙、丁（以下省略）被困，水池裡有一隻醜陋的大章魚……

這隻擁有十隻觸手，會吐絲、吐毒煙的龐然生物一時反應不過來，似乎忘了就算兩隻觸手被擋下，也還有另外八隻觸手可以反擊，兩顆探照燈般的大眼睛就這麼直直地盯著那一黑一白的身影。

「大人，請先容我等處理這傷妳眼的低能生物，之後再向妳表達我等再見妳的無上歡喜。」謝必安柔聲吐出話，隨即白羽毛扇再一動，「無救，動手！」

當謝必安的扇子一舉擊退那隻粗大觸手的同時，范無救也行動了。

「了解，就看我的吧，必安！」范無救笑嘻嘻地收折黑扇，那具嬌小身子在大章魚終於反應過來之前，已靈活鑽入多隻觸手底下的空間。

范無救似舞蹈般揮動著手臂與黑紗折扇，每一次揚起落下，扇緣就帶起一道弧形鋒芒，緊接在後的赫然是一隻隻觸手掉落，砸在地上。

看似無害的黑扇宛如刀鋒銳利，眨眼間，一半以上的章魚觸手都被削成了半截。

劇烈的疼痛猛然襲來，大章魚的兩顆眼睛因憤怒和劇痛而充血通紅，牠瘋狂地想要揮甩為數不多的完整觸手，最好可以一口氣拍死那兩抹跳竄來、跳竄去的矮小人影。

「哎呀，不經思考就只想要訴諸暴力的行為，這已經不是低能，而是連腦子都沒有了，是吧？」謝必安扇子一揮，多根羽毛即刻疾射而出。

小小的羽毛在接近觸手時自動變化成鋒利的細長刀片，「噗滋」一聲，刺穿了粗大的觸手，將之釘在地上。不論大章魚如何抽扯觸手，看似纖細脆弱的刀片就是不動。

「就說這隻章魚聽不懂妳的話啦，必安。」范無救哈哈大笑，她像隻野獸敏捷地直衝向前，再高高躍起。不給大章魚反擊的餘地，她已經來到那顆碩大圓腦袋的正上方，瞬間收起黑扇，改抽出腰間令牌。

范無救臉蛋上的笑容越來越大，最後成了野蠻的弧度。

「五、四、三、二、一，大！」

小小的令牌剎那間體積加倍，「賞善罰惡」四個金字讓人看得如此清楚。高舉放大版的令牌，范無救一個空中擊打，將那隻大章魚擊入水池裡。

那股驚人的蠻力，讓人難以想像出自那雙細瘦的手臂。

高高的水花激濺起又落下。

很快地，池面上就只剩下幾個咕嚕咕嚕的氣泡，大章魚沒有再浮起來。

「啊！」跳回地上的范無救扛著令牌，拍了一下額頭，「打太順了，這樣不就沒下酒菜可以吃了嗎？喂，必安，我們沒有下酒菜可以吃了啦。」

范無救一轉頭，登時看見謝必安已走到艾草等人前面，羽毛扇對著白絲一劃，那些困縛住他們的白絲紛紛斷裂。

身前。

范無救立刻將下酒菜的事拋到腦後，她將令牌變小插回腰間，三步併作兩步地跑至艾草

「大人，能再見到妳，我等滿心歡喜！」

一高一矮的白黑身影同時單腳屈膝，對著艾草低下了頭顱。

這一幕看在其他人眼裡，頓時又引起一陣驚疑。

尤其是稍早前才得知艾草眞正身分的拉格斐、菈菈和伊梵，他們錯愕地瞪著那突然從一面鏡裡出現、又突然打倒大章魚的女子與女孩，直到這時才終於對艾草的身分有眞實感。

那名個子小、黑髮、黑眼睛、臉上沒有太多表情的小女孩，原來眞的是東方的神。

「野薔薇，快拿出妳的手機拍照啊！東方的神耶！聽起來好稀奇，感覺要跟妳差不多稀……！」野薔薇手上的南瓜手偶忽地又沒了聲音。

「細細，這種時候應該要安靜，然後有禮貌地跟人道謝才對。」

野薔薇把從地面拾起的石頭塞進南瓜手偶嘴中，輕蹙眉頭，給了它責備的一眼，接著拘謹地向猶屈膝跪地的謝必安和范無救鞠了個躬，柔柔的嗓音帶有一絲緊張。

「雖、雖然不知道妳們是艾草的誰，但眞的……非常謝謝妳們救了大家。」

聞聲，謝必安和范無救下意識抬起頭。她們看見開口道謝的是名文靜秀氣的少女，栗子色的鬈髮披在肩頭，深棕色大眼睛水靈靈的，手上還戴著一隻古怪的南瓜手偶。

「腹語術耶，必安。」范無救雙眼一亮，興奮地小小聲說。

謝必安鏡片後的美眸閃過利光，她注意到那隻南瓜手偶是用與少女截然不同的男聲在說話，「也許上面是有第三人的意志寄宿著？」

一邊暗暗推敲，謝必安一邊飛快將艾草身邊的人都打量一遍。

搭著她們大人肩膀的粉紅長髮少女艷麗貌美，碧眸裡有著傲氣光采；再過去一些則是黑髮紫眸的少女，臉蛋甜美，但唇間隱約可以看見尖長的獠牙；至於剩餘的男性甲、乙、丙、丁，剔除，完全不放在眼裡。

當謝必安審視艾草身邊的人時，莉莉絲同樣也在評估無預警出現的二人。

她和艾草相處的時間是眾人中最長的，也曾聽艾草說過一些東方地府的事，那一大一小兩人，服裝與已經消失的梁炫、長照有相似之處……

「小米粒。」莉莉絲揚起眉梢，「該不會這兩人也是妳的什麼將軍吧？」

小米粒？這個稱呼讓謝必安和范無救眼裡閃了閃，但在她們出聲或行動之前，艾草快一步開口了。

「必安、無救，慢。」艾草一揮手，黑眸凜凜，彷彿已預測到兩名下屬想要採取什麼行動，「莉莉絲是吾朋友，初至此地時，亦是她和白蛇幫吾。」

「必安？無救？小米粒，妳剛好像不是這樣喊的吧？」莉莉絲可還記得先前的事，她覺得兩者的發音落差太大。

「呀哈哈，大人是喊我等的暱稱啦！」范無救咧出笑容，烏黑的眼珠靈活地盯著莉莉絲，「我等的本名是范無救和謝必安。無救是我，必安就是我旁邊講話會繞來繞去，還很毒舌的這位。」

「我還是會將這當成讚美的，無救。」謝必安似笑非笑，鏡片後的美眸隨即再轉回艾草身上，「大人。」

「是艾草，非是大人。」艾草認眞地說。

「是，我等明白了，小姐。」謝必安從善如流地改了說法，可使用的依舊是對上位者的尊稱。

艾草原本期待能聽見自己的名字，眼裡還微閃著光，一聽見謝必安喊出了「小姐」兩字，她小小聲地咕噥，「也是固執鬼，必安和無救……然，就算如此，吾也想念妳們，和妳們再次見面，吾很開心，眞的。」

「小姐、小姐。」范無救的眼眸亮起光芒，她無預警地向艾草撲上去，像隻黏人的小動物，一把抱住那具比自己嬌小的身子，動作快得就連艾草身邊的莉莉絲也反應不過來。

「小姐、小姐。」范無救用臉頰拚命蹭著，「欸嘿嘿嘿，我總算可以抱眞人，不用再抱娃娃了。」

艾草像是早已習慣如此，就算范無救說出讓其餘人吃驚之語，她還是一派沉靜，任憑自己被當成布娃娃摟摟抱抱。

「妳把小姐抱得太緊了，無救。」謝必安用扇柄敲了下搭檔的頭，再將白羽毛扇插至腰間，「而且不能只有妳抱。」

待范無救鼓著臉頰，不甘願地退開後，謝必安彎下腰，長臂一伸。

莉莉絲原先不想打擾人家主僕相逢，況且那隻大章魚也被打倒了，用不著急在一時離開這裡，然而就在下一刻，她猛然發覺被摟在謝必安懷中的艾草，竟是在揮動雙手掙扎！

莉莉絲一愣，等她注意到原因時，急忙喝道：「快放開小米粒！妳的胸部會悶死她的！」話出口的同時，莉莉絲的手也伸了出去，沒想到卻有人比她的動作更迅速。

修長手指從旁探出，在搭上艾草肩膀、想將她拉離的剎那間，黑紗折扇也不偏不倚地抵住了那隻手。

「我家小姐的身體，男人可不准亂碰，會剁掉的唷。」范無救笑嘻嘻地說，可眼中卻閃過一抹凶光，毫不隱藏的敵意針對那名手臂的主人——一名優雅俊美的黑髮金眼男人。

「抱歉，但我並無惡意，我只是看小姐不舒服。」貝洛切爾溫和地說，金眸裡是同樣親和的笑意。

只不過范無救並沒有因此收手。她在幾名同伴中本能最爲強烈、簡直像野生動物般，可以敏銳地感受到對方只有表面看起來無害。

那名男人有著野獸的氣味。

直到謝必安出聲，范無救才退開幾步。

「無救，別玩了。」謝必安鬆開緊摟艾草的手，後者馬上抬起憋得通紅的小臉，努力吸了幾口新鮮空氣。

范無救聽出謝必安話中的另一層含意，目光一轉，這才注意到謝必安原來也有出手。謝必安的白羽毛扇意圖揮出，而那名黑髮金眼的男人另一隻手裡，則握著不知從哪變出的黑色長劍，尖端直對著扇面。

這下范無救覺得有趣了，她不只是退開幾步，還收回了扇子。

「你是誰？為何稱我家小姐為『小姐』？又為何我等的語言可以相通？」謝必安柔聲問，目光卻犀利如鋒刃。

「啊，對喔！我和必安居然可以聽得懂你們說話耶！」范無救慢半拍地反應過來，吃驚地睜大了眼，「你們不是該講什麼英語、法語、德語、西班牙語之類的嗎？」

「吾，吾可以講解。」調適好呼吸的艾草馬上站在謝必安、范無救及貝洛切爾中間，她挺起小胸膛，雖然臉上依舊沒有太多表情，但那姿勢怎麼看都有點得意炫耀的意味，像是要表明自己在對西方世界的認識上，可算是謝必安與范無救的前輩。

「是因為巴別塔的關係，故吾等和莉莉絲他們語言能相通無礙。另，必安、無救，貝洛切爾也是吾之朋友，在輩分上是吾的學長，不可對他敵意相向。」

「不，我是小姐妳的僕人。」貝洛切爾微微一笑，舉手放置胸前，「在小姐妳幫了我之後，我已立誓將忠誠全獻給妳了。」

「等一下！現在又是什麼跟什麼了？」一直處於目瞪口呆狀態的菈菈終於找回聲音，她飛快地指指貝洛切爾，再指指艾草，「小姐？僕人？哪時候的事？」

菈菈也聽過貝洛切爾的名字，對方在賽米絲學園是有名人物，有名到不僅是成進組，連他們這些學弟妹都耳聞他的優秀與魔法天賦，可她還是第一次聽說對方與艾草是主從關係。

「伊梵，你有聽……噢，伊梵，你……」菈菈發現自己的堂兄又分神盯著野薔薇，她挫敗地低喊一聲，開始懷疑對方該不會是陷入了愛河。

「什麼時候的事？這又干妳什麼事？小米粒就是太有吸引力了，才讓貝洛切爾迷戀住，妳有意見不成嗎？」莉莉絲抱著胸，傲慢地扯開嘴角。

「……我聽起來只覺得學長有戀童癖。」菈菈皺起眉頭。

「戀童？不對，吾已經非是孩童，吾……」注意到又沒有人將她的辯解聽進去，艾草失落地垮下肩膀，不過下一秒又振作起來，她想起自己忽略了很重要的事，「必安、無救，吾還沒有跟妳們介紹完。莉莉絲、貝洛切爾、野薔薇，吾的朋友。還有白蛇、拉格斐，也是吾的……白蛇？不見了？」

「妳找他的話，早在你們偏離任務主題時，他就在旁邊睡死了。」說話的是拉格斐。

這名矮個子天使站在距離艾草她們最遠的位置，精緻的小臉如同罩上一層寒霜，藍眼也比平時冰冷，不過那並不是因爲這地方忽然多了兩名女性的緣故——他討厭女人，但他更討厭自己居然大意輸給一隻章魚。

冷冰冰地扔出話，拉格斐又沉默下來，自顧自地生著悶氣。而他口中的白蛇，在角落處倚牆睡著了。

「白蛇。」艾草朝著那名閉眼的白髮少年伸出食指，繼續向自己的兩名下屬介紹，「還有伊梵、菈菈，他們是……」

「嘿，妳要是說我們是妳朋友的話，我跟伊梵都會很傷腦筋的。」菈菈咧開嘴，危險的獠牙也隨之露出，「小不點，妳可別忘記了哪，我們可是——敵人！」

宣戰發言一吐出，菈菈的紫眸也在瞬間染成赤紅。她的右手往前一抓，掉落在遠方地面的血色鐮刀立刻回到手中。

靈活敏捷的身子一躍而起，頓時如離弦之箭直衝，手中鐮刀朝著艾草等人大大揮動，劈頭就是不留情的一彎利弧。

「好大的膽子，小姑娘就該有文靜的樣子，不該像野猴子跳來竄去。」謝必安嗓音溫柔似水，但揚起的白羽毛扇卻是快若雷電地射出多枚白羽。

「必安，不可出手，此乃吾等任務。」艾草小臉一凜，紅黑袍袖緊追捲出，一隻是向著那些白羽一兜，攔下謝必安的攻擊，另一隻是飛快捲住劈來的鐮刀。

長長的袖子纏捲上鐮刀好幾圈，理當柔軟脆弱的布料卻沒有絲毫破裂。

菈菈當機立斷放手，她又往自己臂上一劃，沁出的鮮血化作第二柄通體透紅的鐮刀。握緊鐮刀，停住的身子又再度疾速往前衝。

范無救忍耐得都想在原地跺腳或蹦跳了，她想出手，但艾草的命令就是一切。正當她左右爲難之際，眼前倏然張開一對華美碩大的漆黑羽翼。

「哇喔！」范無救驚奇地喊道。

「任務是我們A班的，C班就乖乖排在我們後面吧！」莉莉絲抓住平空生成的闃黑長劍，往菈菈的鐮刀迎撞上去，「拉格斐、野薔薇，去開門！」

「知、知道了！」野薔薇快步奔跑起來，目標是這偌大房間裡的唯一一扇門。

「別命令我！」拉格斐暴躁地低吼，但即使如此，他也和野薔薇一樣採取了行動。

野薔薇和拉格斐的動作都很快，但還有另一人速度更快。

背上張開蝠翼的伊梵利用飛行優勢，加速衝過了野薔薇和拉格斐兩人。

眼見木門就在正前方，他的腳踝上竟傳來一陣猛烈的扯拽力道，有東西不只纏上他的腳，還將他往後拉。

伊梵無暇扭頭觀看，他的身體在下墜，即將擦撞上地面，他的紫眸也再次染成血紅。

剎那間，暗夜眷族的身子崩解成無數黑蝙蝠，使得原先纏上他的束縛只能落空。

那是一條白色繃帶，會用這個作爲武器的就只有——

「冷血的，你動作不能再快點嗎？還是睡太多，身體遲鈍了？」莉莉絲不滿喝道，黑劍依舊與菈菈的鐮刀僵持不下。

「這句話我奉還給妳，莉莉絲。」白蛇掩口打了個睏意十足的呵欠，半掩的血瞳裡迸開寒光。他正要抬指召出自己的寵物將那些蝙蝠吞了，那些亂竄的黑色生物忽然又聚集在一起，眨眼回復成黑髮少年的外形。

伊梵已成功站在門前，然而他臉色難看、眼神陰狠。因爲在他之前，還有另一抹筆直修長的人影！

「學弟，只注意一方很容易吃虧的。」貝洛切爾溫和地說，下一秒他單手揹後，一腳將伊梵踹飛出去。

「伊梵！」菈菈馬上放棄與莉莉絲對峙，飛也似地趕回堂兄身邊。

「去找鑰匙！」伊梵握住菈菈的手，撐起身子，「鑰匙在那妖獸的身上，門上有小字……菈菈，快去找！」

「什……！」貝洛切爾啞然，迅速轉身，果然瞧見門板上有一行不明顯的小字。

——唯有擊敗守衛，方能獲得此門之鑰。

很顯然地，將這當成巢穴的大章魚，就是固守此地的守衛！

貝洛切爾沒料到這事，當下微變臉色，暗惱自己居然會大意至此。

同一時間，菈菈放開伊梵，動作快速地往水池內一跳。

「我也下去！」野薔薇喊了一聲，從最近處也跳進水中。

接連的「撲通」聲讓拉格斐乍然回過神來。

「野薔薇那個白痴！她根本沒學過游泳。」拉格斐咒罵一聲，說什麼也不可能把拿鑰匙的任務放心交給一個不諳水性的傢伙。

「她不懂游泳？」伊梵一呆，立即也想翻身下水。

但就在他們跳入水池之前，一顆腦袋突地自水中冒了出來。

「咳咳……咳咳咳……」野薔薇滿臉是水地嗆咳著，栗子色的髮絲貼著臉。她一手攀著地面，另一隻手上的南瓜手偶則用嘴巴咬著水池邊緣。

緊接著，又一抹人影跟著快速冒出水面，是菈菈！

她也全身濕淋淋的，可看起來沒野薔薇那麼狼狽。

「哈啊！」菈菈吸了一大口新鮮空氣，隨即焦急地喊道：「要來了！伊梵，牠要上來了！那隻妖獸根本還沒……」

剩下的聲音全被劇烈濺起的轟然水花聲蓋過，一隻龐然大物從菈菈和野薔薇背後浮冒出來。

紫灰色的碩大腦袋，兩顆巨大如探照燈的眼睛，還有那像是活物的……觸手！

數條粗大觸手捲向還來不及上岸的菈菈跟野薔薇。伊梵正欲衝出時，艾草快他一步。

「必安、無救！」艾草嬌小的身子掠出。

「是！」僅憑那聲呼喚，謝必安和范無救就知曉她們要做什麼事。

一白一黑兩抹人影伸出手，掌心黑氣繚繞，轉眼就凝聚成漆黑鎖鍊。黑鍊如同被注入生命力，它們靈活飛舞，從艾草左右竄出，迅雷不及掩耳地纏上野薔薇與菈菈的一隻手臂，再快速將人拉上岸，躲過觸手的攻擊。

與此同時，艾草也已逼近那隻大章魚。只不過在她做出任何動作之前，一雙雪白羽翼已擋在她身前。

「閃開，小不點。」拉格斐頭也不回地說，「這裡還輪不到妳插手，牠是我的獵物。」

藍眸中彷彿有冰冷火焰燃燒，拉格斐手中出現一把軍刀，刀身旋即放大，變成了充滿壓迫感的銀白巨刃。

艾草瞬間被泛著美麗光澤的羽毛迷眩了眼，差點無意識地伸出手。

「喂喂，小米粒，妳最喜歡的不該是本小姐的羽毛，那矮子的要排後面嗎？」華麗悅耳的嗓音一落在艾草耳際，兩隻纖白手臂也一把抱住她。

莉莉絲帶著艾草飛至地面，不再讓她貿然靠近水池。

「拉格斐要發飆了，退開一點吧。」

拉格斐當然有聽見讓他深惡痛絕的兩個字，不過比起那個，下方的大章魚更讓他火大。

拉格斐的眼瞳轉成冰冽色彩，高舉軍刀，不給妖獸任何反擊機會，要一舉置牠於死地。

說時遲、那時快，還在水池邊的伊梵動手了。

他從衣內掏出一柄巴掌大的細長物體，直接朝距離最近的一條觸手猛地扎下去。

大章魚登時靜止不動，就像是一座在水中凝固的雕像。

這突然的變異，讓除了菈菈以外的所有人湧上愕然。

「什麼……！」拉格斐尤爲吃驚，他的軍刀硬生生停在半空中，不敢相信自己鎖定爲獵物的大章魚會忽然沒了動靜，「這是怎麼回事！」

「怎麼回事？就是這妖獸要聽我們的控制了。」菈菈拉開黑鍊，冷不防地散逸成大量黑蝙蝠衝向拉格斐，再於伊梵身畔回復人形，「你那東西也用得太晚了，伊梵。」

「所以我現在拿出來了。」伊梵紅眸一暗，抓起血液化出的利劍往空中的拉格斐射去。

拉格斐此刻無意正面對上，他彈了下舌，也回到地面，想要弄清楚發生什麼事。

「學弟，你注射了什麼？」貝洛切爾瞇起金眸，聲音低了一階，「別試圖糊弄，我看得很清楚。」

「這跟局外人的你恐怕毫無關係。」伊梵冷冷地說，「這是我們C班與A班的競爭。」

「啊啦，意思是我們A班的問，你們就會說嗎？」莉莉絲碧眸睨視。

「當然不會。」伊梵冷笑，隨手將已空了的小玻璃瓶一扔。

「我猜也是。」莉莉絲不以爲意地聳聳肩膀，嘴角扯出一抹獰笑，「以爲多了一隻多腳生物當同伴就能贏我們了嗎？你們要是蠢得眞這樣想，珠夏恐怕都要哭了哪。」

「不准出言侮辱那位大人！」菈菈大怒，右手倏然在空中做了一個古怪手勢，「去打倒他們！」

這句話就像是讓大章魚擺脫僵硬的開關，牠轉動眼珠，水裡的觸手霍然全數動起。但卻不像菈菈原本所預料的會有多根觸手自後掃向艾草幾人。

菈菈一愣，立刻轉過頭，映入眼中的是大章魚像遭受莫大痛苦的掙扎畫面。

「伊、伊梵……」菈菈的語氣不禁滲入緊張。她知道伊梵替那隻妖獸注入的是什麼，照理說事情應該會順利地進行下去才對。可是，爲什麼……

菈菈的疑問同樣也是伊梵的疑問，他錯愕地仰起頭，看見大章魚的掙動由小變大，水池掀捲起波浪。

剎那間，那隻章魚的身軀居然往岸上橫倒下來！

「菈菈快退！」伊梵厲聲喊道。

兩名暗夜眷族急急與水池拉開距離。

「磅」的一聲，整個房間隨之震動，池面逐漸平復下來。大章魚的大半身體倒在地面上，彷彿又失去了意識。

「野薔薇，快趁機過去瞧瞧！」南瓜手偶彷彿沒感受到現場怪異的氣氛，迫不及待地催促道：「快啊！還可以拿鑰匙，說不定牠體內還有寶藏！喔！寶藏，我來了！」

「等、等一下……細細！」野薔薇慌張喊道，然而她戴著南瓜手偶的那隻手臂竟是朝著大章魚的方向靠過去，「不行，細細！不……！」

野薔薇瞬間沒了聲音，大章魚的兩顆眼睛正直直地對著她。

原本該像燈泡發亮的眼睛，竟變成了整片漆黑。

二 異變的妖獸

當貝洛切爾看見那兩顆全然漆黑、宛如不見底泥沼的眼睛，俊美的臉孔微白，他想起自己曾受到黑暗元素操控的事。

莉莉絲短促地抽了一口氣，碧眸轉成狠厲，她一把抓住菈菈，「你們注射了什麼？你們究竟給牠注射了什麼？菈菈！」

在這聲怒喝下，莉莉絲周身迸發出駭人強大的氣勢。

菈菈一時呼吸一窒，竟差點說不出話來。

「我……」菈菈好不容易才找回聲音，語氣慌亂，少了之前的游刃有餘，「我不知道，因爲那應該是能讓妖獸聽我們控制的藥……我們……」

剩下的話，這名暗夜眷族少女來不及說出來了。

雙眼被染成闃黑的大章魚揮來了好幾根觸手，那些觸手竟還產生異變，變得更爲粗大猙獰，要將岸上的身影重重壓扁！

「小姐！」謝必安長臂一伸，拉過了艾草，與范無救避至另一邊。

莉莉絲、白蛇、貝洛切爾、拉格斐、野薔薇、伊梵、菈菈也全都及時閃到安全位置。

大章魚直立起身子，牠看起來比原先大了一圈，紫灰色的腦袋爬出古怪詭異的突出花紋，如同粗大血管浮迸上來，越發面目可憎。

「天啊，牠看起來變得超不好吃的！」范無救吐吐舌頭，「不過用烤的應該勉強還可以吧。」

「本大爺也覺得那隻章魚又醜又難吃，比較起來還是我美味多了……咦？我剛說了什麼嗎？」南瓜手偶忽然吃驚地問。

「細細，不要再胡言亂語，否則我會……我會讓你永遠說不出話的。」野薔薇責備道。

「那個，莉莉絲。」艾草微蹙眉頭，困惑地問：「吾覺得發飆的，顯然是那隻章魚。」

莉莉絲沉著臉，銳利目光鎖定住正盯著他們的大章魚，「小米粒，先不管拉格斐蠢到來不及發飆。」

「閉嘴，莉莉絲！」

「殿下、學弟，現在恐怕不是無意義爭執的時候，請別把力氣浪費在這種無用之事上。」貝洛切爾插話，溫雅的聲音一反常態地繃緊，「小姐，不知道妳是否有感到此刻場景有些許熟悉？就跟當初的我，跟那時心智狂化、無法控制的我一樣。」

艾草訝異地睜大眼，緊接著也回想起那一幕。

——圓月之夜，螢火光原上，雙眼染成闃黑的地獄三頭犬。

「心智狂化？你們究竟在說什麼？」菈菈心急地追問。

「在說，」白蛇的聲音就像蛇在嘶著氣，他從懷中取出一個小巧的透明瓶子，裡頭裝著一小塊黑色碎片，「你們注射的東西跟它長得一樣嗎？」

「咦？不是……」菈菈看著那眼生的物品，下意識搖頭否認。

菈菈覺得眼生，可莉莉絲絕不會錯認那絲熟悉的黑暗氣息。

「冷血的，那個是上次的碎片嗎？你不是說要交給我，居然放到現在？」地獄君主之女不悅地冷下臉，但隨即又咂下舌，「算了，先不管那個，現在重點可是難看到傷眼的這隻章魚。小米粒，妳喜歡烤的嗎？」

「咦？」突然被點名的艾草一怔，接著反射性點頭，「吾，喜歡。」

「很好。」莉莉絲踏前一步，伸手一撩華麗的粉紅色長鬈髮，「那就這麼辦吧！」

幾乎同一時間，莉莉絲一動，半個身體在水中的大章魚也動了。

莉莉絲張手凝出漆黑焰火，待火焰一口氣漲得巨大，她立刻揮擊出去。

「莉莉絲，不行！」艾草連忙喊道，她記得這裡不能隨意使用火焰。

其他人尚未理解為什麼艾草要阻止，大章魚的口中居然已閃動橘光，隨後一股火焰噴吐而出，飛快地向著莉莉絲的黑焰衝撞上去。

就在即將交鋒之際，天花板上無預警灑下大量的水，一下子便澆熄兩方火焰。

底下眾人也一併被淋個正著。

但比起這地方竟裝有防火偵測的灑水器——那水一定含有什麼特別物質，否則怎能澆熄莉絲的地獄火與艾草之前的幽冥鬼火——他們更震驚的是，那隻大章魚居然能吐出火焰。

「小姐，西方的章魚眞是讓人大開眼界啊。」范無救驚嘆地說。

「不對，無救。」艾草搖了搖頭，「縱使西方章魚會吐絲、吐毒煙，但應當不會吐火。」

艾草會這麼篤定是有原因的。假使大章魚會吐火，那麼一開始就不須要靠生火來烤海鮮了。

「胡說什麼？就算是西方章魚也不會吐絲和吐毒煙，不要說得一副讓人誤會的樣子。」拉格斐不高興地糾正。

艾草點頭表示虛心受教，緊接著她注意到莉莉絲和貝洛切爾的表情不太對勁。

對於章魚火焰，眾人都是感到震驚的，可他們兩人不一樣，震驚中似乎還帶著不敢置信。

爲什麼會不敢置信？

艾草的目光又回到大章魚身上，後者正無視他們的存在，將注意力擺至天花板。兩顆大眼珠跟著轉動，彷彿在評估什麼。接下來兩條觸手忽然往上揮去，在發著白光的天花板上製造了幾道刮痕，然後牠對上方噴吐出一圈火焰。

這次不再有水灑下。

不管那隻大章魚做了什麼，牠已經讓火焰可以盡情地出現在這房間了。

「不可能…」莉莉絲喃喃地說，「區區一隻妖獸，豈可能有……」

「有什麼？牠有了？牠難道有了嗎？天啊！所以牠是女的……！」南瓜手偶喋喋不休的聲音終於被迫中斷。

「對不起，莉莉絲，細細太吵了。」野薔薇吐出一口氣，收回撞在牆上的南瓜手偶。

莉莉絲像是沒聽見野薔薇在說話。

「貝洛切爾，是發生何事了嗎？」艾草仰起小臉問。

「確實是呢，小姐。」貝洛切爾望著不時對天花板噴火的大章魚，「牠的火焰，那隻妖獸再怎樣也不該有那火焰的。我想，C班的學弟、學妹必須要解釋清楚才行。」

「解釋什麼？你們還要我們解釋什麼？」菈菈不滿地低叫道：「我們根本不知道會變這樣！」

「但是始作俑者是你們沒錯！」莉莉絲猝然抓住菈菈的衣領，碧綠的眼眸裡有著懾人的光，「我不管你們知不知道什麼，我只要你們解釋一件事。地獄火，那隻章魚為什麼會吐出地獄火！牠甚至不是我地獄的生物！」

那聲厲喝震懾住不少人，菈菈和伊梵的臉色甚至微白。

他們雖是暗夜眷族，但侍奉的主人是地獄之人，自然明白地獄以外的生物斷然不可能擁有地獄火。

他們……究竟給那妖獸注射了什麼……

「在妳大費周章地想弄清楚事實之前，」白蛇寂冷的聲音飄出，「先面對同族之火吧，莉莉絲。」

莉莉絲轉頭，映入眼裡的是大章魚迅速噴吐出的大片烈焰。

「雪特！」她當即一拍背後黑翼，捲起的氣流衝撞回去，讓火焰被迫改了軌道，「冷血的，你是不會早點說嗎？」

「我說了。」白蛇無動於衷地吐出句子，「牠又來了。」

確實如白蛇所說，大章魚這次接連吐出多顆火球。或許是怕自己的觸手受到波及，那些粗大的觸手都只按兵不動地待在水裡，沒有加入攻擊行列。

「煩死人的傢伙。」莉莉絲雙手同時燃起漆黑焰火，「要玩火嗎？那就來吧，誰也不准插手！」

潔白掌心上的黑焰剎那間暴漲，形成不輸那些對方攻勢的火球。莉莉絲毫不猶豫地將火球猛力甩出，看著它們吞噬大章魚的火焰。

沒想到大章魚又是一波新的火焰攻擊，這波攻擊來得太快，但終究有人比牠更快。

莉莉絲的左右兩側迅疾地各竄出火焰，一邊是橘紅，一邊是詭異的幽青。

它們雙雙接下了那波攻擊，在半空中相互抵銷。

「你們！」莉莉絲飛快回頭。

「吾不想不插手，莉莉絲。」艾草周身環繞出幾簇幽綠焰火，襯得那張沒有明顯情緒起伏的小臉越發白皙凜然，「吾還是喜歡依吾意志做事。」

「小姐希望能幫上妳的忙，殿下。」貝洛切爾張開的掌心上也有著橘紅光芒閃耀，「竭力完成小姐的希望是我的榮幸。」

「為了一隻軟體生物犧牲我的睡眠時間，眞讓人不愉快。」白蛇掩口打了一個呵欠，紅玉般的血眸看不出情緒，「速戰速決，現在。」

隨著那輕得像是蛇的嘶氣聲的最末兩字滑出舌尖，白蛇手臂上無預警竄出多條綁帶。

雪白的綁帶在空中繞了個圈，飛也似地逼至大章魚口部，在牠噴吐出任何東西之前，一圈圈地快速纏繞。

大章魚眼中亮起怒焰，立刻舞動兩隻觸手，想要扯下那些白綁帶，但是那兩隻觸手馬上就被另一股外力拽住。

「這可不行，怎麼能讓你揮動那毫無美感的觸手，傷害到我家小姐的眼？」謝必安的雙手抓纏住不知何時生成的剛硬黑鎖鍊。

「必安說是這樣就是這樣啦。」范無救則負責用黑鍊拉住另一根觸手。

大章魚惱火，所有水池裡的觸手登時一口氣動了起來。

可是，動的不僅僅是大章魚。

隨著牠的觸手脫離水面，各方亦是迅速出手攔阻。

艾草的小手抓住黑鎖鍊的一端，另一端則一併纏住了兩根觸手。

拉格斐射出銀白軍刀，以和他矮小個子不符的力氣，毫不留情地將被艾草束縛住的那兩條觸手釘在壁面上。

另外三根觸手分別被鐮刀、血劍，以及黑劍斬削成多截。

但是，仍有兩根觸手未被壓制。

莉莉絲不加思索地衝出，黑焰拉長爲黑劍，追著其中一根觸手一舉刺穿，並同樣將其釘在了牆壁上。

「最後一根交給我！」菈菈拍動一雙蝠翼，提著血紅色的鐮刀疾速追出，她在空中敏捷回身，鐮刀順勢斬出了一道大弧。

同時間，被繃帶封住的章魚口部竟鑽湧出一股青煙。

是毒煙！

眼見煙氣就要逼向最近的菈菈，並且擴散開來、充斥整個房間，再度剝奪所有人的行動力，意想不到的一人出手了。

「野薔薇，妳要做什麼？不要送死啊！要死也不要帶著本大爺一起死——」從昏迷中醒來的南瓜手偶發出淒厲尖叫後又再度暈了過去。

無視自己手偶的哀號，沒有武器、沒有攻擊力，看起來也弱不禁風的栗子色鬈髮少女奔上前，在差一步就會跌進池裡的位置停下腳步，旋即只見她往前吹出一口氣。

奇異的事發生了，水面就像受到強風吹颳，不但捲出巨大浪花，甚至那些水還一口氣衝向大章魚的頭部，猛地吞噬準備擴散的毒煙。

「我的天，她到底是哪一族的？」菈菈在高處將野薔薇的動作看得一清二楚，驚愕爬上她的心頭，「操縱氣流？所以是精靈……」

「菈菈，注意後面！」下方的伊梵忽然焦灼暴喝。

菈菈大驚，扭頭之際，那根被她削斷前端的觸手已揮打過來。

菈菈知道自己該逃或該反擊，但腦海一片空白。

「蠢蛋，還不快閃！」猶在空中的莉莉絲連忙往菈菈方向疾衝，指間四枚黑羽同時甩出，刺穿了觸手，卻還是阻止不了它的攻勢。

千鈞一髮之際，一道紅黑影子猛地纏捲住菈菈的腳，將她及時拉離觸手攻擊軌道。

「哇啊！」菈菈嚇得連連驚叫，直到跌坐地面，才發現竟是艾草的袖子救了自己。

「幹得好，小米粒！」莉莉絲緊急煞住身子，她高舉雙手，掌心之間翻騰著漆黑的火焰，火焰越滾越大、越滾越大。

焰光幾乎籠罩整個房間。

「冷血的，這次任務完成後，我請你一禮拜的冰，當然是華雅其麗娅的。」莉莉絲看見大章魚被繃帶封住的口部內似乎閃現橘光，她拉開傲慢又艷麗的笑，「小米粒，妳呢？」

「咦？吾？」艾草眨下眼，「吾想吃烤海鮮，不要章魚。」

「知道了，回去一定讓妳大吃特吃。好了，你這隻蠢章魚，你那貧瘠又可憐的腦袋現在才想到用火已經來不及了，更何況你的地獄火絕不可能贏本小姐！」

在其他根被斬去末端的觸手圍上的前一刻，莉莉絲已雙手使勁，巨大的熊熊黑焰如同砲彈轟上大章魚。

那些被削斬或是釘住的觸手瘋狂扭動，但火焰一路蔓延。不一會兒，那隻龐然大物已身陷黑色火海，巨大的身體也慢慢地往水池裡沉下。

「必安，快幫我！」范無救沒有鬆開綁著章魚觸手的黑鍊，反倒用力往後拉扯，怎麼看都是不想讓大章魚沉下去。

「眞是沒辦法，妳眞的看中這毫無美感的醜東西了？」謝必安輕吐出一口氣，接著她的另一手也凝聚黑氣、化成鎖鍊，幫忙范無救一塊往後拉。

「小米粒，妳的兩位部下是想做什麼？」莉莉絲落在地面上，收攏背後羽翼。

「無救有吃宵夜的習慣。」艾草嘴上回答莉莉絲的問題，但一雙眼睛緊盯著莉莉絲的翅膀不放。

「不是吧？這種難看的東西她也想吃？」莉莉絲從眼角餘光瞥見艾草的視線，她勾起唇角，忽然再將羽翼張開，展露其華美的姿態。

艾草不知道自己眼中的光芒像是星星一樣更加閃亮了。

莉莉絲故意將羽翼揚高、放下，果然見到艾草雖然頂著一張面無表情的臉，但發亮的眼睛卻無意識地隨著一同上抬、下移。

太……太可愛了！莉莉絲心裡的疼愛之情快要爆發，就在她想一把將艾草攬進懷裡時，另一邊倏地傳來了刻意發出的輕咳聲。

拉格斐認爲自己只是想要與莉莉絲較勁而已——天使翅膀當然比惡魔翅膀好看多了，也更有吸引力——絕對沒有其他的意思。

聽見那聲輕咳的艾草和莉莉絲反射性轉過頭。

莉莉絲頓時柳眉倒豎、杏眸圓睜；艾草則目不轉睛地注視著那對潔白羽翼，眸裡的光像是要滿溢出來。

拉格斐忽然湧上了成就感和虛榮心。

「拉格斐，把你那難看的翅膀收起來。」莉莉絲雙手環胸，居高臨下地瞪視著比自己矮小的身影。

「住口，莉莉絲。妳膽敢侮辱我等天使的驕傲！」拉格斐也是同樣的抱胸姿勢，精緻的小臉如覆寒霜，不因體型矮小氣勢就輸人。

艾草依然專心地看看這邊翅膀，再看看那邊翅膀，小手張了又握，彷彿猶豫不定自己該先摸哪一邊。

「無聊的較量行爲，幼稚。」

當一道寂冷嗓音落下，艾草眼前突然被一段白色繃帶蒙住。

「盯那個也不會讓妳的小腦袋更聰明，艾草。」在艾草伸手想抓下繃帶前，白蛇的蒼白掌心已覆上她的雙眼。

「白蛇？」艾草看不見外界景象，她感覺自己被白蛇帶往另一邊，很快又有另一隻大手覆在她的肩頭。

白蛇停下腳步。

「不好意思，學弟。」貝洛切爾溫柔的聲音響起，「隨便將綁帶捂上女孩子的眼睛，可真是讓人不敢苟同的喜好。你沒事做的話，把自己纏住如何？請不要不經允許就帶走別人家的小姐。」

「是嗎？我還以爲戀童癖才是眞正讓人不敢苟同的喜好。」白蛇的語氣還是一樣漠然，缺乏平常人會有的抑揚頓挫。

「伊梵，那幾個人是在幹什麼啊？」沒有與A班成員靠太近，菈菈跟著伊梵遠遠坐在另一端。她皺著甜美的臉蛋，恢復紫水晶色澤的眼眸就像是在看什麼荒謬場景，「他們撞到腦子了嗎？一個比一個怪，變得我都快不認識啦。」

伊梵沒有回應堂妹的疑問。

菈菈轉過頭，幾乎不感意外地見到他又在盯著那名栗子髮色的文靜少女——對方正在拍打自己的南瓜手偶，似乎想讓它清醒過來。

菈菈嘆了一口氣，「這裡也有一個撞到腦子……伊梵，你喜歡上人家了嗎？」

「什麼？」伊梵猛然回過神，那雙同樣褪去血色的紫眸不悅地瞪著菈菈，「妳在胡說什麼？」

「你的表現就是這麼告訴我的啊。」菈菈輕聳一下肩膀，她也不是第一天認識對方了，「你自從見到她後就一直盯著人不放。都盯成這樣了，不是把人當愛人，就是當仇人。」

「這玩笑可不有趣，菈菈。」伊梵的聲音低了一階，聽起來更像是警告，「妳想八卦最好別八卦到我身上。」

「是是是，我只是隨口說說，我的重點也不在這裡。」菈菈低頭摸了下自己的右小腿，皮膚上似乎還殘留布料纏捲的觸感，「伊梵，我剛差點嚇死了……我以爲自己會躲不過。」

「但妳躲過了，那個交換生幫了妳。」

「欸，伊梵……」

「我知道妳要說什麼，菈菈，我們暗夜眷族不是知恩不報的種族。」

沒有發現身後有兩道目光停留在自己背上，眼上被蒙著繃帶的艾草只能看見模糊的光影，她還可以聽見貝洛切爾和白蛇的對話。

雖說貝洛切爾的語氣一如往常地溫和，白蛇也一貫地漫不經心又冷漠，可艾草覺得空氣有點火藥味，就像是……啊，就像是梁炫準備對閻王發飆一樣！

對於自己想到的例子很滿意，艾草點了點頭，下一秒就聽見范無救的興奮叫喊。

「小姐妳看！這章魚腳捲得好好笑！」

「眞的？吾想看！」艾草馬上扯下繃帶，毫不猶豫地將黑髮男子與白髮少年晾在一旁，轉身往兩名下屬奔去。

或許是解決大章魚讓所有人都鬆懈了，一時竟無人想起既然大章魚有人飼養，那麼那名「飼主」何時會出現都不奇怪。

就在范無救笑嘻嘻地舉起比自己胳膊還粗的章魚腳並交至艾草手中時，「喀噠」一聲，房裡唯一一扇門被推開了。

「可以告訴我現在是怎麼回事嗎？我堅持我要知道。」

這道突如其來的低啞女聲，宛如在房內劈下一道雷。剎那間，一切響動靜止了，化成一片連針掉落似乎也聽得見的死寂。

每雙眼睛都往門口望去。

然後每雙眼睛裡都浮上震驚。

誰也沒有想到會在此地看到這號人物。

站在門口的，是名足蹬鮮紅高跟鞋，腿上套著黑色菱紋網襪，白襯衫和黑窄裙都被包覆在白袍底下的女性。

凹凸有致的身材在這身衣物妝點下，散發出性感又妖艷的氣息——只看頸部以下的話。

頸部以上根本看不見那名女性的臉，沒有人知道她的五官如何，因為那些全被一個大型的可愛貓咪頭套遮覆住。

沒錯，那是一名穿著性感，卻戴著可愛貓咪頭套的女人。

除了剛到這世界不久的謝必安和范無救，不會有人不認得她的。

「為……為什麼妳會在這裡？妳這個貓控教師！」拉格斐不敢相信地拔高了聲音，尖銳高亢的質問同時也是其他人此刻內心所想。

他們明明就是追尋歌聲，追尋「人魚之淚」的相關線索來到這座湖中塔，爲什麼出現在他們面前的，竟然是一年A班的班導師——黑荊棘!?

「這句話是我要問你們這群小鬼才對。」黑荊棘環視周圍一圈，低啞的嗓音滲入嚴厲，「你們半夜不睡覺闖入別人的實驗室，烤焦了別人的守衛，究竟是想做什麼？二十個字內給我解釋完畢！」

沒有人開口，也可以說他們正處於新一波的震驚當中。

這個地方是黑荊棘的實驗室？他們費盡力氣才打倒的……是實驗室的守衛？

「不是吧……」菈菈張口結舌，「那那那，我們……」

「我不管你們或我們，我要一個解釋，現在。否則不管是我們班的或C班的學生，我會統統以校規處置。」黑荊棘冷酷地說。

一片啞口無言的寂靜中，艾草將雙手抱著的章魚腳舉高，一臉嚴肅認眞地開口了。

「老師，妳要和吾等一起吃宵夜嗎？」

三 黑暗元素的結晶

黑荊棘還眞的答應一起吃宵夜了。

「我不否認我很喜歡烤章魚，那可是絕佳的下酒菜。我也承認自從學校將那隻章魚分派給我當守衛之後，我每天都想著牠烤起來是什麼味道。既然你們幫我完成願望，那身爲教師的我也會很大度地當作今天什麼也沒發生。好了，動作快點。拉格斐，把章魚頭切下來，你再拖拉，我都要懷疑你沒吃飯了。」

「王八蛋！身爲老師可以這樣奴役學生嗎？」拉格斐大怒，停下動作，手中軍刀筆直地指向發號施令、動口不動手的班導師。

艾草誤打誤撞地讓黑荊棘決定將他們的私闖責任一筆勾銷後，黑荊棘就毫不客氣地指使眾人切割大章魚。太焦的不要，還可以吃的部分則收集起來。

礙於對方是老師，而他們又擅闖了對方的實驗室，因此即使是C班的伊梵和菈菈也乖乖地挽起袖子做事。

不過聽見黑荊棘一再的命令，拉格斐忍不住先爆發了。

面對全身散發冰冷怒焰的金髮小男孩，黑荊棘只是無動於衷地抱起雙臂，說：「既然是學生，不就該讓老師奴役嗎？要說話可以，手不要停下來，你沒看到連白蛇也在做了嗎？」

「妳是眼睛瞎了嗎？那傢伙根本已經睡著，只是手在無意識地動！」拉格斐暴躁地將軍刀插進大章魚腦內，彷彿藉這動作發洩心中怒氣。

所有人都在忙於自己手上的工作。

擅於操縱地獄火的莉莉絲和貝洛切爾負責將不必要的部分一舉燒盡，使得房裡一直瀰漫著烤章魚的香氣。

「眞想吃……小姐，我可不可以先偷吃一塊？香得我都快流口水啦。」范無救邊說邊嚥著唾液，一臉嘴饞的模樣，手上則是忙著將堆在一起的章魚腳扔到一鼎大釜，一旁還有數鼎大釜等候裝盛。

根據黑荊棘所說，宵夜要轉移陣地去吃，配下酒菜怎麼可以沒有酒。

哇啊，酒耶！范無救舔舔嘴唇，光聽到「酒」字，心已蠢蠢欲動。和她們最寶貝的小姐重逢，還有酒喝，今天眞是個好日子。

就如同范無救掩藏不住愉悅的心情，謝必安的唇角也掛著淺淺的笑。她手裡握著向黑荊棘借來的長刀，俐落又精準地切割著體積越變越小的章魚。

那模樣看在不遠處的菈菈眼中，只覺謝必安的反差有點嚇人。

「笑容滿面地進行分屍……伊梵，你不認爲那看起來簡直像電影中的殺人凶手嗎？」

「不認爲。妳最近血腥電影看太多了，叔叔都擔心妳的喜好越來越重口味。」伊梵面無表情地回答。

「什麼重口味？真沒禮貌，而且伊梵你自己的喜好不也很獨特？」菈菈不滿地噘起嘴，

「你居然是喜……咦？」

菈菈的話說到一半，忽然變成了吃驚的音節。她困惑地低下頭，看著自己似乎戳到硬物的鐮刀尖端。

「怎麼了？」黑荊棘留意到這角落的動靜，大步走來。

「老師。」菈菈抬起頭，還是一臉納悶又困惑的表情，「我的鐮刀好像戳到什麼，硬硬的……章魚不應該軟趴趴的嗎？」

由於戴著貓咪頭套，看不見黑荊棘的表情，但她的短暫沉默就像是在進行思考。半晌後，她朝伊梵和菈菈揮下手，示意兩人退開。

菈菈一頭霧水，不過還是乖乖跟著堂兄退到一邊。

其他人的視線也全往這邊投過來。

黑荊棘的紅色鞋尖往地面一踏，原先空無一物的地上居然竄冒出數根漆黑的荊棘。

這些表面布滿小刺的荊棘，迅速纏捲上還未切割完畢的章魚殘體。

黑荊棘又一踏地，轉瞬間那些荊棘就將章魚割裂成無數碎片。肉屑飛舞間，有什麼掉落下來。

「叮」的一聲，那物體落於地板上。

很痛。

所有人都看清楚了，那是一顆拳頭大的黑色結晶體，表面凹凸不平，光看就覺得磕到會

結晶體黯淡無光澤，即使在光源充足的房間裡，也折閃不出絲毫光芒。

「莉莉絲，此物好像是……」艾草稚氣平靜的聲音中帶了一點訝異。

「……闇之螢石。」開口的是貝洛切爾，他的金瞳裡閃動著深沉的色彩。

「闇之螢石？那又是什麼？」范無救好奇地問。

「哈！妳不知道？這可是常識中的常識啊！妳怎麼跟那個平胸黑髮小丫頭一樣，都是笨……呃，本大爺什麼都沒說，眞的！」南瓜手偶趾高氣揚的態度很快一百八十度大轉變，它舉起兩隻小短手，戰戰兢兢地作投降狀。

在它的南瓜腦袋前，一黑一白兩柄扇子的邊緣正散發出危險的鋒利光芒。

明明就是羽毛以及黑紗製成的扇子，然而它們折射出的光芒卻彷彿隨時能割下什麼，例如腦袋。

「呀哈哈哈，你剛說什麼？南瓜，我家小姐豈是你可以用言詞侮辱的？」

「你喜歡砍掉、剁掉或是斬掉呢？抑或是你喜歡更細膩一點的手法，例如慢慢地將你一點一點削成泥。相信我，我非常擅長這類的工作呢。噢，我是指拷問方面的。」

面對著一人天眞咯笑，一人溫柔細語，南瓜手偶覺得自己要是有汗腺，此刻一定汗如雨下。

這一黑一白明明都是女孩子，怎麼跟上次的一黑一白一樣可怕啊！

「喂！野薔薇，快幫我翻譯一下，本大爺其實不是那個意思的！」擔心小命眞要不保的南瓜手偶慌張求救。

「嗯……」總是文靜少話、有時甚至容易被人遺忘的野薔薇沉吟一下，眼睫輕輕眨動，「被削成泥的話，我會再找一顆南瓜當你的新腦袋的，細細。」

「咿咿咿！」南瓜手偶慘叫。

「無救、必安，不可以欺負南瓜。」艾草只是說了這些，黑白扇子就有志一同地抽離，「闇之螢石，吾可以告訴妳們，吾知道它是什麼。」

說到這，艾草有點得意地抬起小臉。難得有機會可以爲人解答疑惑。

「闇之螢石裡面含有黑暗元素，是三年才會出現一次的石頭。莉莉絲，吾說的可對否？」

「妳說的沒錯，小米粒。」莉莉絲的目光依然停在地面的黑色結晶體上，「可是，這塊並不是什麼闇之螢石。」

「咦？」

「殿下？」

「這絕不是什麼闇之螢石。貝洛切爾，你自己再感應一次，你有感覺到你們彼此間的共鳴嗎？」莉莉絲沉聲地說。

貝洛切爾靜心凝神。他的原形是地獄三頭犬，是地獄君主用破碎靈魂和闇之螢石製造出來的地獄大門看守者，因此他和闇之螢石間會產生細微的共鳴感。

可是，沒有。

就算他試圖感應，他和那塊黑色結晶體什麼連繫也沒有。

貝洛切爾眼中閃現詫異，他的眼神無疑向眾人說明了一切。

「不是闇之螢石？那它是什麼？它長得分明就是啊！」南瓜手偶激動地說。

「你這蠢貨，闇之螢石只有在螢火光原上才會生成，你什麼時候聽過妖獸的肚子裡長得出這東西？」莉莉絲的語氣轉成冷酷，「那是黑暗元素的結晶。那東西，是黑暗元素具現化的結晶。」

莉莉絲這話一出，滿室一片死寂。

艾草、范無救、謝必安是因為不明白而安靜不說話，然而原本就是這世界一分子的貝洛切爾等人，又豈可能不理解這句話的真正意義。

黑暗元素是看得見卻捉摸不到的存在，它是地獄住民的力量來源。即使是身分尊貴如莉莉絲，也必須藉助黑暗元素才有辦法施展出她的暗系魔法。

可如今這不該實體化的元素卻以結晶體出現在他們面前。

「不可能，假使黑暗元素要化為實體……」菈菈第一個猛烈搖頭，「那必須濃烈到一個程度才可以！而那個程度即使是一般的低階惡魔也會窒息而死，因為他們承受不住啊！」

「只有位於最高階的惡魔才不用藉助黑暗元素作為力量來源。」拉格斐喃喃地說，「他們本身就是由此構成，他們就是實體的黑暗元素。而最高階的惡魔除了路西法大人……」

「便是六大惡魔公爵。」一個寂冷的聲音緩緩地說，白蛇不知何時清醒了，那雙血色眸子依然讓人難測心思，「顯然地，你們準備要當宵夜的這隻妖獸，不會是其中一位大公。」

「如果是的話，牠也不會來當我的實驗室守衛了。」黑荊棘在結晶體前蹲下，她伸出手，卻不是意欲碰觸，僅將手掌停置在上，乍看下宛如在感應什麼。

下一秒，低啞的女聲自貓咪頭套下傳出來。

「沒有異常波動，也沒有要活動的跡象，推測目前沒有危險性。不用問我爲什麼會知道，我的感應能力在賽米絲中認了第二，就不會有人認第一。」

黑荊棘的手終於往下移動，她的手指碰觸到那塊黑色結晶。沒想到就在這一剎那，結晶崩碎爲無數顆粒，像一片碎沙灑在地面上。

不過確實如同黑荊棘所說，任何異況都沒有發生。

結晶體就只是單純地碎裂了。

「碎了。」艾草細聲地說，「要先裝起來嗎？」

「那也要先找東西裝吧。喂，野薔薇，快把妳的衣服脫下來利用！反正妳那飛機場也不用擔心有人想……野薔薇，妳幹嘛盯我的嘴巴？」南瓜手偶說到一半警覺地問，「我的嘴巴不塞東西的，我先警告妳，我才不會把那些黑沙子吃進……！」

「野薔薇，妳的南瓜真的太多話了，我討厭嘮叨的生物。」黑荊棘站起來，一彈手指，荊棘自動捲成一顆球，堵住南瓜手偶的嘴巴。而在她的另一隻手上，則握著一支透明密封的試管，裡面裝著原本在地上的黑色沙粒。

「沒關係的，老師，妳再多塞一點荊棘也可以。」野薔薇露出靦腆的笑。黑荊棘並沒有再驅動她的植物，她環視眾人一圈，「我很確定，我的實驗室守衛的身體裡原本沒有這些東西。你們瞞著我什麼事？你們對牠做了什麼？」

「對牠做了什麼？」拉格斐冷冰冰地說，「這問題該問C班，不是問我們。」黑荊棘的貓咪頭套轉動，正對著伊梵和菈菈的方向。雖然看不見她的雙眼，但他們都能明顯感受到有道充滿壓迫的視線盯住了他們。

「我、我們……」菈菈緊張地繃緊身子，聲音變得乾巴巴的，「我們只是想控制那隻妖獸，所以給牠注射了那方面的藥劑……真的，我們只是想控制牠而已！」

「我們沒想到牠會失控。」伊梵低聲地說，「也不明白那藥劑爲何會變成黑暗元素的結晶。就算這聽起來像是辯解，但是老師，我們確實……」

「吾覺得，事情就像伊梵和菈菈所說。」艾草舉手說話。

「啊啊？小米粒，妳未免也太容易相信人了。」莉莉絲眉頭一皺，一手伸至艾草的鼻尖前訓話，「他們兩個還攻擊妳對吧？別跟本小姐說沒有，暗夜眷族要是不會對敵人出手，那他們也用不著叫暗夜眷族了，直接叫白痴就可以了。」

「莉莉絲，妳說誰是白痴？」菈菈迅速被點燃怒氣，但還沒等她往前一步，黑荊棘就不耐煩地一揮手。

「統統都給我安靜，你們把這當作什麼地方？誰再吵，我就直接把她用荊棘捆了，扔進池子裡！」

這番威嚇明顯達到了效果。賽米絲學園的學生都知道，一年A班的班導師向來言出必行。

「小不點，繼續說。」黑荊棘朝艾草一抬下巴。

「吾不是小……吾知道，吾早該放棄辯駁的。」艾草失落地咕噥，隨即又挺直背脊。她決定要用行動來證明一切，只要大家不覺得她小，就不會有人再叫她小不點了吧。

「小米粒，妳要說話就說話，幹嘛踮高腳？不累嗎？」莉莉絲狐疑地問，緊接著她的耳朵就捕捉到兩道細微的笑聲。

一個是貝洛切爾，那男人有事沒事都是一副惹人厭的笑臉，他忽然笑不稀奇；問題是，另一道笑聲竟然是由白蛇發出的。

原來那個冷血的眞的會笑？她還以爲對方一輩子都是那張面癱臉了。

「吾，吾才沒特意踮高腳，吾只是想伸展一下身子。」艾草嚴肅地說，只不過耳朵微微地紅了。

「小姐，回去後我再幫妳拉筋啦。」范無救一把撲上艾草的背，兩隻手垂掛在她的胸前，「所以，他們眞的有攻擊小姐嗎？」

范無救還是笑嘻嘻的，可那雙烏黑眼眸內卻閃動著與笑容毫不相像的凶狠。

「吾亦有攻擊他們，吾等是競爭關係，動手反擊乃是常態，毋須大驚小怪。」艾草被壓得身體有點彎曲，但她似乎習慣了，仍沉穩地說著話，「莉莉絲，伊梵和菈菈也有幫吾一次。況且，方才他們的吃驚、錯愕也絕非作假。吾眞的認爲，他們並無欺騙吾等。」

「妳……」莉莉絲瞪著那雙瞬也不瞬凝視著自己的大眼睛，她敗下陣來，放棄地撥撩一下長鬈髮，「知道了，我有說我不相信妳的話嗎？」

伊梵和菈菈不禁大吃一驚。先不論A班、C班對立，他們彼此還是任務競爭對手，更重要的是，他們服侍的主人是……

可是，那名高傲的地獄君主之女卻說出了他們意想不到的話語。這一切，只因爲那名來自東方的交換生說相信他們。

「現在輪到你們說了，伊梵、菈菈。」黑荊棘舉高手中的試管，要兩名暗夜眷族好好看清楚，「假使你們不知道你們給我實驗室的守衛注射了什麼，那麼回答我，那藥是從何而來？」

「……那是我的禮物。」菈菈小聲地說，「是今年我過生日，從主邸那收到的禮物……送來禮物的人我不認識，可他說他是受珠夏大人所託送來的。我本來很高興，因爲就算在休養，大人還是……」

「但這不表示那眞的就是珠夏大人送的，大人絕不可能故意矇騙我們。」伊梵繃著聲音說道：「我們會向大人問清楚的。」

「問？恐怕根本不用問吧。」莉莉絲的碧眸閃動凌厲危險的光芒，「你們當眞以爲我忘了珠夏是什麼身分嗎？你們眞以爲隨隨便便哪個人就有辦法拿得出實體化的黑暗元素？」

伊梵和菈菈像是突然間說不出話來了。

「珠夏？」艾草困惑地問，這已經不是她第一次聽見這個名字。

「那邊那兩個暗夜眷族的主人。」拉格斐緊緊擰著眉頭說，「C班的學生，現在因爲休養身體，所以不在學校。」

「同時也是六大公爵之一的繼承人，小姐。」貝洛切爾彎下身子，輕聲地說，「他是薩麥爾公爵的繼承人。」

換句話說，珠夏就是原罪．憤怒的後裔。

四 魔女之語

艾草記得「原罪」是什麼，他們分別是地獄中身分最高的公爵。其中擁有「憤怒」之名的薩麥爾，因爲不服路西法的統治，領軍反抗，甚至還以路西法之妻作爲要脅。地獄君主震怒之下封印他的元神，將他的軀體分成數塊埋於不同位置，其一就位於賽米絲學園的禁地．眞實之湖。

而現在，身爲憤怒繼承人的珠夏，卻給予了自己兩名下屬黑暗元素的實體結晶。

「我不意外珠夏他們家有保存自己祖先的身體碎片，但他把這東西送給你們做什麼？還騙你們是控制妖獸的藥？他是瘋了還傻了嗎？」莉莉絲嬌艷的臉蛋覆上一層盛怒，嗓音也轉爲冰冷。

「不准對大人出言不遜，沒有證據證明那眞是大人送給我們的。」伊梵冷聲回答，「極有可能是珠夏大人家族中的任一人冒用他的名字。」

「伊梵說的對，大人的品性如此崇高，絕不會陷我等於不義！」菈菈也瞪圓重新染成紅艷的眸子，唇間露出威脅性十足的獠牙。

面對這回應，莉莉絲沒再吐出嘲諷，而是雙臂傲慢環胸，發出了哼笑聲。

這一聲激得伊梵和菈菈頓時大怒。

眼見好不容易有緩和跡象的氣氛又燃起火藥味、即將爆發衝突，黑荊棘開口了。

「我明白了。」她說，「那麼事情就到此爲止，你們誰也不用再追究下去。」

「慢著！妳說什麼？」最先發難的反倒是本來作壁上觀的拉格斐，背後的雪白羽翼彷彿也受情緒感染般張開，「有人這樣解決問題的嗎？什麼叫到此爲止？虧妳還是教師，妳這樣稱得上是學生的典範嗎？」

「放心好了，我從來沒興趣要當你們這群小鬼的典範。」黑荊棘將裝有結晶碎片的試管收進白袍口袋，「如果給我錢的話再考慮。」

「黑荊棘老師，妳！」饒是伊梵他們也沒想到，一年A班的班導師會是這種行事風格。

「我怎樣？」黑荊棘兩手斜斜地插進口袋裡，背脊挺起。就算頭戴可愛貓咪頭套，依然散發出迫力十足的氣勢，「這裡是我的實驗室、我的地盤，現在是我說話不是你們說話，毛沒長齊的小鬼統統閉上嘴巴，乖乖聽著！」

頓了一下，黑荊棘轉過頭，精準地對著貝洛切爾所在的方向。

「成進組的也給我閉嘴，別以爲你在範圍外。」

艾草忍不住抬起頭，烏黑的眼珠直勾勾地盯著貝洛切爾，像在問爲什麼他會在範圍外？

被那坦率且清澈的眼神一盯，貝洛切爾可無法解釋黑荊棘那番警告的意思——畢竟那有點算是性騷擾了。

所以他只是豎起食指放在唇邊，對艾草溫柔一笑，示意她將注意力放至黑荊棘身上。

黑荊棘低啞的威嚇獲得效果，瀰漫著烤章魚香氣的房間當下一片安靜。

「莉莉絲、伊梵、菈菈，我不管你們有什麼問題，做好你們該做的事就行。這件事的後續追查不該你們插手。就算這是黑暗元素的結晶，就算這是以珠夏的名字送來的，但在經過確認之前，它有可能是任何一位惡魔大公或是地獄君主的碎片。我知道除了薩麥爾，其他人還是活蹦亂跳到礙眼的地步……抱歉，莉莉絲，不是對妳父親不敬，只是不小心說出眞心話而已。」

「沒關係，反正我也覺得依那老頭的年紀，就該安分點養老，別一天到晚用手機騷擾自己的女兒。」莉莉絲毫不在意地聳聳肩膀，語氣也冷靜許多，「老師，妳繼續說吧。」

「我剛說到哪了？」

「吾知道，其他人還活蹦亂跳那裡。所以，莉莉絲的爹親眞的會蹦跳？像吾和必安、無救以前吃的醉蝦那樣？」

「也許是，不過這倒提醒我晚點也想吃醉蝦了。」

「管妳想吃什麼，不、要、再、離、題、了！」拉格斐忍無可忍地怒吼，「妳是沒看到全部人都在等妳說……」

拉格斐環視四周，想要找出同伴來印證自己的話，但白蛇已進入假寐模式，野薔薇一臉不在意；艾草主從雖然有在聽，可也一副悠閒的姿態，更像是在聽故事。

「妳是沒看到C班的還在等妳趕快說完嗎？」最後，拉格斐只能惱怒地舉了A班以外的成員當例子。

「我喜歡按照自己的步調來。」黑荊棘漫不經心地說，像是沒看到拉格斐臉色已經鐵青，冰藍的眼眸彷彿要噴出火。不過她隨後話鋒一轉，出乎意料地切回話題重點。

「五位大公和地獄君主至今還活蹦亂跳，可不代表他們就不曾遺落自己身體部分的一小塊。當初地獄展開大戰，血肉橫飛是家常便飯。就算是現在和平的時代，也不能肯定他們不會在哪受傷，或是少一撮頭髮、幾片指甲，因此不須浪費時間在那猜來猜去。」

「但是老師，妳剛又叫我們不要追查。不追查，我等怎能證明珠夏大人的清白？」莅莅不甘心地說。

「那還用問嗎？當然是把追查的事丟給上面的去做。學園長、主任，或其他專科老師，他們查起來都會比你們這些不得要領的小鬼快。趁現在好好記清楚，」黑荊棘威嚴十足的嗓音迴盪在房間內，「上面就是拿來推卸責任用的，爲了避免他們只領薪水不做事最後變得痴呆，有問題當然就是要盡量丟上去！」

最後一句話，黑荊棘說得擲地有聲，彷彿這就是眞理。

房內仍是一片針落可聞的安靜，但氣氛與之前截然不同。

伊梵和莅莅就像是被抽光力氣般垮下肩膀，莉莉絲則是如同放棄地一撩長髮，吐出了一口氣。本來還針鋒相對的三人，現在都開始懷疑他們方才那麼在意到底是爲了什麼。

「蠢爆了……」即使是伊梵也不禁喃喃自語。

「你們都能了解自己的愚蠢，身爲老師我很欣慰。」黑荊棘維持著手插口袋的姿勢，走至房間正中央，一旋身，白袍衣襬跟著晃動一圈，「現在要離開我實驗室的站右邊，要留下吃宵夜的站左邊。」

隨著黑荊棘的字字句句滲入空氣中，她腳下周邊也亮起微光，在數雙眼睛吃驚的注視下，光芒很快由微弱變得明顯。

青藍色的光芒迅速圍著黑荊棘繞出一個直徑約莫數公尺的圓，當圓形交繞完成，圓形以外又飛快地延伸出無數繁複線紋。它們蔓延整片地面，爬上牆壁，就連水池對邊的壁面也覆得滿滿。

它們勾勒出花紋，建構出符號，不一會兒，整個房間就被青藍色的光紋佔領。

「這是？」艾草訝然地睜大眼，發光的光紋倒映在她黑若深潭的眸子裡。

「實驗室配置的傳送法陣，只能上下樓而已。」黑荊棘站在圓形的正中央，「動作快，來不及踏進法陣的話，就自己跳進池子裡游回去。」

「我和菈菈要回去。」伊梵毫不猶豫地與堂妹站到右邊，「今天浪費的時間已經夠多了。」

「同樣，本小姐也不想花力氣奉陪了。」莉莉絲掩口打個呵欠，「小米粒，宵夜妳們自己慢慢吃吧。」

「我也不留下，嫌今天做的蠢事還不夠嗎？」拉格斐臭著一張小臉，也加入右邊的行列。

「隨便你們。我會將你們送到一樓，到時自己用腳走出去，那裡有暗門，牆壁會貼說明。宵夜就由我們幾個自己分。」黑荊棘俐落地一彈手指，所有圖紋符號的光芒變得越發熾亮，「烤章魚和酒可是絕配啊。」

「等一下，所以老師妳眞的會吃？」莉莉絲忽地注意到一個關鍵。

「酒眞的也會喝？」拉格斐挑起眉，也注意到重要的事，「不是關起來一個人享用？」

「我還不至於小氣到自己一個人吃，當然是大家一起，你們的問題未免也太奇怪了。好了，沒有疑問的話就……」

「慢著，我還有。」莉莉絲倏然說道：「我忽然也想吃宵夜了。」

「沒辦法，我意思意思也奉陪一下。」就連拉格斐也改變主意。

伊梵和菈菈對視一眼，緊接著他們竟也異口同聲地說道：「我們也留下！」

剎那間，右邊的成員全跑到了左邊。不管是莉莉絲、拉格斐、伊梵或是菈菈，他們絕對不會承認，他們只是想趁黑荊棘吃宵夜摘下頭套的時候，一睹她至今據說仍無人知曉的廬山眞面目！

傳送法陣將一群人送到一間相當廣闊的房間裡，即使一口氣容納十一個人，也絲毫不會感覺擁擠。

當青藍色的法陣光紋消失，房內迅速亮起明亮卻不刺眼的白光。

光源來自於牆壁和天花板，乍看下容易讓人產生房間自體發光的錯覺。

而隨著這些白光亮起，所有人都能將四周景象看得一清二楚。

四面牆壁架設著高度直達天花板的層架，一面密密麻麻地排著書，一面擱滿了許多裝有不明物體的玻璃瓶或玻璃罐；至於剩下兩面，滿滿都是，酒。

絕大多數都是罐裝啤酒，罐身上印著不同的文字，顯示它們來自世界各地。另外一部分則是用玻璃瓶盛裝，瓶身和裡中液體輝映出美麗的色澤。

目睹這驚人的收藏量，不少人目瞪口呆，當然也有的人一見酒就雙眼發亮。

「喔喔喔喔！」范無救的一張小臉像是在發光，她嘴饞地吞了吞口水，「眞多酒啊！都能喝嗎？老師大人，都可以喝嗎？」

「不用在『老師』後面加上『大人』，妳們能喝多少就儘管拿，之後我會再用公費申請的。」黑荊棘說。

「妳居然還用公費？公費可不是拿來讓妳做這種事的！」拉格斐惱怒地喊。

「我當然不是濫用，這些酒我可不會浪費，每次都有確實喝完。」黑荊棘忽地一彈手指，方格狀的地板上立刻有幾個格子翻轉過來，上面鋪著一層軟墊，「自己找位子坐下來，除非你們喜歡站著。艾草，不用再拉著白蛇的手了，隨便把他扔在哪裡都可以。野薔薇，不要靠那些玻璃瓶太近，那些都是我的實驗。貝洛切爾、拉格斐，你們沒事做就把章魚統統搬到中間。」

「吾，吾也可以一同幫忙。」艾草自告奮勇，她捲起長得曳地的袖子，想要將一個她剛好兩隻胳膊能環住的大釜抱起。

「小姐，這事就交給我吧。」貝洛切爾微笑插手。

目標被搶走，艾草不放棄地迅速鎖定另一個，這次的比剛剛的小一點。

「小不點就到旁邊去，憑妳那沒力氣的小短手是能做什麼？」拉格斐原先完全不想理會黑荊棘的命令，但一見艾草動手，身體和嘴巴快一步有了行動，「去去去，到旁邊發呆去。」

「吾的手臂才不是沒力氣，也不……」艾草試圖抗議，可在瞄見自己又細又瘦的手臂後，只得落寞地改了口，「是挺小的，雖然吾明明都會舉保特瓶當作訓練。」

眼見搬運章魚的工作被貝洛切爾和拉格斐攬去，艾草還想看看有沒有什麼事是她能做的，沒想到謝必安和范無救已經自動抱了小山高的啤酒過來。

「小姐，坐我膝蓋上一起喝好嗎？」謝必安笑吟吟地說。

「啊！必安妳這招太卑鄙了啦！」范無救哇哇叫，「人家也想讓小姐坐懷裡啊，要不是我個子不夠高。小姐，不然我提供膝枕給妳吧？」

「無救，那樣小姐可就不能好好喝了喔。」

「也對耶。」

艾草沒有加入兩位將軍的對話，她往左右看了看，目光隨即盯在莉莉絲身上。

容姿華麗的地獄君主之女露出了她的黑羽翼，每根羽毛都像是在無聲地吸引艾草過去。

艾草真的靠過去了，莉莉絲揚起勝利的微笑。

「真可惜我沒有翅膀，也許之後可以向陛下建議，我等看守者背上加個翅膀似乎也不錯……」貝洛切爾喃喃自語。

伊梵和莅莅站在一塊，彷彿無法很好地融入眾人，畢竟在場只有他倆是一年C班的。雖然他們自願跟來，但仍揮不去那份拘束感。直到黑荊棘不耐煩地朝他們喊了一聲，要他們隨便找個位子坐下。

這頓奇異的宵夜才宣告開始。

范無救豪氣萬千地大口吃肉、大口喝酒，和自己的搭檔相反，謝必安秀氣地喝著酒、吃著東西，不時將切成小小塊的章魚肉分到艾草的盤子裡。

艾草盤子裡的章魚越堆越高，她會偷偷地將一些撥到莉莉絲的盤子內，但下一秒就會有雙倍的分量回來。

艾草微微苦著小臉，即使她看上去仍沒有多大的表情變化。她試著向貝洛切爾求救，然而那名優雅溫柔的男人只是笑著，又分給了她更多章魚，還柔聲說：

「小姐妳要多吃一點才好，這樣太瘦了。」

不對，全部都吃下去的話，她會變成球的！艾草慌張地搖了搖頭，試圖揮去那個圓滾滾的想像，她立刻將冀望的目光投向拉格斐。

「多吃才可以長大，否則妳一輩子都只能是小不點。」拉格斐不客氣地訓話，拒絕伸出援手。

這時候，突然有支叉子偷偷摸摸地靠近艾草的盤子，但還沒成功就先被另一隻手阻攔。

「細細，你這是想做什麼？不可以亂動別人的食物。」野薔薇慢悠悠地說，叉子抵在南瓜手偶眼邊，「否則我會戳下去喔。」

「戳下去？妳眞的要戳爆我的眼睛嗎？沒人性！」南瓜手偶驚恐地停住叉子，不敢亂動，「就算本大爺沒辦法吃東西，一吃就會從體內咕溜掉出來，但妳也不能剝奪我吃的權利啊！而且妳自己看，我沒吃還是有別人會吃的！」

南瓜手偶忽然激動地指著某個方向大叫。

數雙眼睛反射性跟著一轉，眞的見到有支叉子直接伸入艾草的盤子裡，毫不客氣地劫走一大塊章魚肉。

握住叉子的，是一隻蒼白到不見血色的手臂，手臂的主人是一名白髮紅眸、臉上覆有幾片蛇鱗的俊美少年。

無視他人的目光，白蛇慢吞吞地咬著章魚肉，表達了感想，「調味不夠。」

「白蛇！」莉莉絲勃然大怒，「誰准你吃小米粒的東西？你是沒手沒腳不會自己動手拿嗎？」

「太麻煩了，而且你們是想讓她撐死嗎？那分量都可以餵飽兩個她了。」白蛇淡淡地回話，嗓音因爲剛睡醒還帶有一絲嘶啞，他又抬起手臂，皮膚底下即刻鑽出兩條小蛇。

牠們先是將白蛇叉子上的食物分食完畢，再迅速滑向艾草，兩雙眼睛直直地凝望著她。

艾草的臉上露出小小的笑，和牠們一同分享盤內的章魚肉。

莉莉絲本來還想抱怨幾句，可一見到艾草的笑容，就覺得那股氣都消散無蹤了。

「真是的，小米粒的笑太犯規了啦……」莉莉絲咕噥道，接著她留意到C班的兩名成員都還沒有動口，「喂，伊梵、菈菈，你們幹嘛不吃？別說我們A班的虐待你們。」

「我和伊梵沒有很餓，我們只是想看黑……」菈菈心直口快，忘了掩飾真正想法，如果不是伊梵眼明手快及時捂住她的嘴，恐怕她就要在當事人面前說出來了。

「我們有吃沒吃跟妳無關，況且黑荊棘老師也還沒吃。」伊梵先是對自己的堂妹怒目而視，再語氣冷淡地說，「莉莉絲，妳大可以關切妳的班導師。」

確實就如伊梵所言，說要將章魚當下酒菜的黑荊棘仍未有動作。她握著一瓶酒，若有所思地凝望著瓶身的說明文字。

「老師，身材又正又火辣的黑荊棘老師，妳也來吃一口吧！」南瓜手偶動作飛快，也不知道是不是基於報復心理，它從野薔薇的盤子裡叉起一大塊肉，諂媚地遞給黑荊棘。

「我沒說不吃，只是在想要配哪種酒享用最美味。」黑荊棘接過了南瓜手偶的叉子，沒有拒絕。

所有人不禁屏著氣，等著看黑荊棘要如何進食。

「伊梵，我們就要看到黑荊棘老師的真面目了。」菈菈興奮地低聲說，「從來沒有人看過耶。」

「閉嘴，安靜看。」伊梵警告。

彷彿不曉得自己的一舉一動倍受眾人關注，黑荊棘將空著的另一隻手探向了頭套。

在所有人屏息以待中，那隻纖長的手拉開了頭套下方的隱藏式拉鍊。

不是將整個頭套拔起，黑荊棘只是拉開拉鍊，使得她的嘴巴和下巴露了出來，其他部位依舊被藏得嚴密。

這一瞬間，房間裡似乎響起了多道的「嘖」聲。

「什麼啊，害我白期待一場……」莉莉絲嘀咕了幾句，畢竟她會留下，就是想趁機一睹黑荊棘的眞面目。

既然期待落了空，伊梵和菈菈也不再只是捧著盤子，不客氣地享用起這頓宵夜。

多人合力下，分量驚人的章魚肉很快被消滅大半，連帶擺在地上的空酒瓶也越來越多。

包括外貌最為年幼的艾草和拉格斐，也都各捧著一瓶酒。

這裡是賽米絲學園，所有成員都不是普通人類，他們的外表並不代表眞實年齡，因此也不會有人阻止艾草和拉格斐喝酒。

喝著喝著，黑荊棘難得主動地多話起來。

向來對學生們吐出冰屑般句子的女老師，以幾乎稱得上溫和的語氣說：「所以，你們幾個小鬼沒事幹嘛闖進我的實驗室？沒幾個學生知道這地方，我不會追究責任，但不表示我不會問原因。好了，快說吧，因為想將我的守衛當作宵夜吃掉這套說辭，我可不會蠢到眞的相信。」

「因、因爲，瓦們……」菈菈說起話有些大舌頭，仔細一看會發現她眼神迷濛，甜美的臉蛋紅通通一片，已經帶有醉意。

「因爲我們聽見歌聲。」伊梵將菈菈手裡的酒奪走，他知道自己堂妹的酒品如何，他可不想看她發酒瘋，胡言亂語一些有的沒的，「我們猜想會不會跟我們的加分任務有關，才會貿然闖進。」

「老師，唱歌的人是妳嗎？」艾草細聲細氣地問著，不時小口小口舔著酒，像是一隻惹人憐愛的幼貓。

艾草會提出這個說法是有根據的。

這裡既然是黑荊棘的實驗室，至今也沒見到黑荊棘以外的人，那麼歌聲的主人很有可能便是她。

此話一出，其他人的視線立即鎖定在黑荊棘身上。

「唱歌的人不是我。」黑荊棘對這些目光視若無睹，新開了一罐啤酒。

所有人中，就屬她和謝必安、范無救的腳邊堆了最多瓶瓶罐罐，她們簡直像是把酒當成水喝。

「我那可不是在唱歌。」黑荊棘又說。

一開始眾人還沒意會過來，好幾秒過去，他們的眼睛登時錯愕地睜大。

「等一下！意思是，那聽起來像歌聲的聲音主人是妳⁉」拉格斐完全沒辦法把那道優美歌聲與面前被公認為怪異、難相處的女老師連起來，「那難道、難道不是水妖在唱歌嗎？」

「拉格斐，你蠢到身為老師的我都要覺得遺憾了。」黑荊棘嘆了一口氣，只是字字句句又恢復以往的刻薄。

拉格斐捏扁手中的空罐，要不是他還記得眼前的人是班導師，恐怕真的會衝上去。

「我這裡只養了一隻章魚，沒養水妖。」黑荊棘忽然自唇中哼吐出一段奇異音節。

乍聽之下，就像是有人在唱一首優美的歌——這和艾草他們當時在塔外聽見的聲音一模一樣。

「太好聽了，老師！」南瓜手偶熱烈鼓掌，「比野薔薇唱的還要好聽！野薔薇，妳看看妳，妳要跟老師多學習一下才對！」

「我明白了。」野薔薇輕蹙起秀氣的眉，認真地說，「我會向老師學習把荊棘塞到細細你的嘴巴裡。」

南瓜手偶馬上噤聲。

「伊梵，真滴是這個歌聲……」菈菈急忙抓住伊梵的手臂。

「我聽得出來。」伊梵忍耐地說，「妳少說話，也別再給我喝酒。」

「珠道了啦。」菈菈噘著嘴，不開心地說道。

「菈菈，妳要喝一些水嗎？」艾草伸出食指輕戳了吸血族少女一下，再將一杯透明液體遞過去。

「交換生，妳人眞豪！」菈菈忽然淚眼汪汪地向艾草撲抱過去，「不像伊梵只會看野薔薇，他一定是……一定是喜翻上她了啦！」

「菈菈！」伊梵鐵青一張俊秀的臉，紫眸因情緒激動染成鮮紅色。但在捂住堂妹那張嘴之前，他猛然回過頭，急促地對著看似愣住的栗子色鬈髮少女解釋道：「別聽菈菈的話，不是那樣的！我……我會看妳，沒有奇怪的意思，我只是覺得妳看起來……」

「很像發育不良的飛機場？」南瓜手偶竊笑，而它馬上就嘗到了教訓。

「沒、沒關係的。」野薔薇無視嘴巴被塞進酒瓶的南瓜手偶，神情有點緊張、有點侷促地望著伊梵，「因爲我也覺得，好像曾在哪見過你，所以有時也會忍不住看……抱歉，這一點也不重要。老師，請妳繼續方才的話題吧。妳唱的歌……」

野薔薇細弱的嗓音突地變得更輕了，像蘊含著難以道出的感情在裡面。

「眞好聽呢，會令人不由自主地想起許多事。」

「感謝讚美，野薔薇，只是我說過了，我那不是在唱歌。」黑荊棘漫不經心地回著話。

「不好意思，可否容我打個岔？」謝必安放下酒，舉起白皙的手，「老師，我聽不明白妳方才像是唱歌的聲音。然而我家小姐說過，這裡有座巴別塔，可讓溝通無障礙。爲何又？」

「那是古語，是嗎？」先開口的人不是黑荊棘，而是安靜到讓人以爲是不是睡著的白蛇，「古老之語，已被大多數人遺忘的語言。」

「確實是。雖然你看起來像是沒帶腦袋在聽課，但不愧是伊甸之蛇的後裔，知道的事出乎意料地多。」黑荊棘的嘴角彎出一抹姣好的弧度，「巴別塔可不是全能的翻譯機，有些語言它也轉換不過來，例如那些失落的古語。我剛說的，正是其中之一，只是它還有另一個別稱，魔女之語。我沒有跟你們說過嗎？」

黑荊棘伸出食指，她的腳下瞬間有黑影扭動，眨眼糾纏出實體化的黑色荊棘。

「我是一名魔女，別稱是『荊棘魔女』。附帶一提，我剛是在罵髒話。」

五 夢與故事

比起知道黑荊棘的身分是魔女，莉莉絲等人更吃驚的是，原來先前他們聽見的優美歌聲並非有人在唱歌，那只是黑荊棘在用魔女之語罵髒話。

「妳……虧妳還是一名老師！」拉格斐氣急敗壞地指著黑荊棘罵，「哪有老師罵髒話還那麼大聲的？妳知道那都傳多遠了嗎？」

「所以我不是用一般人聽不懂的話了嗎？」黑荊棘無動於衷地說，「除非你們想聽通用語版本的我也不會介意。」

幾乎黑荊棘一說完話，貝洛切爾就警覺到什麼，他立即用最快速度摀住艾草的雙耳。

同時間，黑荊棘的舌尖再次滑出句子，只不過這次是所有人都聽得懂的語言。

「我只是在抱怨學園長小氣又禿頭，而且嗶——還嗶——很多煩心事實在太讓人覺得嗶——嗶——嗶——」

那是一連串粗魯得即使是男性都要面紅耳赤、不敢聽下去的驚人髒話。

拉格斐和伊梵雙雙漲紅了臉；貝洛切爾也面露尷尬，但仍是盡責地摀好艾草的耳朵，不讓她將這些話聽進去。

白蛇依然是一副雷打不動的冷淡模樣，彷彿黑荊棘吐出的只是再平常不過的問候語。

女孩子方面，菈菈半醉，意識模糊；莉莉絲目瞪口呆，啤酒罐抵在唇邊都忘了喝，似乎是第一次知道髒話可以這般豐富；野薔薇在黑荊棘罵到一半時，已自動捂好自己耳朵。

至於謝必安和范無救……

「老師，我覺得妳可以再加嗶——進去，似乎不錯。」

「不對啦、不對啦，必安、老師，要改成嗶——還有嗶——更棒，或者兩個都加也可以。如果覺得這樣不夠精彩，老師妳可以再問我們。我和必安都是負責帶兵訓練的，會的髒話可多了唷。」

「這還眞是……」莉莉絲喝了一大口酒穩定心緒，「小米粒，妳的部下眞的是人不可貌相哪。」

尤其是那名戴著細框眼鏡、微笑起來溫柔似水的白衣女子，誰想得到她居然有辦法吐出一堆統統該消音的髒話。

「什麼？莉莉絲，妳說什麼？」艾草感覺貝洛切爾的雙手移開，耳邊又能聽見聲音，但只來得及捕捉到莉莉絲的句尾。

「我是說……」莉莉絲望著那雙直率稚氣的烏黑眼睛，話鋒忽然一轉，「小米粒，妳知道什麼是魔女嗎？」

「吾不知。老師說她是，然，吾不明白那是何意思。」艾草誠實地搖搖頭，放下手中的酒，改拿起之前從酒堆中發現的水，小口小口地啜飲起來。

「沒辦法，我就告訴妳吧。」莉莉絲一撥髮絲，「所謂的魔女……」

「是人類，也可以說不是人類。她們擁有普通人不會有的力量和漫長生命，清一色都是女性，與生俱來可控制某種物體。自然元素、植物、金屬……她們可以控制其中一種，但也只能是一種。」拉格斐說，「那個貓控教師就是因爲能操控荊棘，才被人稱爲荊棘魔女吧。」

「非常感謝你的講解，拉格斐。但、是，」莉莉絲霍然起身，單手扠腰，碧眸燃起怒焰，「誰准你搶在本小姐之前解釋的？替小米粒解說可是我莉莉絲的專利！」

「啊啊？」拉格斐猛地站起，「小不點身上有刻妳的名字嗎？憑什麼妳可以解釋我就不行？妳這個傲慢自大得也太過分的惡魔！」

「自以爲是的蠢天使才該閉嘴！你不是討厭女人嗎？那就離我的小米粒遠一點！」

「說那什麼傻話？那小不點哪裡看起來像是女的了？沒胸沒屁股，我是將她當成男的在看待！」

「……吾覺得，吾有種什麼事都沒做就中槍的感覺。」艾草惆悵地說，「貝洛切爾，吾眞的不像女孩子嗎？」

「不，我想那只是學弟誇大一點的說法，而且他們倆看起來更像是醉漢在吵架呢。」貝洛切爾的觀察力不因多喝了幾瓶酒就降低，他注意到莉莉絲和拉格斐的臉都染上紅潮，目光焦距也比以往渙散一些，還注意到——「小姐，妳的兩位部下看起來像是想拿拉格斐學弟的背部當靶子了。」

艾草下意識一抬眼，果然見到范無救和謝必安各握著幾枚白羽毛，似乎下一秒就要扔向背對著她們的矮小身影。

「無救、必安，不可。否則吾，吾會生氣的。」艾草努力板起一張小臉，但別說是威嚇人，她那微紅的臉頰只令人感到可愛無比。

謝必安和范無救同時收起羽毛，改掏出手機，有志一同地將艾草難得半酣的模樣拍下來。

「才那麼點酒就醉了嗎？也太沒用。」黑荊棘睨了仍吵得不可開交、話題卻越跑越遠的兩人一眼，隨手一揮，一排漆黑荊棘就將他們隔到另一邊去，「別管那兩個醉鬼了，艾草。我知道你們跟伊梵他們重疊到任務，貝洛切爾則是想當妳的保母，那麼爲什麼連野薔薇也跟你們湊一起？我記得沒錯的話，她是獨自一人一組的。」

「因爲……」艾草遲疑了一下，不確定將他們和野薔薇私下的約定說出來是否適當。

「因爲是我拜託艾草他們幫我一個忙的，老師。」野薔薇自己輕聲說了出來，她的眼神像是在凝望不明遠方，深棕色眸子一眨也不眨，「我拜託他們幫我，找我愛著的那個人哪……」

愛著的？伊梵知道自己沒喝醉酒，意識也很清醒。他的確聽見那名文靜秀氣、有時彷彿帶了絲神祕的栗子色鬈髮少女親口吐出了她正愛著某個人，而他，卻沒有太驚訝或是受到打擊的感覺。

「所以我不是說了嗎？菈菈，我根本就沒有……」伊梵像是對著睡著的堂妹說，也更像是在對著自己說。

「愛呀，眞是美好的字眼。」謝必安輕搖白羽毛扇，輕柔的嗓音似乎帶了一絲笑意。

「沒錯，就像我等都愛著小姐一樣！」范無救高舉酒瓶，興高采烈地說著。由於膚色黧黑，看不出雙頰是否帶有酒精造成的紅暈，但一雙大眼卻仍清明異常，很難想像她已經灌下了大量的酒。

「呸呸！」南瓜手偶終於逮著機會，吐掉卡在嘴巴裡的酒瓶，立即開始大放厥辭，「才不一樣，哪裡一樣啊！野薔薇的愛可是一般人比不上的！因爲她愛上的是夢中人，還拚命地想找到對方呢！」

「夢中人……？」艾草怔怔地問道。

「夢中人嗎？」黑荊棘輕晃一下啤酒罐，語氣沒有嘲笑。

「沒錯！」南瓜手偶驕傲地繼續說道：「野薔薇從小時候就開始作一個夢，然後她就愛上夢裡的人，堅信自己一定能找到對……野薔薇，妳在做什麼？妳爲什麼要忽然磨刀子？咿！不要用那種飽含深意的眼神看我，本大爺只是……我只是個再普通不過的南瓜而已！」

說完，像是怕自己眞的會遭受不人道的對待，南瓜手偶飛快閉上嘴巴，假裝剛說話的不是它。

「也就是說，」淡漠到像是連點情緒色彩也沒有的嗓音響起，自方才似乎就陷入半睡半醒的白蛇睜開一隻血紅的眼，目光投向野薔薇，「妳要我們幫忙找一個不知道存在與否的虛幻人物？」

「不是，那人是存在的！我愛著的那人，一定存在！」總是文靜的野薔薇罕見地流露激動，細弱的聲音拔高，「我都已經……所以那人一定是存在的！我知道，我能確定！」

「學妹，妳冷靜些。要不要將事情說得更清楚一些？」貝洛切爾出聲，他沉穩的聲音似乎替野薔薇帶來安撫。

野薔薇深吸一口氣，慢慢坐了回去，垂頭囁嚅道：

「抱、抱歉，是我失態，我這就將事情全部說清楚。從我有記憶以來，就一直在作相同的夢……我看見了暴風雨，我看見了天氣終於晴朗。那一天，我救了一個人，我離開城堡到外面去……是的，夢中的我待在一座城堡裡。我發現他失去意識，孤孤單單的，我將他拉離海水，想要趕緊找人來救他。然後、然後……陽光灑下，我看清那個人的臉，我愛上了那個人……」

野薔薇還是低著頭，聲音又輕又細，「我知道這說出來或許會讓人覺得可笑……」

「不，這並不可笑。」打斷野薔薇的話的是伊梵，他的視線落在手中的啤酒罐上，「因爲我跟妳一樣……我也一直作著相同的夢。我夢到暴風雨，在大船上，之後就會換成類似宮廷舞會的場景。我和一個女孩子跳舞，旁邊有許多人，但誰的臉我都看不清楚。妳作了一個夢，妳愛上夢中人，但我卻連爲什麼會作那樣的夢都不知道。」

「夢只是夢，太過執著，沒什麼好處，我也沒興趣管那麼多。」黑荊棘就像是對這話題失了興趣，抓起手邊的幾罐啤酒往空中扔，「有時間說那些，還是喝酒吧，別壞了我宵夜的興致。」

其中兩罐扔給野薔薇和伊梵，而另一罐的目標則是艾草。

不過貝洛切爾卻從中攔截下來。

「抱歉，老師。」貝洛切爾不甚贊同地皺起眉，「小姐不適合再喝下去，她喝的夠多了，再喝我擔心會醉。」

「說那什麼話？小姐的酒量相當好，這些啤酒趴數那麼低，小姐才不會醉的。」范無救揮著手反駁。

「沒錯，吾才不會因這點小酒就醉。」艾草似是覺得自己被看輕，奮力地挺起小胸膛，「吾明明還很清醒，因何貝洛切爾不相信吾？」

「不是的，小姐，我是擔心……」貝洛切爾溫柔的安撫尚未說完，艾草忽地站起來。

「吾可以證明，吾這就證明給汝等看。」艾草站姿筆挺，嬌小的身軀散發出凜凜威勢。她揮動了下單邊袍袖，仰起頭，對空中伸出一隻小手。

原先眾人都抱持著好奇的心態，想要看艾草接下來想做什麼。

可沒想到下一秒，艾草伸出的那隻手食指上的銀色戒指倏地發出光芒，光芒緊接著化作光束射向空中。

前一秒還空無一物的虛空，剎那間化出了一面碩大華麗的金框鏡子，鏡面似水波湧動，泛出圈圈漣漪。

謝必安與范無救神情大變，顧不得喝酒了，她們趕緊衝向艾草。

「天啊！小姐，妳真的醉了！」

「小姐，快把空間之鏡收起來！那可不是隨隨便便使用的東西！」

「小姐，振作點，妳的眼睛變成蚊香眼了！」

謝必安和范無救慌張地各抓住艾草的一邊肩頭。

謝必安還不忘迅速拉下艾草舉高的那隻手，纖白手指一把包握住她的小手，從戒指中射出的光束被打斷，消失在空中。

但是，上方的空間之鏡卻依舊存在。

黑荊棘下意識地站起來，貓咪頭套正對著那面接連東西兩地空間的華麗鏡子，彷彿在確認是否會有人影從中穿出。

「無救，那兩隻笨狗出現的話，」謝必安一手撐扶著艾草，一手抽出羽毛扇。

「了解，用盡全力將他們打回去對吧。」范無救也是一手扶著艾草，另一手則抽出那面可放大體積的令牌。

空間之鏡的鏡面猛地泛起大幅度的波紋，然後——

然後，在多雙眼睛的注視下，鏡子消失了。

「……啊啦？」謝必安難得發出困惑的一聲。

什麼事也沒發生，也沒有任何熟悉的人影從鏡裡躍出。

空間之鏡似乎就眞的只是單純出現，單純消隱。

「哈啊……嚇我一大跳。」范無救收回令牌，拍拍胸口，「還以爲阿防、羅刹會出來哪，幸好啥事也沒發生。不過眞奇怪，爲什麼啥事也沒發生？」

「因爲她睡著了吧？」白蛇慢條斯理地說，隨後他也掩口打了個呵欠，從懷中拿出裝有黑色碎片的透明瓶子，扔給了前方的黑荊棘，「就像妳說的，老師，上面就是拿來推卸責任用的，這東西也交給妳處理了。這是之前闇之螢石內異常的黑暗元素留下的殘骸，詳細妳自行問當事人。我也要睡了，除非天塌下來，否則誰都不准吵我。」

幾乎是話一說完，白蛇的雙眼也同時閉上，自顧自地躺在地面睡著了。

范無救還是第一次瞧見有人眞的說睡就睡，但她馬上就將注意力移開，最重要的可是她們的小姐。

正如白蛇說的，艾草的確合上了雙眸，潔白的臉頰如今泛著粉紅，身子軟綿綿地依偎著謝必安和范無救。

「眞的睡著了？睡著的小姐也好可愛。必安，我可不可以……」范無救心癢癢的。

「不行，妳要是咬小姐臉頰的話，就算是妳，我也會把妳打飛出去的喔，無救。」謝必安露出一抹溫柔的微笑。

范無救摸摸鼻子，她可不想被搭檔的羽毛扇打飛出去，那很痛的。

「艾草還好嗎？」野薔薇關心地問，音量不敢太大，因為她注意到伊梵不知不覺也醉倒了。

「小姐只是不勝酒力而熟睡，沒有什麼大礙。」謝必安讓艾草躺下，頭枕在軟墊上，「只是，不知為何她會醉那麼快？」

「我猜，小姐是誤將這當水喝了。」貝洛切爾舉起一個還盛有些許透明液體的杯子，「這是我剛才倒進杯裡晚點要喝的。聞起來沒什麼酒味，但酒精濃度有點高。」

「原來如此，艾草沒事就好。」野薔薇秀氣地笑了笑，聲音也慢慢小了下去，眼皮往下掉，顯然她也不勝酒力要宣告投降了。

「野薔薇，妳這樣就要倒了嗎？妳也太沒用了吧！快振作起來，不然讓本大爺喝幾杯也好啊！」見到她就要倒下，南瓜手偶急忙高聲喊道：「喂！野薔薇，妳聽見了沒！野……」

隨著野薔薇在地面蜷起身體進入夢鄉，南瓜手偶也沒了聲音。它不再有任何動靜，就像一個普通的、不會說話也不會動的手偶。

「老師，妳這裡有被子嗎？我怕小姐還有其他人會著涼。」貝洛切爾說道：「而關於那碎片的事，我晚些會說清楚的。」

「還眞是會照顧人的學長……去外面，然後找到樓梯下樓，下一層樓的走廊右手邊有儲藏室，自己去那裡翻翻。其他地方的東西都別亂碰，炸了你一隻手臂我也不會賠的。」黑荊棘隨意地將手往門口方向一指，「那麼，艾草的兩位部下，要再喝嗎？」

「要！」

「隨時奉陪呢，老師。」

就像是在慶祝新一輪的喝酒大會開始，三道拉開啤酒罐拉環的聲音一同響起。

接著是黑荊棘低啞的聲音傳出。

「就當我喝多了，我也來說一個故事吧。從前從前，陸地上有一位公主，她在暴風雨過去的隔天發現有人倒在海中……之後她嫁給了那日發現的那人，她嫁給了鄰國的王子。而沒有人知道，她其實也是一位魔女……」

那聽起來比一般女性都低，又帶著特殊沙啞的聲音飄進了艾草耳內、腦海裡，然後就像水珠似地一滴滴往下墜落，墜進一片海藍色的水域中，晃漾出一圈圈漣漪。

當漣漪靜止，有誰在那片海藍水域中低語。

「哪，妳有聽過這樣一個故事嗎？」

「哪，妳願意聽我說這樣的一個故事嗎？一個哀傷、沒有結果的愛的故事。」

「從前從前，有一位海底的公主，她愛上了不該愛的人，她愛上了陸地王國的……可是她的愛無法實現，就連對心愛之人刺下匕首也沒辦法做到……啊啊，多麼哀傷、多麼無望……」

那陣似悲泣又似傾訴的低語變得越來越模糊、越來越模糊。

艾草忍不住想要伸出手抓住。

等一下，爲什麼無法實現？告訴吾，吾想知道。妳的故事、黑荊棘老師的故事、野薔薇的夢、伊梵的夢，那是不是就是「人魚公主」——

大量的水忽然一口氣漫了過來，在沉入深幽水域之前，艾草最後看到一條碩大華麗的湛藍魚尾自她眼前沒入水中，每一片鱗片都彷彿寶石閃閃發亮……

六 傳說中的校車

鱗片?魚尾?艾草幾乎瞬間驚醒過來。

這名外表稚幼的東方神明猛地彈坐起身體，有些急促地呼吸著，未綁束的烏黑髮絲披散在肩後。

艾草抬頭觀看四周環境，發現自己正待在宿舍房間裡。窗外日光隔著窗簾還是透進了一部分，在地板上映照出一片金黃色的區域。

艾草慢慢地深呼吸，試圖緩和比平常還要快的心跳。

所以，是吾又作夢了嗎……艾草閉起眼，覺得沉入水裡的感覺是如此眞實，就連那華麗的藍色魚尾也猶在眼前。

艾草又重新睜眼，視野內的景象依舊沒變，她的確是待在自己房間裡。

爲什麼她會在這裡?她記得她們應該是待在黑荊棘的實驗室喝酒，然後……

「吾難道，後來醉倒了嗎?」艾草小小聲地自問著，手指按上額角，她覺得頭有些發暈，但沒有到達疼痛的地步。

正當艾草想要再進一步回想時，她的身邊忽地發出聲音。

「唔嗯嗯……我還可以再吃……」

艾草嚇了一跳，但僅是瞬間就回復鎮靜，小臉上更是什麼表情也看不出來。她往左邊一看，沒有意外地發現枕頭上睡著一抹巴掌大的身影。

黑髮、偏深褐的膚色，正是體型縮小成迷你版的范無救。

再往右邊一看，枕頭上也睡著一抹巴掌大的身影。蓬鬆的長鬈髮、肌膚雪白，不是迷你版的謝必安，還會是誰？

艾草大概可以猜得出昨夜發生什麼事了。自己醉到睡著，是她們把自己送回來的。

接著，艾草又發現一旁的書桌上擱著一張紙。她輕手輕腳地離開床鋪，來到桌前一看。

白紙上，是屬於謝必安娟秀的字跡。

——小姐昨夜不勝酒力先睡了，之後是我等將小姐送回房內。若是小姐先醒，務必將我等喚醒，讓我等幫忙服侍更衣。必安。

在「必安」兩字後面，還豪氣地寫上了「無救」。

艾草在紙的空白部分寫下「外出，稍晚歸來，勿擔心」，再小心翼翼地找了本書壓住邊角，然後輕手輕腳地回到床鋪旁。

或許是昨夜的酒真的喝得有點凶，謝必安和范無救兩人都睡得比平時沉，沒有察覺艾草的離開及靠近。

「辛苦了，必安、無救……吾最喜歡妳們了。」艾草稍微拉高棉被，蓋在那兩抹迷你人影的肩部以下，不想打擾兩人的睡眠。

畢竟除了喝了整晚的酒以外，她們還幫忙擊退了那隻大章魚。

艾草打算趁著假日，偶爾在沒有屬下陪伴的情況下外出，不過得先將身上穿的睡衣換下才行。她的目光盯住了比自己高上許多的雙門衣櫃，然後搖搖頭。

不行，衣櫃前天才被她不小心弄亂一點點，長照還來不及整理就回地府去了。如果這時候打開……艾草縮起肩膀，面無表情的小臉上似乎隱隱出現了一瞬畏縮。即使是她也很明白，要是眞的打開衣櫃，那麼迎接她的就是「另類山崩」了。

不行、不行！艾草趕忙搖搖頭，環視房間，最後目光鎖定在范無救隨手扔在椅子上的外出衣物。

「對不起了，無救，吾先借用一下。」艾草小小聲地向下屬道歉，用最快速度換上對方的衣物。

兩人的個子只差一些，所以衣物長度沒有太大問題。

「但是，胸前鬆鬆的。」艾草伸手探向胸部，眉眼間彷彿掠過一絲失落，「吾明明只矮無救一些……有點生氣。」

「羅刹，你滾開！不要擋到我的電視啦！」床上的范無救無預警大叫一聲，嚇得艾草差點發出聲音。

艾草趕忙捂住嘴巴，緊張地瞅向對方。

幸好范無救只是說夢話，身邊的謝必安似乎早已習慣，連點動靜也沒有，兀自熟睡著。

艾草鬆了一口氣，深怕下一刻謝必安和范無救眞的會醒來，她不敢多逗留，偷偷溜出了房間。

由於正逢假日，白犀之塔內到處可看見學生悠閒地四處晃，氣氛和平時大不相同。

艾草第一個想到的是去找莉莉絲，只不過當她敲了敲對方的房門後，來開門的卻不是那名有著驚人美貌的粉紅長髮少女。

門被拉開一條縫，艾草瞧見一抹人形黑影，那是莉莉絲的影侍。

「莉莉絲怎麼了嗎？」艾草直覺地用氣聲問。

那名影侍退開幾步，讓艾草可以看見房內景象。

床鋪上，莉莉絲縮著身體，背對門口。從那毫無動靜的模樣來看，顯然還在夢鄉中。

「要我去喊殿下起來嗎？」影侍的手上出現一面白板，上頭自動浮現文字。

艾草想起昨晚莉莉絲和拉格斐是繼菈菈之後醉倒的人，她打消了邀請對方一同逛街的主意，搖搖頭。

「讓莉莉絲多休息，也不用說吾來過了。」

和影侍道別，還從對方那裡獲得一把糖果後，艾草本想去敲白蛇的門，可又想到自己雖然可以拖著他一塊出門，但白蛇恐怕也會一路睡給她看。

那樣子的話，有帶沒帶好像沒差別……

「艾草？嘿！艾草！」

突然有誰在大喊艾草的名字。

艾草下意識抬頭，望見斜上方的樓梯上，一名紅髮紫眸的女孩正熱情地向她揮著手，那是和自己同班的沙羅。

沙羅身邊則是同為一Ａ學生的溫蒂妮。

「沙羅、溫蒂妮，早。」艾草有禮地向兩名同學點頭打招呼。

「早！」沙羅活力十足地笑道，臉上的小雀斑似乎也跟著染上光采，「妳一個人嗎？要不要跟我和小溫一起？」

「我們要一起到街上買衣服。」和外表像男孩子的沙羅比起來，綠髮碧眸的溫蒂妮格外有女人味，笑起來也甜甜的，「艾草要不要也跟我們一起去？中午還會和其他人碰面，一起吃中餐。」

「來嘛，艾草，很有趣的喔！」沙羅熱情地邀約著。

艾草有些心動，但遲疑了幾秒後，還是輕輕地搖搖頭，「吾很高興汝等的邀請，但吾晚點有事。」

「欸？真可惜……」沙羅失望地垮下肩膀，下巴抵在交疊於樓梯扶手的雙手上，「想說這次妳身邊總算沒有白蛇、莉莉絲、拉格斐與野薔薇他們了。」

「只好下次再約。」溫蒂妮也遺憾一笑，「艾草，下次要把時間留給我們喔。」

「吾會的。」艾草認眞地說。

沙羅只能依依不捨地對艾草說再見，再任憑溫蒂妮將她一把拉走。

艾草走到宿舍大門前的一路上還碰到不少同班同學——似乎是爲了加深同班感情，所以同班的學生多半會分在同一棟宿舍裡——也有其他人提出了邀約，但她都有禮貌地搖頭拒絕。

雖然今天是假日，但艾草記得拉格斐曾說過，要盡量利用這幾天連假完成他們的加分任務。就算大家可能因爲宿醉還在休息，不過說不定晚點就會再度召開小組會議，對昨夜的失誤進行討論。

艾草不知不覺間走出白犀之塔。

就算是假日，宿舍區還是相當熱鬧，應該說更熱鬧了。

艾草想要找個安靜點的地方想事情，因此下意識往聲音較少的方向走，也沒留意自己究竟走往哪裡，直到她的面前毫無預警地落下一大片陰影。

艾草一愣，抬起頭，然後那雙黑若潭水的眸子倏然大睜。

艾草看見正前方停著一輛小巴士，只是那輛載客數似乎只有十幾人的小巴士外觀看起來異常破舊陰森，門板搖搖晃晃的，像是隨時會解體。玻璃窗上掛著大片蜘蛛網，車燈位置還燃著一簇綠色火焰。

換作其他人，或許會對這輛巴士退避三舍，但艾草只是瞬也不瞬地望著它，不見畏懼。身爲東方地府城隍，她看最多的就是黑暗及亡魂。

因此當她望著這輛巴士時，只覺得有種親切感。

只是，這輛車是哪裡來的？

艾草看看四周，發現自己居然走到了一座站牌前，附近一個人也沒有。

站牌……巴士……難道說是……

「傳說中的校車？」艾草不禁脫口而出，同時車門「喀噠」一聲開啓了。

一抹身影正坐在駕駛座，半圓形的耳朵，短短的手、短短的腳，色彩鮮艷的身體，脖子還繫著紅色蝴蝶結。

雖然說來到賽米絲學園已經半個多月，也知道這裡有什麼都不奇怪，但艾草還是忍不住呆了一下，即使她的表情看起來和平常沒有太大不同。

坐在校車駕駛座上的，是一隻用花布縫成、半個人高的布偶熊。

換句話說，這輛在學生口中要觸發隱藏條件才會出現、至今還沒人確定存在與否的傳說中校車，司機居然是一隻布偶熊！

「要上車還是不上車？老子很忙的咩！」外表可愛、聲音可愛，但說話卻粗魯的布偶熊，不耐煩地瞥了眼還站在車門外的艾草，一隻小短手往旁邊盒子伸去，抓了一把糖果就直接往嘴巴裡丟，「不上車，老子要關門了咩！」

「吾要上車。」艾草毫不猶豫地踏上階梯、走入巴士，背後是車門「喀噠」一聲關上的聲音。

和陰森破舊的外觀相比，車內意外地整潔舒適，連蜘蛛網也沒有。

「要去哪裡啊咩。」不等艾草找好位子坐下，布偶熊就踩下油門，發動校車，「去哪都可以，老子這輛可是學園裡什麼地方都到得了的車子，就算是女老師更衣室也潛得進去的咩！還是說妳喜歡男老師更衣室？不過老子不推薦學園長專用更衣室，他年紀大又禿頭，不適合妳看的咩！」

「吾，吾任何更衣室皆不想看。」艾草像是覺得困擾地說，「吾可否有更衣室外的選擇？例如兜兜風之類的。」

「喂喂，老子這可是校車耶咩！又不是跑車咩！」布偶熊又抓起一把糖果往嘴裡丟，一邊咔滋咔滋地咬，一邊咔滋咔滋地說話，「不過看在妳是三年來第一位上車的人，老子難得大放送一次吧咩！」

語畢，布偶熊將油門踩得更用力，校車速度頓時加快。

艾草將臉貼近車窗，驚奇地發現路上的人們都彷彿看不見這輛校車。

校車筆直地往前開，似乎沒有注意到前方是一棵大樹。

下一秒，艾草越發驚奇，因爲校車竟然毫無阻礙地穿了過去！

「用不著太驚訝，老子車子的路線是被設定在另一個空間裡，撞不到東西的咩！」布偶熊頭也不回地說道：「只會載妳半小時，然後就隨便在一個地方放妳下車了咩。」

艾草覺得半小時足夠讓她好好想事情，於是點點頭，放鬆地將身體靠向椅背。

不管是在東方或是西方，她都難得獨自一人行動。她閉上眼睛，放任自己陷入未完的思考中。

她記得她又作了那個夢，這次夢中的訊息量更大了。

「可是她的愛無法實現，就連對心愛之人刺下匕首也沒辦法做到……啊啊，多麼哀傷、多麼無望……」

海底的公主，無法實現的愛，還有沒辦法對心愛之人刺下匕首……這些都是「人魚公主」的故事情節沒錯。

更不用說，她在夢中看見了那條像寶石一樣閃閃發光的藍色魚尾。

但是，為什麼她會忽然又作這個夢？是有人想讓她知道什麼嗎？而說到夢，野薔薇和伊梵所敘述的夢……

「我看見了暴風雨，我看見了天氣終於晴朗。那一天，我救了一個人，我離開城堡到外面去……是的，夢中的我待在一座城堡裡。我發現他失去意識，孤孤單單的，我將他拉離海水，想要趕緊找人來救他。然後、然後……陽光灑下，我看清那個人的臉，我愛上了那個人……」

——鄰國公主發現王子倒在海邊，昏迷不醒，趕緊將他帶上岸，尋找人幫忙救治。

「我夢到暴風雨，在大船上，之後就會換成類似宮廷舞會的場景。我和一個女孩子跳舞，旁邊有許多人，但誰的臉我都看不清楚。」

——王子在大船上慶祝生日，卻遇上了暴風雨；失去聲音的人魚公主和王子跳著舞，她的舞蹈吸引了全場賓客的目光。

最後，是黑荊棘老師說的故事。

「從前從前，陸地上有一位公主，她在暴風雨過去的隔天，發現有人倒在海中……之後她嫁給了那日發現的那人，她嫁給了鄰國的王子。而沒有人知道，她其實也是一位魔女……」

——人魚公主最後沒有和王子在一起，因爲王子娶了鄰國的公主。

夢到救了人的野薔薇，夢到和人跳舞的伊梵，以及身爲荊棘魔女的黑荊棘老師。

他們的夢、他們的故事，都和「人魚公主」有重合之處……這一切，眞的只是巧合嗎？

不，不論是不是巧合，他們三人一定與「人魚公主」這故事有什麼關係。

「小姑娘，半小時到了咩，老子要把妳丟下車啦咩！」

布偶熊的聲音驀然響起，同時也驚回了艾草的神智。

艾草倏地張開眼，發現校車已經停下，窗外是不曾見過的陌生景色。

佔地廣大的森林無止境地朝著一個方向延伸出去，濃密的枝葉層疊交錯，使得林內乍看下有些陰影，投映在地面的破碎光點宛如星星跌落。

艾草不認得這個地方，就算來此已經半個月，但賽米絲學園實在太過遼闊，她至今仍有不少地方還未踏足。

「好啦，快下車、快下車咩，老子可是載著妳足足有三十分鐘了咩！」布偶熊用它那短短的手拍著方向盤催促。

「請問，吾如果想回宿舍區，該從何方向行走？」艾草收回觀察窗外景象的視線，問道。

「啊？怎麼還是有學生弄不清楚自己住的地方？東邊、東邊，直直地往東走下去就對了咩！」布偶熊不耐煩地揮著手，「快下車啦咩！」

沒有因為對方無禮的驅趕而不高興，艾草很有禮貌地道謝，經過駕駛座旁時，看見布偶熊的糖果盒子幾乎已經空了，她將影侍送給她的糖果全部放進去，最後下了車，在門外再度低頭對布偶熊說了謝謝。

「喂，等一下！老子就是叫妳等一下沒錯咩！」布偶熊喊住準備轉頭離開的艾草，小短手指了指盒裡快滿出來的糖果，「都要給老子的咩？」

「熊先生不喜歡？」艾草困惑地歪了下腦袋。

「喜歡！愛死了！老子最喜歡糖果了咩！」布偶熊激動得拍起方向盤，身上的花布居然還變了色，彷彿感染到它的情緒，「老子第一次碰見像妳這麼上道的乘客咩！而且妳還是第一個沒對老子的語助詞提出質疑的人咩！誰規定熊就不能咩了？老子就是喜歡咩咩咩啊！」

「其實，吾……」艾草想說的話被打斷。

「老子欣賞妳，老子決定要送妳一個特別服務咩！」布偶熊可愛的聲音拔得高亢，它伸手解下自己頸間的紅蝴蝶結，再用兩隻手同時托住自己的頭部，往上一拔。

「啊，分屍了。」艾草喃喃說，臉上還是看不出變動的一號表情。

「沒反應，好膽量，老子喜歡咩。」拔下自己腦袋的布偶熊用一手抱著頭，另一手伸進脖子處的棉花裡掏了掏，掏出一枚小巧可愛的銀色笛子。它將銀笛扔給艾草，再把頭接回去，重新繫好蝴蝶結，「那就是老子送給妳的特別服務咩。聽好了，只要妳吹一次笛子，老子最晚三分鐘就會出現，使用次數只有三次，但不管妳想去學校的哪裡，老子都有辦法送妳到的咩！」

布偶熊驕傲地抬起頭，大力地拍了拍自己的胸膛，以示這話絕非虛假。

「熊先生，其實吾……」艾草握著銀笛，努力地想把未完的話說出，但是車門已經「喀噠」一聲大力關上，引擎發出聲響，車燈位置的火焰燃燒得更加猛烈。

下一瞬，外觀陰森破舊的校車已快速開走，消失在視野內，只留下艾草的聲音輕飄飄地落下。

「其實吾，是以爲西方的熊在說話時都會咩一聲……」

艾草終於將話說了出來，但校車早已經不在原地。

艾草收起布偶熊給的銀笛，內心有點後悔自己忘記拍照留念。

「讓必安、無救她們看到的話，定也會覺得驚奇……啊，不行，吾要先趕緊回宿舍，否則她們倆興許會以爲吾迷路。吾很成熟了，非是孩童，絕不能讓人產生如此誤會。」

艾草馬上抬頭挺胸，尋找起東方方位。然而正當她要邁出步伐，耳朵突地捕捉到細碎聲響，聽起來就像是枯枝被踩斷的聲音。

誰？還有其他人嗎？艾草飛快回過身，剎那間瞧見一抹赤艷色彩閃進森林。

那是一縷長長的紅髮，色彩鮮明令人難忘，更奇異的是那縷髮絲末端呈金色。紅金漸層，乍看之下如同燃燒中的火焰，輕易就能迷眩人的眼。

艾草是第一次見到這般獨特的髮色，難以移開目光。

眼見對方消失在林子深處，艾草反射性也想跟著踏進去。

有兩隻手無聲無息地自艾草背後探出。

「小姐，不可以再往前一步。」隨著那雙手按住艾草肩膀，一道溫柔男聲也在她耳畔落下。

艾草微震，下意識收住腳步，她沒想到在此地會出現那道聲音。

「貝洛……切爾？」艾草轉過頭，瞧見身後站著一名黑髮金眸的優雅男人，「你怎麼會……」

「我怎麼會在這裡嗎？」貝洛切爾似乎知道艾草沒有問出口的疑問，他微微一笑，雙手並未鬆開，「我沒事的時候就會在學校裡四處走走，剛好在這看見了妳。小姐呢？小姐怎麼會獨自一人？」

「吾是大人，當然可以獨自一人。」艾草抬頭嚴肅地說，「吾坐上了校車，校車司機載吾兜風半小時，就在這將吾放下。」

「校車？原來那是眞的存在嗎？我一直以爲只是傳說而已。」貝洛切爾訝然地笑道，那笑意在見到艾草偷偷踮高腳尖、像是想要突顯身高後，更是摻入了一抹溺愛。

眞的，好可愛……這名來自東方的小小神明，拯救了他意志的主人。如果是這時候，他可以摸摸她的頭，再抱抱她嗎？

貝洛切爾知道自己並沒有戀童癖，但一瞧見艾草，一望進那雙黑若潭水的凜凜大眼裡，就會忍不住想要更加拉近與對方的距離，想將她一把抱起。

貝洛切爾幾乎要順著心中渴望而行動了，假使不是艾草腕上的手環發出短促的聲響。

那顯示有人要求通訊的提示音讓貝洛切爾的手指一頓，最後還是滑了開來，只讓艾草的幾縷髮絲輕輕拂過他的指間。

渾然沒發覺貝洛切爾的心思，艾草趕緊點開光屏。

當光屏自手環上跳出，一張俊美蒼白的年少臉龐也映入了艾草眼內。

「白蛇？」艾草黑眸睜大。

艾草沒想到找自己的人會是白蛇——那名少年向來都是被找的那個，只要一逮著空檔，白蛇就會不知道窩到什麼地方去睡覺，莉莉絲爲此抱怨多次。

「妳在哪裡，艾草？」白蛇開口就是寂冷淡漠的嗓音，「小組要開會，不趕快解決這任務，我就沒辦法好好睡一覺。」

「已經要開會了嗎？」艾草嚇一跳，沒想到那麼快，「吾立即趕回，吾現在是在……」

「小姐就由我負責送回，學弟，我們待會兒就到了。」貝洛切爾在艾草身後彎下身子，讓光屏中的人也能見到自己，「先麻煩你向其他人說一聲了。」

「送到圖書館的三號小會議室外，非我們組員的人就可以自動離開了。」就算見到貝洛切爾忽然出現，白蛇的眉毛動也沒有動一下，仍是面無表情，「如果自以爲是A班的一分子，那只會令人覺得困擾。你的尋找自我之旅不是早該開始了嗎？相信艾草也希望你趕快實現你的夢想。妳說是嗎，艾草？」

「哎？吾，吾確實是希望貝洛切爾能做自己想做的事。」突然被點名的艾草反射性回答，她不知道爲什麼在聽完她的話後，白蛇眼裡似乎有絲勝利的意味。

貝洛切爾當然不會不明白，那看似淡然、實則含著諷刺的句子是針對自己而來。

如同白蛇一直面無表情，他也維持著溫和親切的風度，「我是小姐的僕人，就算不是學弟你們班上的一分子，但參與小組會議應無不妥。小姐的另外兩位下屬不也如此？正因爲我即將離開，所以我更要保護好小姐，陪在她身邊。學弟，你說是吧？」

白蛇還是那張沒有表情的臉，只是他正要再開口，光屏內的畫面猛地轉了個角度，緊接著出現另一張精緻但透著濃濃不悅的小臉。

「小不點，我管妳在哪裡，現在立刻趕回來開會。」拉格斐氣沖沖地說，見到艾草身後還有貝洛切爾後，他瞇起藍眸，迅速射出像冰刀般的眼神，「貝洛切爾學長，你不覺得你和我們的組員靠太近了嗎？麻煩你送小不點回來時跟她保持適當的距離，免得其他人看見了當你戀童，損壞你自己的名聲。」

或許就連拉格斐自己也沒有意識到，他將艾草劃分為自己人，貝洛切爾則被排除在外。

但貝洛切爾可留意到這點了，在光屏消失的後一秒，他若有所思地低語，「連拉格斐也開始不自覺地對小姐……」

「貝洛切爾？」艾草仰起臉，「怎麼了嗎？」

「不，什麼事也沒有，我的小姐。」貝洛切爾揚起與方才不同的真心微笑，「我們趕緊到圖書館吧，我變回原形載妳回去比較快，畢竟這裡和圖書館之間有段距離。」

「好。」艾草下意識地點點頭，但猛然又憶起自己先前看到的，「貝洛切爾，吾可以進入森林一下嗎？吾剛剛，好像看見有人。」

「不，我不能讓妳進去，小姐。」在艾草面前向來微笑以對的男人，這次卻強硬地搖了搖頭，「小姐恐怕是看錯了，此處不可能有人隨意進入。」

「但吾……」艾草眼中閃現困惑，她覺得自己不是眼花，可貝洛切爾的態度又反常地嚴肅。

「聽我的話，小姐，別進去。」貝洛切爾蹲下身子，雙手輕輕握住艾草的小手，金眸直視她的眼，「無論如何，都別貿然進去。現在還看不出來，但一到特定時節，這座森林的樹木葉片就會褪色成雪花般的白，所以它有一個名字。小姐，它又被人稱為『白之森』。」

而在白之森深處，還有一座湖，它的名字是「真實之湖」。

在那裡，正靜靜躺置著原罪．憤怒的殘骸。

七 放棄任務

「太慢了。」

這是拉格斐在見到艾草出現在三號會議室時，冷冰冰吐出的第一句話。

「小不點，妳的腿真有那麼短嗎？」

「說那什麼話？」幾乎拉格斐的話一出口，會議室裡倚牆站著的范無救便立刻彈直身體，手中抓著揮開的黑紗折扇，嘴角拉開看似孩子氣的笑容，可眼中凶光頓閃，「我家小姐的腿又短又可愛，豈是他人比得上的，更不用說你這矮子的腿明明才是短了我家小姐一截。」

「王八蛋！妳說誰是矮子？又說誰腿短？」拉格斐最痛恨自己的身高被人拿來做文章，當下大怒一拍桌，臉蛋如覆寒霜。

「哎呀哎呀，誰應就是說誰囉。」謝必安以白羽毛扇掩嘴輕笑，她彎下腰，居高臨下地俯視拉格斐，瞬間拉近彼此的距離。

「別靠我太近！」拉格斐眼神一寒，一柄銀色軍刀即刻擋在他與謝必安之間，刀鋒散發著寒光，「我討厭女人！」

「太棒了！野薔薇，妳看到了嗎？又要打架啦！我就說打架果然是這裡的特產嘛！」戴在野薔薇手上的南瓜手偶激動起來，「快快快，快去拿爆米花和可樂，本大爺要看好戲！」

「細細，其實你可以親身體驗的，我讓你靠過去一點好不好？我覺得他們兩人的中間就是最好的位子。」坐在桌前的野薔薇細聲提議，一句話馬上讓南瓜手偶閉上嘴巴。

它只是一個普通南瓜，才不要去送死呢！

「你們開會都是這樣？」有人這麼問野薔薇。

「唔嗯……」野薔薇沉吟一聲，像是在思考，「這一次，還有上一次，都是差點吵起來沒錯……我猜，這是我們這組的特色？」

「不，如果這是我們組的特色，還眞令人傷腦筋。」貝洛切爾加入了野薔薇與那人的談話，他當然不可能依白蛇所言，送回艾草就掉頭離開。

「那想必也輪不到你傷腦筋。若無其事地將自己也當成一分子，成進組的臉皮原來都這麼厚？」坐在離門口最遠的白蛇微睜開紅眼，吐出漠然的話語。

門口的爭執尚未落幕，長桌這處似乎又要擦出火藥味。

艾草張口欲言，但聲音卻被蓋了過去。接連幾次都是如此，那張白皙小臉上終於露出了明顯的情緒。

艾草皺起眉頭。

下一剎那，一道撕裂空氣的清冽聲響在會議室中出現，個頭嬌小的黑髮小女孩揮出袍袖，黑色袖子如鞭子般延長，瞬間捲進謝必安與拉格斐中間，纏住了謝必安雪白的手腕。

「七娘、八娘，吾說過了。」艾草稚氣的聲音突地注入威嚴，「不得無禮！」

「屬下聽令！」幾乎同時間，謝必安與范無救雙雙對艾草單膝跪地，伏下頭顱，將拉格斐拋在一旁。

艾草的話聲只是一頓，很快又轉頭，墨黑的眸子凜然直視被她震懾住的其餘人。

「拉格斐，吾的腿不可愛，但吾確定它們比你長一點。吾沒有任何嘲笑之意，吾只是在就事論事。還有貝洛切爾、白蛇，汝等非三歲稚兒，不當如此幼稚。」

當「幼稚」兩字落入空氣中，從野薔薇的位置可以觀察得一清二楚，黑髮男人和白髮少年的表情都是破天荒一僵，似乎沒想到自己有天會被外表比他們年幼許多的艾草直言幼稚。

這番氣勢驚人的斥喝，讓原本吵吵嚷嚷的會議室徹底安靜下來。

一口氣說出那麼長一段話的艾草板著小臉，一手負於背後，姿態是難得見到的威風凜凜——這樣的她，讓在場所有人再次深深體會到，她的確是來自東方的神祇。

可緊接著，艾草就像是猛然醒悟到自己對眾人說了什麼，那張白皙臉蛋瞬間漲紅，頭頂幾乎要冒出白煙。

「吾，吾……」艾草先前的威勢消失無蹤，她慌慌張張地捂著發燙的臉，看起來手足無措到極點，「對不住，吾方才非是有意的……」

艾草小小聲地道歉，黑眸從指縫間不安地瞅著眾人。

謝必安和范無救壓根不管有沒有他人在場，前者馬上掏出手機，後者則用力地撲抱向艾草，臉頰不停蹭著對方。

「沒……」拉格斐死死盯住那張通紅小臉，這一瞬不知為何心跳如擂鼓。他收起軍刀，乾巴巴地努力擠出聲音，「沒、沒關係，我知道妳不是有意，所以我……我也沒有在生氣，我說眞的。」

像是怕艾草不相信，拉格斐還張開了翅膀抖振一下，伸手撿起一根飄落的雪白羽毛。

「這個送妳，總之妳收下就是了……除非妳覺得我的羽毛會輸給莉莉絲的。」

艾草沒有留意到拉格斐滿臉通紅究竟是惱怒或害羞，她的目光在對方向自己遞來羽毛時，就黏著那根白羽毛不放。

范無救摟著艾草的脖子，視線對上謝必安。兩人嘴角都掛著笑意，只是右手有志一同地做了同樣手勢：五指併起，橫劃過脖子，拇指再向下一比。

——敢對小姐意圖不軌，就滅了那矮子！

野薔薇也覺得艾草的前後落差很可愛，她欣賞了一會兒就轉過頭，細聲地開了口，「學長、白蛇，你們變不出羽毛的，你們本來就沒有翅膀，還是……還是放棄比較好。伊梵也是，艾草喜歡的是毛茸茸的翅膀，光禿禿的蝙蝠翅膀……我猜她應該沒興趣。」

「……我只是突然想張開翅膀，並沒有別的意思。」並非一年A班的學生，更不是這個小組的成員，來自C班的黑髮少年冷著臉，有些不自在地說著，「妳想太多了。」

艾草的目光雖然都放在拉格斐給她的羽毛上，但不代表她會忽視來自另一端響起的說話聲。

伊梵？是一C的伊梵嗎？

艾草吃驚地抬起頭，這時才注意到長桌前還坐著一抹人影。

暗夜森林般的髮絲，紫水晶似的眸子，確實是那名隸屬暗夜眷族的少年。

不僅如此，艾草還發現了……

「莉莉絲不在？莉莉絲還沒來嗎？」艾草訝異地問。

會議室裡，竟少了地獄君主之女的高傲身影。

「啊，莉莉絲還在宿醉，她要我們討論出重點後，再用通訊器跟她聯絡。」野薔薇舉起手，輕聲地說，「伊梵則是有事要找妳，我才帶著他一塊過來的。」

「吾？」艾草不解地搖頭。

「菈菈原本也要過來，只是她也宿醉、鬧頭痛，沒辦法來。」伊梵離開椅子，走近艾草，在距離數步處停下。他昨晚已經看得很明白，倘若太靠近這名交換生，她身旁的兩名下屬就會將人視作敵人，出面擋下。

既然如此，那麼一開始就直接保持適當距離。

「交換生，我和菈菈要向妳道謝。」伊梵突如其來地低下頭，背脊微彎，「昨晚是妳救了菈菈，我的堂妹，並且願意相信我們說的話。」

「吾不認為自己做了汝等須要感謝的事。」艾草拉開范無救摟著自己的手臂，挺直身子注視伊梵，「汝等毋須向吾道謝。」

「不管妳怎麼說，妳救了菈菈是事實，幫了我們也是事實。」伊梵無視艾草的話，強硬地繼續說下去，「我們也不會否認自己做的錯事，暗夜眷族可不是知恩不報的一族，更不會無視自己的錯誤。這次的『人魚之淚』任務，我們自願放棄，這是我和菈菈的共同決定！」

艾草沒想到伊梵找她，是爲了宣告他和菈菈自願放棄加分任務——他們將不再與自己小組競爭「人魚之淚」。

艾草怔了怔，一時反應不過來。

倒是心高氣傲的拉格斐第一個跳出來拒絕。

「C班的，你是什麼意思？」拉格斐寒著一張小臉，背後收攏的羽翼又霍地張開來，「你把我們A班的當成什麼了？你這是在賣人情給我們嗎？」

「跟你們A班其他幾人無關，我們只是在向交換生表達感謝而已。」伊梵冷傲回話，「我和菈菈要做什麼是我們的自由，知恩必報是我族原則。莫非你們天使要輕易否定我族的驕傲嗎？」

「你！」拉格斐握緊拳頭，他清楚伊梵說的話其實沒有錯，他也不可能否定他族的原則及驕傲，但是看見伊梵對艾草的態度忽然變得親近，他就不由得感到莫名暴躁。

這太奇怪了，誰要跟小不點接近都不關他的事……更別說那個小不點還是女的，就算她沒胸沒屁股，但也還是他最討厭的女人！

「反正，」思緒亂糟糟全部糾結成一團，最後拉格斐惱怒地將這些他弄不懂的心情揮到旁邊去，乾脆憑著本能行動了。他站到艾草和伊梵中間，抬起下巴，冰藍銳利的眸子惡狠狠地瞪著伊梵，「我們組才不接受！」

「嗯，其實我……我沒什麼意見的。」野薔薇細聲細氣地說，露出一抹拘謹的微笑，「不過認真說起來，我也不是組員就是了。」

「小姐的意見就是我們的意見。」貝洛切爾也表明立場，但他這話頓時引來尖刻及冷淡的兩道回應。

「你的意見跟我們小組本來就毫無關係！」這是拉格斐。

「像另一人一樣，對自己只是局外人這點有些自知之明如何？」這是白蛇，接著他慵懶地再打了個呵欠，「C班放不放棄我都無意見，趕快讓這任務結束吧。」

既然同組成員的白蛇沒意見，拉格斐目光立刻鎖定艾草，「小不點，妳呢？」

縱使沒有直說，但拉格斐那雙藍得驚人的眼睛無形中散發出「妳和我是同一邊吧」的威脅訊息。

艾草沒有第一時間回答，她沉默了半晌，小臉上看不出太多表情。

就在眾人猜測她究竟是在發呆還是沉思之際，她抬起戴著通訊手環的手腕。

「吾想，吾等可以問問莉莉絲。」

艾草點按手環，一面光屏迅速躍出，螢幕裡是莉莉絲艷麗卻帶著一分疲倦的蒼白面孔。

「我可以把這當作是你們總算討論出重點的意思嗎？」莉莉絲比平常暴躁的聲音清晰地

傳出來。

「不是。」艾草搖搖頭，在莉莉絲皺眉時，將光屏轉了個方向，讓她可以見到伊梵的身影，「伊梵說，他們要放棄『人魚之淚』的任務。」

「我和菈菈也會從旁協助。別誤會，我們只是要報答交換生昨日救了菈菈一命的恩情而已。」伊梵冷冷地說。

莉莉絲吃了一驚，可是她的聲音很快又傳出，「啊啊，隨便啦。」

「莉莉絲！」拉格斐拔高聲音，不敢相信她會答應。

「閉嘴，不要對著我大喊，我的頭痛死了。」即使神情難看，也絲毫不減莉莉絲與生俱來的傲氣，「他們放不放棄都不會改變任務最終是歸我們所有的結果，既然如此，就隨他們去。我現在只在意你們的重點到底整理出來了沒有？以爲是水妖的歌聲，居然只是黑荊棘在罵髒話。該死的，水妖到底是藏在什麼鬼地方？」

「吾，有一些想法。」艾草慢慢地說，她這話立即引來全員的注意力，「吾覺得，伊梵和野薔薇的夢，聽起來似曾相識。」

「似曾……相識？」野薔薇輕聲地問，「艾草，妳是指？」

「伊梵是夢到暴風雨、大船、和人跳舞；野薔薇是夢到自己從城堡裡出來，然後救了人、喜歡上那個人……倘若單獨分開看，興許不會覺得有哪奇怪。然，在汝等說完夢的時候，黑荊棘老師也說了一個故事。」艾草說。

「故事？她說了什麼？」莉莉絲那時候已經醉了，並不知道這段插曲。

「這個我記得啦。」范無救笑嘻嘻地舉手，「那老師說了，『從前從前，陸地上有一位公主，她在暴風雨過去的隔天，發現有人倒在海中……之後她嫁給了那日發現的那人，她嫁給了鄰國的王子。而沒有人知道，她其實也是一位魔女……』」

「然後老師就說得極小聲了，連我和無救也聽不清楚。」謝必安惋惜地輕推眼鏡。

莉莉絲等人起初還不明白艾草怎麼會說起這事，可是他們又想到那句「倘若單獨分開看興許不會覺得有哪奇怪」……也就是說，如果組合起來……

暴風雨、海邊救人、跳舞、鄰國公主……

「『人魚公主』的故事!?」拉格斐第一個喊出聲，「三個人說的拼湊起來，簡直就像是『人魚公主』的故事！」

「而且我們其中一項任務還是『人魚之淚』，表示學園裡一定有水妖。人魚的真正原形，水妖……」莉莉絲咂了一下舌，「一切也太剛好了。」

「你們不會真的認為我的夢……和『人魚公主』有關吧？那太荒謬了。」伊梵皺著眉說，「難道你們想說我是……」

「故事中的『王子』，假使從學弟你的夢境敘述來看。當然，這些都只是推測。」貝洛切爾溫和地說，「可是我們也知道，那並不是單純的故事，那是水妖一族確切發生過的歷史。」

「但是這樣……這樣……」野薔薇音量漸弱，「我是覺得伊梵看起來很熟悉，但我……

而黑荊棘老師又是……」

雖然野薔薇的話說得不完整，然而眾人都能明白她的言下之意。

依照野薔薇的描述，她很可能是「鄰國公主」；可是，黑荊棘卻又提到公主是名魔女。

「水妖一族再轉世也只會是水妖。」白蛇淡淡地說，神情看起來漠不關心，可是他的話無疑給了莉莉絲和拉格斐一個關鍵提示。

他們兩人迅速對望一眼。

水妖再轉世也只會是水妖。

野薔薇是花精一族，而黑荊棘雖然自稱是魔女，但真的就是這樣？

她在半夜唱歌——即使她說那只是用「魔女之語」在罵髒話。

她一個人待在湖中之塔，沒有人看過她的真面目，沒有人知道她真正的種族。

「看樣子，最關鍵的部分還是黑荊棘。要想弄清楚她的祕密，」莉莉絲瞇起碧綠的眸子，「再去她的實驗室一趟！」

「實驗室沒什麼異狀。那次我去拿被子給小姐等人蓋的時候，有趁機查看一番。」貝洛切爾說道。

「那就到她住處查個仔細！」莉莉絲拍板定案。

「殿下，我想妳的意思恐怕不是正大光明地登門拜訪作客。」貝洛切爾微微苦笑。

莉莉絲哼笑一聲，「難道你覺得你對黑荊棘說我們想調查她家，她就會放人進去嗎？」

這個問題的答案根本不須要回答。

不管是一般學生或是成進組學生，賽米絲學園的成員都知道，一年A班的班導師脾氣古怪，一旦惹怒她，絕對吃不完兜著走。

「只能趁她不在時偷溜進去了……」拉格斐已經開始盤算闖空門的行動。

「我知道老師從今天起不在家，大約後天才回來。」野薔薇忽然細聲開口，「我一早有碰見老師，她說她要出公差……要我們，不准再闖入她的實驗室。」

誰也沒想到，居然剛好有個絕佳機會。

「很好。」莉莉絲扯出一抹艷麗的笑，「那直接選定今晚，我們……」

「我希望你們的腦袋還記得一件事。教師宿舍都是獨立分開的，並且沒人知道它們在哪裡。」白蛇抬下眼，寂冷地說道。

眾人瞬間像是被潑了一盆冷水。

在賽米絲學園裡，學生的宿舍區在邊緣位置。可是，教師宿舍卻是隱藏起來、不公開位置的。

據說，這是學園長的意思——爲了避免有哪位教師的課程太嚴苛、當掉太多人，導致學生心生不滿，半夜上門尋仇。

雖然學園長立意良善，不過現在卻讓莉莉絲等人行動受阻。

畢竟不知道位置，任何計畫都派不上用場。

「可惡，就沒人知道那個貓控教師住哪邊嗎？」拉格斐握拳搥了下桌面。

艾草猛然想起有誰會知道了。

「不管妳想去這學校的哪裡，老子都有辦法送妳到咩！」

那道可愛聲音躍入腦海的同時，艾草眼前彷彿也浮現一隻布偶熊的身影。

沒錯，司機！

「校車司機！」艾草的小臉閃現光采，她馬上拿出布偶熊送她的銀色笛子，「吾知道該如何去，莉莉絲。吾來這之前有坐到校車，司機送了吾這個，據說可以用三次，它可以載人到任何想去的地方，學園長的專用更衣室也可以。」

「什麼？原來校車不是傳說嗎？」莉莉絲大吃一驚，緊接著露出一抹得意自信的笑容，「連運氣都站在我們這邊，絕對，要完成這個任務！」

艾草緊握銀笛，也堅定地點點頭。

今晚，或許就可以弄明白究竟誰是故事中的「人魚公主」？誰又是故事中的「鄰國公主」？

八 夜間行動

雖說比艾草還早進入賽米絲學園就讀，但無論是莉莉絲、拉格斐、白蛇、野薔薇、貝洛切爾，或是伊梵和菈菈這對堂兄妹，誰都不曾見過校車，更別說搭乘了。

甚至有部分人已經認定，所謂校車，只是學園長虛構出來的。

因此在艾草吹響銀笛的三分鐘內，那輛外觀陰森破舊的小巴士眞的出現時，眾人莫不目瞪口呆。看見坐在駕駛座的居然是隻布偶熊，饒是只有一號表情的白蛇也不禁微挑了下眉梢。

「老子是說妳可以吹笛子，但沒要妳在老子洗澡的時候吹啊咩！」布偶熊一開口就是滿滿抱怨，「還帶了那麼多人，都給老子上車啦咩！快點說出你們想去哪裡咩！」

「吾等想去黑荊棘老師的家拜訪。」艾草有禮地低頭，說完就率先上車，經過駕駛座旁時，還不忘在盒子裡放進一大把事先準備好的糖果。

謝必安和范無救跟在她身後，接著其他人陸續上了車。

「喂喂，野薔薇，妳看這眞是太神奇了！布偶熊居然會說話、會開車、會吃糖果耶！」南瓜手偶驚奇萬分地揮動它的手。

「咩的咧！南瓜都能說話，爲什麼熊不能說話咩！你這是歧視老子咩！」布偶熊把腳踩在椅子上，雙手扠腰。

「抱歉，司機先生，細細它、它不是有意……」

「本大爺是會說話，但可不會吃東西！」南瓜手偶打斷野薔薇的道歉，得意洋洋地說道：「我就算吃東西，東西也會咕溜地滑出來！哇哈哈哈……啊咧？這好像也不是什麼值得驕傲的事？」

「你這南瓜太多話了，是想被人燒掉腦袋嗎？」被堵在野薔薇後面無法前進的莉莉絲不耐煩地一彈手指，一簇漆黑火焰馬上浮現在南瓜手偶前，焰光映出它瞬間噤若寒蟬的模樣。

「對不起，司機先生，是細細太沒禮貌了。」野薔薇趁機彎腰道歉，加快腳步往車上走，還能聽見她細弱的嗓音自走道上飄出。

「細細，你這一路要是再亂說話，我會……我就會把你的腦袋用力砸、砸上玻璃……」

待乘客都上了車，布偶熊二話不說立即踩下油門。

所有人都可以感覺到校車快得像是隨時會飛起來，車窗外刷過大片夜色，除了黑暗似乎看不見任何景色。

即使如此，艾草還是津津有味地盯著窗外看，小臉和玻璃湊得極近。

菈菈一上車就選了兩人座陣亡了，她的宿醉到現在還未退。她躺在椅子上，美眸一閉，打定主意要到目的地才醒。

伊梵原本要她不用來，但她堅持一定要參與行動，報恩總是得自己來。

一上車就睡的人還有白蛇。他照慣例地雙臂環胸，頭顱低垂。

單單這一幕，看在莉莉絲眼中就覺得不可思議。

不，不是指他睡著的樣子，而是指「他在這裡」這件事。

莉莉絲甚至都做好白蛇根本不會參與行動的心理準備，他對這種團體活動向來不特別上心，可他還是出現了。

莉莉絲打量白蛇半晌後便放棄猜測他心中所想的意圖，鮮少有人能知道他在想什麼。

揉了揉因宿醉而抽痛的額角，莉莉絲決定利用空檔將職責分配清楚。

「拉格斐，到時你和小米粒、伊梵負責去屋裡找；貝洛切爾看情況行動；我和菈菈留守在外面把風。」

「咦？」菈菈沒有眞的睡著，她馬上睜開眼，坐起身子，「爲什麼我是留守？爲什麼伊梵就可以……」

「因爲他可能是故事的主角之一。而妳，」莉莉絲揚起眉毛，「酒還沒全醒，進去萬一扯人後腿怎麼辦？至於你，冷血的，你沒睡飽就沒力量，不如也別進去。」

「……我無所謂。」白蛇淡淡說道。

菈菈本來還有意見，可她想到就連莉莉絲也負責了在外留守的工作，又想到她是處於協助位置，主導權不在自己身上，最後將話吞了下去。

「莉莉絲。」艾草突然轉回頭，「吾也會讓必安、無救同你們一塊留守。」

「小姐？」謝必安和范無救不禁一愣。

「等一下！不對啦，小姐，妳要帶我跟必安進去才對啊！」性子急的范無救登時哇哇叫起來。

「無救，此爲吾等任務。」艾草認眞地直視范無救的眼，「吾，也希望能盡量獨立行動，可好？」

「哎哎哎……」范無救被那張白皙小臉吸引了注意力，她下意識就傾身上前，想要親那柔嫩的臉頰一口。

「我們知道了，小姐。」謝必安若無其事地以白羽毛扇擋在范無救之前，打了下她的額頭，給了她眼神警告，再對艾草露出溫柔的微笑，「謹遵命令，小姐。但一有要事，還請務必聯繫我等。」

莉莉絲注意到，謝必安、范無救與梁炫、長照不同，他們同樣將艾草當寶，但她們不會無時無刻緊跟著艾草不放，而是會給她一些個人空間。

要她來說的話，梁炫和長照簡直就像是老媽子……這想像讓莉莉絲不由得輕揚唇角。

艾草自然不知莉莉絲在想什麼，她將目光投到窗外。

黑荊棘出公差，後天才會回來，他們的調查應該可以順利完成。可是，不知道爲什麼，艾草卻隱約覺得自己疏忽了什麼，很重要的一件事，跟任務有關的……

究竟是什麼？她漏掉了什麼關鍵嗎？

正當艾草仍是面無表情、實際上暗自苦思時，布偶熊的可愛聲音驀然響了起來。

「到了咩！一年A班．黑荊棘老師住的地方到了咩！你們這些小鬼統統快下車，老子要趕回家洗澡做精油SPA了！」布偶熊一說完，也不等車上眾人離開座位，校車的兩邊車壁倏地掀開，椅子更是迅速一轉，座墊一彈，瞬間將所有人全趕了出去。

如果不是莉莉絲等人反應快，落地前先穩住身子，恐怕他們一個個都會摔得狼狽。

「搞什麼？你這隻可惡的熊！」菈菈惱火地變了臉色，指甲割開皮膚，剎那間抓住由血液化出的赤色鐮刀。

布偶熊壓根不管他們，連一秒也沒逗留，眨眼間著恢復原狀的校車消失在夜色裡。

「該死的，你……」菈菈不甘心地咒罵，但馬上就被伊梵按住肩膀。

「別胡鬧了，妳是想吵得讓所有人都知道嗎？」伊梵沉下聲音。

菈菈趕緊閉上嘴，眉宇間閃過一絲懊惱。

「這裡就是黑荊棘老師住的地方嗎？」艾草望著前方的建築物問道。

校車送他們來到一個白煙瀰漫的地方，看不見煙氣以外是什麼樣的景色，這裡又是何處。唯一清楚可見的，是他們正前方的黑色屋子，一棟外形詭異的屋子。

它的外觀看起來像一隻朝上的手，尖尖的分岔屋頂如同乾瘦的五根手指頭。屋子外圍用荊棘圍了一圈矮籬笆，搭配上那些白色煙氣，陰森度比已經開走的校車更勝幾分。

屋裡一片黑漆。

「野薔薇，這裡好可怕，我們快快快離開這地方！」向來聒噪個不停的南瓜手偶戰戰兢兢地以氣聲開口。

「不行，細細，我們來了就一定要進去。」野薔薇柔弱的聲音在這一瞬湧現強烈的堅定，「一定、一定要確認清楚才行。」

艾草敏銳地捕捉到野薔薇的聲音有著奇異的狂熱，她吃驚地想要回頭看清對方表情，但是莉莉絲已經在喊她。

「小米粒，動作快！還傻站在那不動做什麼？」

「小姐？」

「小姐？」

謝必安和范無救也像是詢問般地自一左一右微彎下腰。

「無，無事。」艾草覺得是自己想太多了，她搖搖頭，快步跟上前方莉莉絲的步伐。

幸好黑荊棘的住宅古怪歸古怪，但仍設有大門和窗戶。不像那座作為實驗室的湖中塔，牆壁上光溜溜一片，想進去都不得其門而入。

大門前掛了個牌子。

貝洛切爾張開手，一簇橘紅火焰浮出，照亮牌子上的字跡——

內有惡獸，勿擅闖。　黑荊棘

末端的署名證實了校車的確沒有送錯地方，這裡真的是黑荊棘的宿舍。

「內有惡獸？不會又是一隻大章魚吧？」菈菈回想起昨夜，眉頭忍不住嫌惡地皺起來。

「我猜應該不是了，學妹，畢竟這裡沒有湖。」貝洛切爾微微一笑，接著那雙金眸轉向莉莉絲，「殿下，還請讓我跟進去保護小姐。既然內有惡獸，我想我將會非常適合擔任護衛。」

莉莉絲知道這話不假。就算屋內藏有再凶猛的野獸，見到貝洛切爾，也只能乖乖認輸。畢竟再怎麼說，那名笑得優雅無害的黑髮金眼男人，眞正身分可是地獄三頭犬。

莉莉絲、菈菈、白蛇、謝必安、范無救在屋外留守。

艾草、拉格斐、貝洛切爾、野薔薇，以及伊梵，則進屋調查，爲的是確認黑荊棘的身分。

一進到屋內，裡面的燈光無預警大亮，使五人吃了一驚。

南瓜手偶更是反射性想要尖叫，幸虧野薔薇找了東西及時塞進它嘴裡。隨後他們就發現燈光是自動感應式，並不是有人特意開啓。

「窗戶是黑的。」艾草接著又注意到，那些窗子根本不是透明的，而是一片漆黑刷在上面，看不見外邊景象。

「也許，這是黑荊棘老師的嗜好？」貝洛切爾熄去掌心上的火焰，他環視周圍。

這裡是接待客人用的客廳，俐落的風格與黑荊棘本人相當符合，看不出什麼異樣。唯一引人注目的，是客廳旁分別通往不同方向的五座樓梯。

眾人立刻聯想到方才在外面看見的分岔屋頂。

一、二、三、四、五，他們剛好有五個人。

「分開行動吧，免得浪費太多時間。」拉格斐說道。

「我可以選最左邊。」野薔薇自告奮勇。

「我選最右邊。」伊梵第二個做出選擇。

「吾……」艾草的目光鎖定中間，只是她剛開口說出一個字，就被拉格斐揮手打斷。

「妳不行，小不點，妳得跟人行動，不准落單。別忘記妳只是一個小不點而已，所以妳得挑一個人跟著才行。」這樣說著的拉格斐，狀似不經意地讓自己的天使翅膀展露出來。

貝洛切爾仍是維持他一貫的優雅，但離他最近的伊梵，確定自己聽見了他發出細微的咂舌聲。

「吾明明……」艾草無法控制自己的目光，拉格斐一露出翅膀，她就會忍不住望過去。可下一秒，她似乎也醒悟到這樣一定會被牽著走，她馬上捂住眼睛，「吾明明不小，吾比拉格斐你高了。」

「噗——」

南瓜手偶吐掉嘴裡的燈泡，準備大肆嘲笑之際，野薔薇眼明手快地又把燈泡塞回去，以免正事還沒做，她的手偶就先慘遭自己人毒手。

「這樣的話，我覺得……」野薔薇慢慢地說，「要不，我們還是一起行動吧？說不定任何一座屋頂裡，可以調查的地方出乎意料地多，分散反倒不利於我們的計畫……還有，拉格斐的翅膀可以收起嗎？萬一掉了羽毛，被黑荊棘老師發現的話，恐怕第一個會懷疑我們。」

「……嘖。」拉格斐板著一張小臉，但仍是收起翅膀。

於是分頭調查的計畫中止，改成團體行動。

但是新的問題又來了——一、二、三、四、五，五座樓梯該如何選擇？

艾草由左到右來回看了看，接著她做了出人意表的事。

她無預警脫下一邊鞋子，再將那小巧的繡花鞋往上一拋——

在多雙眼睛的錯愕注視下，鞋子掉落在地，鞋尖指向了左邊數來第二座樓梯。

「左二。」艾草嚴肅地宣布。

用單隻鞋子來決定前進方向，這怎麼看也太兒戲了，但艾草的表情看起來一點也不像是在開玩笑，因此眾人決定大著膽子相信一次。

無論如何，都是要選一個方向行動的。

貝洛切爾作為先鋒，野薔薇、艾草居中，拉格斐、伊梵則排在之後。

一行五人加一個南瓜手偶，不再浪費時間直奔左邊數來的第二座樓梯。

當所有人都踩上階梯，一種異樣的感覺頓時迎面而來，彷彿他們穿過了某個巨大氣泡。

就在耳邊似乎真的響起破裂般的「啪」一聲，貝洛切爾第一個注意到四周景色在扭曲、在改變。

這是……！

貝洛切爾心裡一驚，正想出聲警告四人，腳下驀然一空，黑白相間的樓梯瞬間消失了。所有人都往下掉。

「哇！」

「啊！」

驚叫聲無法控制地響起。

墜落的過程比想像中短，眾人在感覺到「正在往下掉」的幾秒鐘後，就發現自己已經跌坐在另一處堅硬的地面上，而周圍景象也改變了。

看不見任何樓梯的蹤跡，他們在一條寬敞的走廊上。兩側林立多扇門，最前端也矗立著一扇門；牆壁用灰黑石塊砌成，沒有特意裝飾，襯著白色門板，充滿剛硬俐落的風格。

天花板吊著數個黑鐵燈架，上面裝的不是燈泡，而是多盞燭火。橙黃偏紅的火焰偶爾隨著氣流波動搖曳，色澤溫暖的光芒使得這地方不至於顯得冷寂。

截然不同的場景讓眾人一驚，他們上一刻明明還在樓梯上，怎麼下一秒就跑到了這個詭異的樓層？

「怎麼回事？」拉格斐收起先前下意識張開的白色羽翼，藍眸警戒地環視周遭。

「我們還在黑荊棘老師家裡嗎？」伊梵也斂起自己的蝙蝠翅膀，提出了關鍵問題。

「如果我料想的沒錯，我們方才見到的樓梯只是障眼法。」貝洛切爾伸出手，掌心貼近牆壁，如同在感應什麼，「黑荊棘老師對自己的家也布下了結界，做得非常隱密，好讓人沒辦法輕易進入這個家的內部空間。」

「也就是說……」野薔薇低呼，深棕色的眼眸浮現光采。

「看樣子，小姐是猜對了。」貝洛切爾低頭對著艾草微笑，「我們顯然選對正確的路徑，接下來，就靠調查這些房間來證實我們的猜測。」

「吾可自己調查一間。」艾草特意抬頭挺胸，「貝洛切爾，勿再將吾視作稚齡孩童。」

貝洛切爾猶豫了一會兒後笑著答應。他們所有人都待在同一層樓，各個房間又非相隔太遠，照理說不會出什麼問題。

「那麼就麻煩小姐跟大家了。」貝洛切爾溫和說道。

眾人即刻分頭行動。

林立在走廊兩側的房門約有十來扇。

艾草最先選的是位於盡頭的那間，門一打開，她的眸裡就浮現吃驚。

那個房間居然是用來充作出入口的。正中央接連著一座貫通上下方的樓梯，顯然要往上走或是往下走，都必須從這裡。

將自己得到的情報轉告給大家，艾草又挑了一間房間進去。

那是一個書房，多排書櫃之間形成小小的通道，驚人的藏書量讓艾草的眼睛閃閃發亮。

她不由自主地向其中一座書櫃走去，手指就像受到吸引般探往某一本書。

啊，不對！

艾草猛然收回手，現在可不是看書的時候。

輕拍一下臉頰，艾草搖搖頭，趕緊集中精神，視線飛快掃過一本本書的書背，檢查書名。

《鍊金學》、《生活與鍊金》、《史萊姆研究》、《史萊姆王的傳說》……

史萊姆……？艾草思索了下，想起之前在課堂上有學到。

史萊姆是種鍊金生物，是利用鍊金術製造出來的。外形像是果凍，任何色彩皆有可能。個性溫馴，沒什麼思考能力，但偶爾也有少數突變成凶暴種，會對人進行攻擊。

黑莉棘老師……原來喜歡史萊姆嗎？

接著，艾草陸續又發現不少史萊姆的相關書籍。

憑藉著一目十行的速度，艾草很快檢查完多座書櫃。除了許多專業書之外，她還看到一些有關貓咪的資料，沒有什麼可疑的地方。

就在艾草來到最後一座書櫃，努力地踮高腳尖想看清上方書名時，隔壁房間猛然傳出一聲興奮的大叫。

「找到了！本大爺找到了！」那是南瓜手偶的聲音。

聞言，艾草馬上三步併作兩步地奔往房外。

其他人也從各個房間跑了出來，但誰都沒有注意到，黑鐵燈架上的燭火正在改變顏色，從原先的橙黃變成幽綠。

簡直像是一種警告訊號……

艾草等人奔進野薔薇負責的房間，這裡看起來有點像是研究室。

靠窗的小桌子上凌亂地堆疊著大量紙張，旁邊也有一座多層書架；最引人注目的是中央的大長桌，擺放了許多艾草見都沒見過的儀器。也有一些是她認得出來的，不過那都是試管、燒杯、燒瓶，或酒精燈之類。

不少器皿裡還盛裝著各色液體，無形中散發著「勿隨意碰觸」的意味。

野薔薇就站在書桌前，一手抱著一本厚厚的簿子，另一隻手上的南瓜手偶仍興奮喊道。

「快誇獎本大爺！本大爺是神！是我最先找到這東西的，才不是野薔薇這個笨蛋！行動又遲鈍……！」

野薔薇看也不看就將手往書桌一砸，乾脆俐落地砸暈了喋喋不休的南瓜手偶。

「對不起，忽然把大家叫來……」野薔薇找了長桌上的一處空位，將懷中的簿子放上去，「我們似乎是找到了黑荊棘老師的相簿，我猜裡面也許會發現什麼線索？」

相簿？也就是說很有可能，可以見到黑荊棘的眞面目！

艾草他們馬上圍過來，屏氣凝神地看野薔薇翻開硬皮封面，第一張照片頓時映入眼內——那是一名身材火辣的女子，穿著三點式泳裝在沙灘上拍的照片，脖子以上還戴著一個大型的可愛貓咪頭套。

貝洛切爾和伊梵都像是哽住了，拉格斐則是不敢置信地喊出他們的心聲。

「誰他媽的會戴著那玩意在海邊游泳？那個貓控教師眞的是腦袋有問題啊！」

「有問題的，恐怕是你們這群不知死活小鬼的腦袋！」

回應拉格斐的，是一道低啞冷酷的聲音。

艾草等人一震，飛快回頭。

拉格斐最先倒抽一口，「黑……黑荊棘!?」

「叫我老師。」站在門口，依舊戴著貓咪頭套的女子張開掌心，握住一條由荊棘交纏而成的教鞭。

以爲出公差至後天才回來的黑荊棘，居然在家！

「我很肯定我這裡沒有章魚再給你們當宵夜了。」黑荊棘慢慢地走進來，她的聲音一如往常般偏低，但看不見她的表情，反而更令人感受到風雨欲來的危險。

空氣中甚至產生了緊繃的感覺。

「我會等事後來拷問你們，究竟是如何找到我家的。現在，你們應該知道隨意闖入他人家中會有什麼下場吧？」黑荊棘越往前走，艾草等人忍不住越往後退。

「混蛋，妳剛是用了『拷問』兩個字吧？妳當我們是罪犯嗎？」拉格斐咬牙切齒地怒喝道：「而且妳爲什麼會在家？妳不是出公差了嗎？」

「你們有膽闖入單身女性的住處，我就將你們當成現行犯而不是學生了。」黑荊棘在擺滿實驗器材的長桌前停下腳步，剛好和艾草他們各踞一方，「至於我爲什麼會在家？這裡是我家，我不在這要在哪？小鬼們，妄想也要有個限度，我哪時候跟你們說我要出公差了？假日當然是要好好休息，我沒事幹嘛無聊找事做？」

黑荊棘這話一出，艾草、拉格斐、貝洛切爾、伊梵不禁呆住了。

因爲……

「我一早有碰見老師，她說她要出公差。」

野薔薇柔弱的嗓音彷彿響在耳邊。

四雙眼睛全愕然地瞪著那名文靜、秀氣、一直以來都是無害模樣的栗子色鬈髮少女。

「嗯……被發現了呢。」野薔薇慢悠悠地說著，臉上露出與往常無異的秀氣微笑，但原本的拘謹或是怕生，已消失得無影無蹤。

那似乎是他們認識的人，但他們又好像並沒有眞正認識過她。

「野薔薇……」艾草喃喃地說。

「野、薔、薇！」拉格斐頓時大怒，「妳竟然敢騙我們！」

「妳爲什麼要做那種事？妳……」伊梵難以相信。

「學妹，妳是故意誘我們過來的嗎？在明知道黑荊棘老師在家的情況下？」貝洛切爾還是掛著笑，可金瞳中毫無笑意。

「我只是想達成我的目的，爲了這，我必須借用你們的力量。」野薔薇神情不變，嘴角笑意加深，「況且，我們現在在同一條船上了，黑荊棘老師不會那麼簡單放過我們的。」

「我很高興你們有自知之明。」黑荊棘舉起教鞭，「聽起來你們有個主犯。但對我來說，你們統統是共犯。無論有任何解釋，打贏我才給你們機會說。」

下一秒，荊棘製成的教鞭就像是被注入生命力，猛地往前伸長，卻不是攻擊長桌另一端的人，而是將桌上所有器皿全部掃至地面。

這個舉動太過出人意表，以至於艾草等人第一時間反應不過來。

「我門外不是貼著警告了?這地方可是內有惡獸哪，小鬼們。」

隨著黑荊棘低啞的笑聲自貓咪頭套內傳出，那些因為容器破裂而濺灑在桌子底下的各色液體，剎那間竟起了變化。

它們忽然開始膨脹，由液體變成固體，並且體積增大再增大。短短時間內，那些灑在地板上的液體幾乎都消失了，取而代之的是一隻隻大約有人的膝蓋高，外形像是果凍的各色半透明生物——

艾草瞬間明白黑荊棘的書房裡，為什麼會有那麼多和史萊姆相關的書籍了。

「別小看這些改良版的小傢伙。」黑荊棘冷笑，同時高跟鞋鞋尖往下一踏，地板裂開的聲音倏地響起。

大量黑色荊棘從底下爭先恐後地鑽出來，它們一路朝艾草等人所在方向飛快向前，簇擁著那堆史萊姆對他們展開攻擊。

「這些東西就拜託你們處理了!」野薔薇是最快動作的人，她迅雷不及掩耳地躍上長桌，快步衝向黑荊棘。

「野薔薇，慢！」艾草反射性欲攔阻野薔薇，紅黑長袖即將揮甩出去，但一隻粉紅色的史萊姆從另一個方向撲了過來，充滿彈性的表面咧出嘴巴，裡面有尖尖細細的牙齒。

不容艾草細想，她立刻改變袍袖方向，捲起的風壓迅速將對方吹得老遠。

可是驅趕了第一隻，還有第二隻、第三隻……

雖然這些外形如特大號果凍的史萊姆看似殺傷力不大，但很快就讓拉格斐、貝洛切爾，以及伊梵陷入了苦戰。

它們的攻擊力和危險性都沒有他們曾對戰過的妖獸強大，然而這些史萊姆不管遭受何種物理傷害——長劍或軍刀的刺擊、劈砍——都會自動回復原狀，被劈開的身體會重新組合起來。

即使被切割成無數碎片，一會兒後又恢復成一隻完好無缺的史萊姆。

艾草爲了避開荊棘，改躍上後方的小桌子，同時瞧見野薔薇已要逼近黑荊棘。

——她的目標打從一開始就是黑荊棘！

爲什麼？野薔薇不是爲了要尋找心愛之人……

艾草瞳孔收縮，終於發現自己漏掉什麼。

野薔薇說過，她知道對方的長相，她從頭到尾都知道那人是誰，只是不知那人在何方。

所以，她一開始就明白伊梵不是她要找的人。

但是，如果「人魚公主」故事中的鄰國公主愛上的不是王子，她愛上的人究竟是誰？

不，伊梵就眞的是王子嗎？他的夢境、野薔薇的夢境，他們看的是誰的視角？他們到底是故事中的誰？

「老師！」面對著又一次朝自己而來的漆黑荊棘，野薔薇戴著南瓜手偶的手一揮。南瓜手偶的嘴中似乎竄出一抹利芒，順著野薔薇的動作帶出一彎弧度。瞬間只見那些張牙舞爪的荊棘被切割成數截，往桌面或地板掉墜。

黑荊棘來不及捕捉那抹利芒是什麼，只感覺手背沾上幾滴冰涼的液體。

這是……水？黑荊棘剛抬起手，野薔薇的身影已來到她的正前方。

她猛地抓住黑荊棘的手腕，語氣急促灼熱，帶著奇異的感情。

「老師、老師，讓我看妳的臉，讓我確認！『我』已經存在，那個『討厭的傢伙』也已經存在，請讓我相信……『她』也是存在的！」

「野薔薇，難道妳……」黑荊棘的聲音破天荒地出現驚愕，「妳記得？妳是發生過……」

黑荊棘的話來不及說完，拉格斐所在的方向忽然傳出一聲巨響。

爲了攻擊那名金髮天使，史萊姆撞倒了靠牆的書櫃，櫃子重重倒在地面，裡頭的東西散落一地。

又一隻史萊姆乘勝追擊，像枚砲彈般直衝拉格斐臉面。

拉格斐咒罵一聲，軍刀反射性格擋，另一手往地面一摸，胡亂抓住個東西就往那隻史萊姆扔去。

「拉格斐．帝！不准扔！」黑荊棘厲聲大喝。

可是飛出去的東西又怎麼可能自動飛回來？

拉格斐只能眼睜睜看著他扔出的一塊像是寶石的結晶，砸到史萊姆身上。

然後，那塊結晶居然沒入史萊姆的身體裡。

所有史萊姆都突然靜止不動，不再攻擊，也不再活力十足地彈跳。

就在下一瞬間，這些史萊姆又像再度回復意志，只是它們不再將艾草等人當作目標，而是快速地靠近那隻吸收了怪異結晶的史萊姆。

緊接著，讓人吃驚的一幕出現了。

那些史萊姆一隻隻地融合，顏色在改變，體積在改變。

「該死的！」黑荊棘猛力抽回自己被野薔薇抓住的手，教鞭向著看呆的艾草等人一指，「小鬼們，馬上全部滾過來我這邊！如果你們不想也被吞進去的話！」

誰也不想和一群史萊姆相親相愛地融在一起。

「抱歉了，小姐。」貝洛切爾一說完，長臂一伸，馬上挾帶著個子小的艾草跑了過去。

還在繼續融合的史萊姆一晃眼已超過一個人高，而且它不只吸收自己的同伴，甚至連附近的桌子、椅子、書櫃、燒杯、燒瓶、試管等其他雜七雜八的東西都吞了進去。

中央那張長桌也被它一點一點地吞噬。

「很好，拉格斐，你製造出一隻史萊姆王了。」黑荊棘說。

「我？放屁！我只是隨便朝其中一隻扔東西……那東西的主人明明就是妳吧！」拉格斐怒罵，「那到底是什麼鬼玩意？」

「一個未完成的核心。更簡單一點的說法，就是一個失敗品。」黑荊棘罕見地嘆口氣，「它能製造一個失敗的史萊姆王，而那個史萊姆王會將能吞的東西都吞進去。小鬼們，你們闖入的事先一筆勾銷，相反地，我得先跟你們道歉了，我會盡快做事後處理。」

道歉？黑荊棘居然會向學生道歉？

還未等其他人回神，黑荊棘又說，「大型生物性實驗一旦失敗，這屋子裡的防禦裝置就會自動啓動。我唯一的建議是快點離開房間，來不及就屏住呼吸！」

那是艾草他們在房間裡聽見的最後一句話，所有人都來不及衝出去。因為下一秒，整個房間的地板統統消失，從天花板上灌下了大量的水。

房間內的人們或是那隻高度直達天花板的史萊姆，全部都往下掉落，落進一個幽黑的空間裡……

九 薔薇花公主

拉格斐感覺自己墜進了水裡，衝擊的力道替他的身體帶來疼痛，而大量冰冷液體更是同時灌進他的口鼻。

毫無心理準備之下，拉格斐喝進了一大口水，反胃感湧上，他立即閉住呼吸。在發現自己的手居然可以摸得到底後，他猛力往上撐起身子，從水中站了起來。

無數水珠自他的髮梢、臉龐，以及其他處紛紛滴下，他抹了一把臉，緊接著驚覺自己的手掌變大，不再是小男孩的手。

*怎麼回事？*拉格斐不敢置信地瞪著修長的五指，他連忙低下頭，在他發現身高改變的同時，他也看見了自己置身其中的水，水的表面赫然泛著奇異的雪白。

拉格斐倒抽一口寒氣。

這座島上，只有一個地方的水會呈現這種古怪的顏色——眞實之湖！

顧不得在意自己身上究竟發生什麼事，拉格斐背後碩大羽翼一張，立刻就想離開這個學園禁地。

就在這時，他身旁的水面猛地又掀起波濤，嘩啦一聲，有什麼自湖中冒出。

拉格斐反射性召出武器，若是欲對自己不利的妖獸，銀白軍刀便要不留情地揮出。

然而當拉格斐看清對方身影後，頭一次，軍刀從五指中不受控制地落下。

銀白軍刀沉入水中，拉格斐卻像是渾然未覺，他只是怔怔地、怔怔地，彷彿被勾去所有心魂地看著面前景象。

月光下，熒白的眞實之湖裡，一名長髮披散的少女正坐在其中。那比夜色還要漆黑的髮絲沾著水珠，閃爍著微光。皎白的面龐上帶著一絲茫然，像是不知自己此刻身在何處。

少女身形纖細嬌小，惹人憐愛。清麗中含帶稚氣的臉孔上，一雙墨黑大眼幽如深潭，只要看著望著，就會忍不住沉溺其中。

拉格斐覺得自己就是即將陷進去的那一個，他忘了自己正在禁地，正在不知藏有何種危機的眞實之湖裡。

他近乎失神地凝望著抬起頭的黑髮少女，那身穿在對方身上的紅黑服飾，如此明顯地宣告著她的身分。

「小不點……艾草？」

當那聲恍惚的低喃落至湖面上，艾草也終於確認了對方身分，雙眸不禁睜得更大。

眼前青年的身影倒映在她眼中，金髮藍眼，還有那對美麗的雪白翅膀，這些都是艾草熟悉的。可是、可是，爲什麼應該是小孩子的拉格斐卻變大了？

艾草微張著唇，似是想要說出那個名字，但聲音卻因看見眼前金髮青年忽對自己伸出手而卡住。她看見那名外貌同樣精緻、但完全脫離稚氣的俊美青年伸出的手指，離自己的臉越來越近。

那雙冰藍色的眼瞳不知爲何也一直凝望著自己。

就在青年的手指即將撫摸上少女臉頰的剎那間，一道大浪無預警自旁襲來。

——不偏不倚淋了拉格斐一身，只有丁點水花濺至艾草身上。

「誰！」被淋得徹底的拉格斐猝然回神，他迅速抓住飛回掌心的軍刀，藍眸凌厲憤怒地一掃。

就算身軀成了大人，這名天使的暴烈個性也絲毫沒有改變。

可是拉格斐沒想到，這一轉頭，赫然撞見龐大猙獰的野獸。

漆黑的毛髮覆在強健的肌肉上，四肢就像廊柱般粗大；金黃色的獸瞳在夜間像是能發亮；張大的嘴巴裡是成排尖銳森白的利齒，呼出的吐息一沾上空氣就成了一縷焰火。

那是一隻體積嚇人的巨大黑犬，那是擁有三顆頭顱、六隻眼睛的恐怖黑犬！

「地獄三頭犬！」拉格斐馬上護在艾草身前，軍刀直指那隻不該出現在此地的怪物，雪白羽翼更是威嚇性十足地整個展開。

但就在下一秒，被拉格斐攔在身後的紅黑身影竟是越過他，直奔地獄三頭犬的方向。

「小不點！」拉格斐大駭，急忙想抓住艾草的手，卻沒料到會從對方口中聽見一個自己也認識的名字。

「貝洛切爾。」艾草跑至地獄三頭犬的正前方，伸出雙臂擁抱住朝她溫馴伏下的其中一顆頭顱。

「小姐。」

屬於貝洛切爾的溫柔聲音清晰響起，即使是拉格斐也能聽到。

「小姐，妳長大了？」

「吾？」艾草鬆開手，低頭看了異於小女孩體型的自己一眼，她對於自己忽然變大一事似乎沒有太大驚訝，「吾並無長大，吾也不知因何恢復了眞身，長大的人是拉格斐才對。」

「妳說誰長大？不要把我當成小鬼。」拉格斐收攏雙翼，大步走過來，「我本來就是這模樣，只是來這念書，才封印起部分力量。小不點，妳和貝洛切爾才是怎麼一回事？」

「吾已經不是小不點。」艾草像是有點不服氣地挺直背，大眼認眞盯著拉格斐，「吾現在很高了。」

「但還是比我矮。」拉格斐伸出大手，不客氣地揉亂艾草的髮絲。依他此刻的身高，終於能做這事了。他低頭想要嘲笑艾草幾句，但雙眼卻映入那沾著水珠的潔白鎖骨和稍有起伏的胸線，他的臉一熱，突地感覺有些口乾舌燥。

倏然之間，又有水潑了過來。

拉格斐惱怒，冰刀般的眼神立即惡狠狠地瞪向地獄三頭犬。

那隻嚇人的怪物做出了一個像是獰笑的表情。

「貝洛切爾的原形是地獄三頭犬。而吾平時為了保存力量，幾乎不會現出眞身。」沒有察覺到一人一犬的暗潮洶湧，艾草沉靜地說。

至於在地府，則是有時候她會應必安他們的要求變作小孩模樣，當作是給屬下的福利。

「妳說什麼？那妳還不趕快變回那小不點的樣子！」拉格斐馬上無視地獄三頭犬，粗暴地對著艾草罵道：「妳不是要保存力量嗎？啊？」

「非吾不想，而是吾無法，吾也不知因何現在變不回去。」艾草搖搖頭。

「這點我也同樣，我似乎只能縮小體型，但也無法依意志變回人形。」隨著話聲傳出，地獄三頭犬的體型漸漸縮小，不再龐大得驚人。

「也許晚點就可恢復。」比起這事，艾草現在更在意的是──「拉格斐、貝洛切爾，可有再見到其他人？伊梵……」

幾乎剛剛說出伊梵的名字，不遠處的湖面又霍然探出一抹人影。

艾草動作最快，飛快一揮袖，多盞青碧色的幽冥鬼火照亮了湖泊上的光景。

暗夜森林般的髮絲，紫水晶似的眼眸，還有背後的漆黑蝠翼，赫然是隸屬暗夜眷族的伊梵。

然而伊梵就像是沒有發覺艾草等人的存在，他踉蹌地站起，雙手抱住頭部，臉色發白，表情扭曲，如同在承受什麼痛苦。

「住口、住口……不要再說，也不要再讓我看了！」伊梵發出如負傷野獸的低吼，紫眸瞬間染成似血赤紅。

伊梵不知道自己身在何處，他只知道腦海無預警沖湧進龐大訊息，如大浪幾乎將他淹沒。

有人在說話、有人在呢喃，不同的畫面不住閃逝而過。

「王子、王子，祝你生日快樂！」

「暴風雨！是暴風雨來臨了！快點想辦法轉舵！」

「保護好王子！」

「王子——」

誰在尖叫、誰在大吼。

狂風暴雨肆虐中，有誰墜入了大海中。

「別污染我們的海域，我可不喜歡這裡有人類屍體出現。」

「醒醒，喂，還沒死就應一聲，不要倒在這裡破壞這沙灘的美麗。」

又是誰用悅耳的嗓音呢喃、誰低啞冷靜地呼喚。

伊梵咬緊牙關，但痛苦的斷氣聲依舊從齒縫間迸出，大量畫面持續在他腦海中閃閃滅滅。

在海邊發現了衣不蔽體的藍髮少女，少女無法說話，只求能留在宮中。她的視線在看誰？她看的不是「自己」，她和「自己」一樣，看的都是——

「啊啊啊啊啊！」伊梵爆出痛苦萬分的大吼，彷彿再也無法承受那些不該屬於他的記憶。他雙目赤紅似要滴血，俊秀的臉孔也因猙獰而扭曲得可怕，唇間獠牙無法抑制地伸出。

「伊梵！」艾草下意識想要接近他。

這聲叫喊，頓時讓伊梵猛地抬頭。眼眸紅得像要滴出血的伊梵宛如失了理智，眼中只剩一片狂亂。他咆哮一聲，竟是迅疾地朝艾草衝過來。

獠牙露出，指甲化得尖長，背上蝠翼展至最大。那模樣，有如暗夜中的怪物！

「找死的傢伙！」拉格斐眼一厲，瞬間就要拔刀揮出。

另一邊的地獄三頭犬也意欲噴出熊熊烈火。

但艾草卻快一步張大雙臂，「拉格斐、貝洛切爾，不可，他是伊梵！」

「住嘴，我管他是誰！他要傷妳就是不行！」拉格斐暴喝一聲，藍眸被焰火覆蓋。

「吾說不可就是不可！」艾草動作快一步地以一隻紅黑袍袖捲住拉格斐的手腕，阻止他揮刀的舉動；緊接著又扭頭張開另一隻空著的掌心，上頭浮冒黑氣，眨眼凝聚成鎖鍊。

沒有任何猶豫，艾草猛然對朝自己衝來的伊梵甩出黑鍊。

漆黑的鎖鍊彷彿擁有意志，剎那間將暗夜眷族的少年緊緊纏捆，使勁勒阻他的行動。

「該清醒一些了，學弟，否則我怕違反我家小姐的命令。」地獄三頭犬無預警抬起一隻腳掌，朝伊梵的方向潑了一大片水。

色澤泛白的湖水澆淋了伊梵全身，這些冰冷的液體似乎眞的令他稍微鎭靜下來，掙動的力氣也小了下去。

漸漸地，甚至就連雙眸裡的赤紅也變淡，回復到最初的紫色。

見伊梵恢復理智，艾草收回黑鎖鍊，使之再度化爲霧氣散逸。

沒想到失去束縛的伊梵竟是身子一晃，跌坐至湖中。

「伊梵？」艾草反射性想伸出手拉起他，但她的手臂卻先被人抓住。

「那傢伙又不是沒手沒腳，他等會兒就能自己站起來，妳退後一點。」拉格斐臭著一張俊臉說道，不承認他只是不想看艾草太過接近伊梵。

這次地獄三頭犬沒再對拉格斐潑水，顯示出他與對方有著共同想法。

坐在水中的伊梵急促劇烈地呼吸著，他伸手將濕淋淋的髮絲往後一梳，臉色還是有些蒼白，但一雙紫眸的確褪去了之前的狂亂。

「我……這裡是……」伊梵茫然地低聲說，他的視線對上前方的幾抹身影，瞳孔頓時因錯愕而收縮。

地獄三頭犬、黑髮少女、金髮青年……這究竟是……

「吾是艾草，他們是貝洛切爾、拉格斐。吾等只是恢復眞身。」艾草用最快也最簡單的說法解釋一切，她抽回自己的手，還是忍不住走近伊梵，「伊梵，你回復清醒了嗎？你有見到黑荊棘老師和野薔薇？吾擔心野薔薇，她不諳水性，她……」

「……不。」伊梵終於能掌握眼前現況，他看著如今與自己差不多大的艾草，閉上眼，說出了一個字，然而那並不是代表他沒看見的意思。

當伊梵張眼，他又說，「不用擔心，野薔薇她不可能在水裡出事的。因爲……」

這瞬間，一道尖細高亢卻又優美無比的長鳴穿透湖面，迴盪在眞實之湖上。

聽起來就像哨笛的長音傳來，但那不是黑荊棘說出「魔女之語」時會有的嗓音，甚至還帶有一份狂喜之情。

那是誰？

拉格斐立即將艾草拉到自己身後，手指按著刀柄，嚴陣以待。

下一秒，平靜的雪白湖面起了騷動。

大量水花突地激濺而起，湖面上竟猝然竄出無數黑影。

黑色荊棘蜿蜒糾纏，就像是欲合攏的雙手，在夜空下環繞出半圓球的形狀。

搭配湖上幽冥鬼火的映照，那些荊棘看起來更像建構出一座牢檻。不僅如此，有的荊棘不只布滿小刺，甚至冒出綠葉，綠葉間逐漸生出花苞。

在這座荊棘之牢的正中央，一名穿著白袍的女子有絲狼狽地坐在水中，頭上戴的貓咪頭套浮現一條條裂痕。

荊棘上的花苞綻開、翻掀出嬌艷欲滴花瓣的剎那間，貓咪頭套也隨之碎裂成數大塊，墜至湖水中。

黑荊棘終於露出了她的眞面目。

那是一張膚色蒼白卻又艷麗的臉，漆黑的長髮、漆黑的眼睛，在四周荊棘及像是小型玫瑰的花朵映襯下，竟有種驚人的魄力。

而緊接著，一雙潔白的手自水面下探出。

「啊啊，果然是妳……就算妳換了名字、藏起了臉，我也終於找到妳，終於再見到妳了……」

隨著那雙手捧住黑荊棘的臉，嘩啦一聲，水珠滾下了海藍色的髮絲與彷彿泛著珍珠白光澤的光裸上半身。

那是一抹纖細又夢幻的身影，不單髮絲帶著大海的色澤，包括眼眸、包括從髮絲間伸冒出來的魚鰭狀尖耳，也都是美麗的海藍色。

除了伊梵，艾草等人不禁都愣怔了，因爲他們認得出那身影是誰。

那張秀氣又文靜的臉，是野薔薇，卻又不是野薔薇。

——在他們印象中，野薔薇應是一名少女，而不是像他們此刻所見，胸前一片平坦。

在多雙眼睛驚愕的瞪視下，霍然間，湖面下又傳出水花拍擊的聲音。

所有人都看見了，野薔薇的下半身是一條碩大華麗的魚尾，上頭的每一瓣鱗片都像是藍寶石在閃閃發亮。

就和艾草在夢中見到的一模一樣。

海藍色的髮絲和眼眸，魚鰭似的尖長耳朵，上半身如同人類，下半身則是優美魚尾——這些特徵，都和文獻記載上的「水妖」相同。

艾草怔然地看著野薔薇，終於明白爲什麼伊梵會說野薔薇不可能會在水裡出事。她沒學過游泳，因爲她打從一開始就不須要學。

接著，艾草又看向被荊棘和鮮紅花朵包圍的黑荊棘，她認出那是什麼花，那是薔薇……！剎那間，至今獲得的線索終於一口氣拼湊起來，艾草黑眸微睜，一個答案脫口而出。

「野薔薇是水妖，黑荊棘老師……才是薔薇花公主。」

「什麼⁉」拉格斐倒抽一口氣，軍刀幾乎反射性地直指湖中的黑荊棘，「那個貓控教師是那個見鬼的公主？別開玩笑了！這到底是怎麼回事！」

野薔薇終於像是注意到其他人的存在，收回了撫著黑荊棘臉頰的手，藍眸異光閃晃，隨即將掌心伸至唇前，作勢欲吐出一口氣。

「住手，野薔薇。」黑荊棘快一步地抓住對方纖細的手腕，低啞嚴肅的嗓音不因見到野薔薇的另一種面貌而有所改變。

不，應該說她宛如早已經知道，才會一點也不吃驚。

「別在這時候再給我添亂。」黑荊棘鬆開手，站了起來，明明立於湖泊中央，她卻有如站於平地，「還有你們幾個小鬼，不想一直維持原形，就快點到岸上去！」

縱使腦內對事態發展感到混亂，但艾草等人還是下意識地行動。拉格斐則是不忘利用通訊器傳了訊息給莉莉絲等人，告知他們此刻幾人的位置。

黑荊棘一揮手，周遭的荊棘、薔薇頓時隱沒。她踏在水面上，一步步地走回岸上。

野薔薇慢悠悠地跟在她身畔游著。

等到了湖岸，野薔薇才跟著撐起身子，坐在陸地上，那一條華美碩大的寶藍色尾巴微微蜷起，彷彿不在意他人投射在自己身上的銳利目光。

野薔薇迫不及待地抓住黑荊棘的手，急切的姿態似乎是怕自己一鬆手，對方就會消失無蹤。

黑荊棘皺了下眉，卻也沒抽出手。

「我知道你們有一堆問題想問。在我說明我們為何會來到眞實之湖的時候，你們順便用十個字整理出你們的問題。」黑荊棘環視面前的三人一犬，語氣冷靜，「所謂『眞實之湖』，顧名思議就是會讓一切生物還原到最原本的型態，這也是你們為什麼會變成現在的外表。待在湖裡越久，等候恢復的時間就越長。雖然我有點驚訝，拉格斐，原來你不是矮子。」

「混帳！妳到底要說人幾次矮子！」拉格斐冰藍色的眼頓時覆上森冷光芒，「與其說這種無意義的話，倒不如說我們為什麼會從妳家掉到眞實之湖？最好會有防禦裝置是讓人掉進禁地……」

拉格斐忽然像是明白什麼，臉上閃過吃驚。

「還原成原本的型態……等等，難道說那個史萊姆王……」

「崩解成一開始的結晶和液體了，晚點還要打撈我的桌子、椅子還有實驗器材。」黑荊棘隨手比了下湖泊的方向，但目光沒有離開過艾草他們，犀利的眼神就像是在觀察什麼。

「現在，換我繼續問你們。你們有覺得哪裡不舒服嗎？有發現腦袋裡多了不屬於自己的東西嗎？這很重要，誰都不准隱瞞，現在立刻告訴我！」

「吾，並無。」艾草誠實地搖搖頭。

「沒有。」拉格斐板著臉回答。

「我並沒有覺得哪裡不適，老師。」貝洛切爾的聲音也響起。

「不屬於自己的東西，」伊梵素來冰冷的語氣透出古怪，他停頓一會兒，又慢慢地說，「妳是指，前世記憶嗎？」

乍聞最末幾字，臉色最先大變的竟是野薔薇。

「你想起來了？連你這個惹人厭的傢伙也想起來了？」野薔薇秀氣的臉孔上掠過陰狠的情緒，「我不管你前世和黑荊棘是什麼關係，我一直在等她、尋找她。這一世我不會再讓你搶走她，她是我的，是我的公主！」

隨著那嗓音驀然拔高，野薔薇身後的湖水也跟著震起水花，水花瞬間化成尖刺的形狀。

「到此為止，不要再讓我說第二次了，野薔薇。」

黑荊棘的話語對野薔薇而言宛若無法違抗的命令，身後的尖刺又全數墜回湖中。

「我不會做妳討厭的事，所以妳這一世願意選擇我了嗎？」野薔薇拉著黑荊棘的手貼在自己臉上，輕聲地說，「妳藏著臉，我一直找不到妳。好不容易終於找到了，妳說什麼我都會願意做的。」

說到最末，野薔薇側過臉，對著伊梵露出那抹眾人都熟悉的秀氣微笑。

「這次不行，總有一天會在黑荊棘看不到的地方想辦法弄死你哪。」野薔薇柔聲地以氣音說。

「吾……好像看見了完全不同的野薔薇。」艾草幾乎想揉揉眼睛了。

「……還是一樣差勁的個性。」伊梵倒是不意外，只是冷哼一聲，隨後又看向黑荊棘，「我記起妳是誰了，老師。雖然我現在沒有感覺到任何不舒服，但我還是想問清楚，我會想起前世的事，是因爲眞實之湖的關係嗎？」

「難不成你以爲自己隨便撞到腦袋，就能想起前世嗎？」

黑荊棘像是沒看見抱著自己的那雙手，吐出一貫低啞的嗓音。

「你們又以爲，眞實之湖被稱爲禁地，僅是因爲它讓人展露原形的關係嗎？當然不是。會禁止學生進入，是因爲它會造成有些人發生『承祖現象』，也就是所謂的記憶回溯，讓人想起前世的事。至今沒人知道爲什麼有的人會、有的人不會，只能猜測是機率問題。碰上這種事，我們老師會組成危機處理小組，以催眠的方式讓學生再次遺忘前世的事。」

「我不認爲我須要接受催眠。」伊梵冷傲地說，「就算記起前世的事，對我而言也只是像看了別人的故事，沒有其他感覺，我依舊是『伊梵』。」

艾草看看黑荊棘，又看看野薔薇和伊梵。她已經知道誰是「人魚公主」故事中的人魚公主、鄰國公主，以及王子了，可是她覺得疑問像泡泡般越冒越多，一點也沒減少。

她忍不住脫口問出第一個問題，「野薔薇，是男的？」

藍髮、藍眼、有著魚鰭狀耳朵的水妖噗嗤一笑。

「我不是男的，可是我也不是女的。」野薔薇依依不捨地放開黑荊棘的手，回到原來的位置上，伸手抵著心口，「水妖在進入二段成熟期之前，還不會分化出性別。也就是說，現在的我並沒有性別。至於在一段成熟期之前，則是還不能化成完整的人類形態上岸。所以前世的我，才須要拿聲音交換雙腳。」

「慢著！我不管妳是男是女，妳那說法……簡直像妳的前世就是傳說中的人魚公主？妳也記起妳的前世了？」拉格斐注意到黑荊棘和野薔薇朝他投來含帶奇異情緒的視線，他當下鐵青了臉，「不准用那種看白痴的眼神看我！我的問題才是他媽的最正常的！人魚公主愛的不是王子嗎？哪時候變成鄰國公主了混帳！」

「我以為，」就連伊梵也皺起了眉，「米迦勒大人的學生應該能相當快想通的。」

拉格斐的臉色已經由青轉黑，他的手指張了又握，像是想召喚出軍刀。

適時阻止這場同伴即將相殘戲碼的，是貝洛切爾的聲音。

「學弟，故事往往是從歷史改編，歷史又常被後人美化……我猜，黑荊棘老師他們是這個意思。」

「是這樣沒錯，不愧是成進組的學長，反應相當快哪，我本來還以為就只是個單純的戀童癖而已。」野薔薇綻露出淺淺的秀氣微笑，藍眸瞥了如今是少女姿態的艾草，「不過，現在也不能稱你為戀童癖了。」

「不要離題，我的問題妳還沒回答我！」拉格斐咬牙切齒地說，「妳從頭到尾都在耍弄我們嗎？妳說的那些話、那些夢，都只是為了達成妳的目的嗎？」

「我做的一切都是爲了找到我的公主沒錯。不過，首先是第一個問題，我也想起前世記憶？不，我一直以來都沒忘記過。」野薔薇的笑容轉而透出奇異的神祕，「一開始，我就沒忘記。」

「『承祖現象』果然早就發生在妳身上。」黑荊棘淡淡地說，憶起當時對方質問自己的灼熱眼神。

「我只是沒說出來。黑荊棘，妳明明也是，妳明明就知道我和伊梵是誰……」一面對黑荊棘，野薔薇垂下了濕潤的眼角，忍不住撒起嬌，「妳爲什麼都不主動說？」

「對轉世的你們說我就是『人魚公主』中的鄰國公主？我又不是傻了。」黑荊棘冷笑一聲，「反正那麼長的時間，一個人也沒哪裡不好。」

「不行、不行，一個人才不好，一個人一點也不好……」野薔薇的聲音突然弱了下去，纖白的手指緊緊抓著黑荊棘。

艾草注意到黑荊棘句子裡的關鍵，「老師，不曾轉世？」

面對同時盯著自己的多道眼神，黑荊棘只輕描淡寫地說道：「我不是說了嗎？我是一個魔女。」

魔女，是人類，也不是人類，擁有漫長的生命……

「至於剩下的問題，拉格斐。」野薔薇忽然開口打破靜默，伸出食指，輕置唇前，海藍的眸子裡閃動奇異的波光。

「黑荊棘說的是眞的，伊梵說的是眞的，我也沒有說過謊哪，除了黑荊棘出公差這點。」

胡扯！拉格斐反射性就想怒喝，但緊接著他聽見地獄三頭犬發出了聲音。

「原來，原來是如此嗎？妳玩了文字遊戲……關於妳的夢、妳救的人，妳愛上的人……」貝洛切爾像是笑又像是嘆息，彷彿多道聲音疊合起來。

我離開城堡到外面去……

離開海中的城堡，到海面上。

我救了一個人、我愛上了那個人……

「妳從頭到尾沒有說過他們是同一人，所以，妳確實沒有說謊哪，野薔薇。」

❀❀❀

從前從前，有一位海底的公主，她愛上了不該愛的人，她愛上了陸地王國的……

她愛上了陸地王國的一位公主。

爲了能到陸地，她用自己的聲音交換了雙腳，被自己曾救過的王子收留在身邊。

但是，這是一段哀傷、沒有結果的愛情故事。

她終於見到了她的公主，卻得知公主與王子將舉行婚禮。她無法用聲音表達愛意，也無法再留下或回到海裡。得到雙腳的另一個條件就是對方接受自己的愛情，否則將化爲泡沫消失。

可即使自己的姊姊送來了七首，她也無法對著心愛之人刺下，換取自己的存活。

最後，在清晨的第一道陽光中，她化爲泡沫消失了……

黑荊棘至今仍然記得，有雙美麗的海藍色眼眸一直在注視她、凝望她。

而伊梵如今也記得，遙遠的過去，有一抹有著美麗海藍色雙眸的人影一直在盡力破壞他的婚姻，巴不得搶走他那時的妻子，還不停地以眼神無聲地詛咒他……

「伊梵，你的臉色在發青，還好嗎？」艾草看著他有些青白的臉色，語氣帶上一絲擔憂。

「暗夜眷族向來身強體壯，小不點妳用不著替他擔心。」拉格斐大手一伸，遮住艾草的眼睛，將她往後拉。他知道自己的行爲很幼稚，但他就是不想要那雙烏黑的眸子一直盯著伊梵。

「我沒事，只是稍微又想起不愉快的記憶。」伊梵瞥了拉格斐一眼，隨後站起來，「我要去找菈菈會合了，免得她操無謂的心。黑荊棘老師，那些記憶對我毫無影響，所以我也不想在明天就發現自己被帶去強迫催眠。」

「基本上，我們是會尊重學生的意願，不過現在並不是……」

「不行，你一定得接受催眠。」野薔薇打斷了黑荊棘的話，瞇眼盯著伊梵，「否則你又來搶我的公主怎麼辦？就算你說沒影響，但萬一你又愛上了該怎麼辦？」

「不可能發生這種事的。」這次居然是黑荊棘和伊梵同時說話。

在野薔薇射來巴不得凌遲自己的視線時，伊梵忍耐地閉下眼再睜開，他說，「前世的王子和鄰國公主後來可是離婚了，他們沒有在一起。」

「……咦？」野薔薇愣住。

其他人也愣住。

「恩情並不能一直當作愛情。而她，也在意著妳。」伊梵說。

即使沒有特意加上名字，所有人也知道句中的「她」與「妳」指的分別是誰。

野薔薇忽然笑了，欣喜的淚水自眼眶裡溢出，滑落臉頰。

當淚珠墜入空氣中，瞬間竟是凝結成湛藍剔透的珍珠。

小巧圓潤的珍珠就在野薔薇伸出的掌心上，散發著優雅美麗的光輝。

——人魚之淚。

「給妳，艾草。」野薔薇對艾草伸出手，在對方走近自己時，仰頭湊近她的耳邊，「謝謝妳幫了我，來自異國的小小神明，妳聽到了我對她的思念。」

在拉格斐壓抑不住想拉開她們之前，野薔薇就先退開了，她對著眾人露出他們熟悉的微笑，左手一揮，眞實之湖立刻又有什麼東西飛上來，套回至手上。

「咳咳咳！呸呸呸！野薔薇妳也太晚把本大爺弄出來了！妳知道我吃多少水……哎哎哎？妳恢復原形了？那其他人不就知道妳不是女……欸欸欸欸欸!?」

南瓜手偶的喋喋不休在瞧見艾草等人時，馬上轉變成高亢的連連驚叫。

「變大的小女生？變大的矮子天使？地、地獄三頭犬？還有這位又正又火辣的大美女？喂，野薔薇，本大爺到底錯過什麼啦！」

「你有種就再說一次誰是矮子！」拉格斐這次真的發飆了，只是他軍刀剛一抽出，四周林木就傳來了聲響。

有誰從夜色裡衝出來了。

一、二、三、四、五，那分別是莉莉絲、菈菈、謝必安、范無救，以及白蛇。

他們靠著拉格斐當時傳送的訊息，終於趕到眞實之湖了。

他們剛好目睹艾草等人從眞身變回平常模樣的瞬間，然而還未等他們自震驚回過神，暗夜中的白之森突然射入多道熾白亮光。

在莉莉絲他們身後，竟又圍上一批成年男女。

「所以我剛說了，現在並不是能走的時候。」黑荊棘雙手斜插口袋，站得筆挺，一派冷靜地說，「危機處理小組就是動作夠快，才會叫危機處理小組。」

在眞實之湖的林木間，賽米絲學園的老師們拿著手電筒，正用虎視眈眈的眼神看著擅闖禁地的這一大群人。

對於擅闖禁地這件事，最後，艾草他們所有人都沒有受到嚴重的懲戒。

黑荊棘將責任都攬下了，她提出「邀請學生到家裡作客，沒想到實驗中的東西出了差錯，造成防禦裝置啓動，才會一群人都掉到眞實之湖」的理由，讓其餘老師們不再追究。

不過，眞實之湖畢竟埋有原罪．憤怒的殘骸，艾草他們還是被留下檢查，直到初步確認身體沒有大礙後，才陸續離開，回到宿舍。

當艾草回到白犀之塔的房間後，已經是凌晨了。

折騰了整夜，加上又回復眞身，艾草一沾床很快就睡了，直到她感覺到手腕上的通訊手環忽地傳來震動。

艾草揉揉眼睛坐起，發現窗外天色已亮。她低頭看了下通訊器，發現是貝洛切爾傳來訊息，希望她能夠獨自幫他送行。

送行？貝洛切爾要離開了嗎？這麼快？

艾草頓時清醒過來，她在不驚動床上謝必安和范無救的情況下，飛快地起身著衣，再匆匆奔往約定的地點。

貝洛切爾就在白犀之塔和緋孔雀之塔間的戶外走廊上。

「貝洛切爾。」艾草趕緊小跑步過去，「你要離開了？這麼快就要走了？」

「我想，擇日不如撞日。『人魚之淚』的任務已經完成了，『薔薇花公主的眼淚』再向黑荊棘老師索取即可。所以，」貝洛切爾露出溫柔的笑，伸出手，「所以，我再繼續待著的話，我怕我就捨不得離開了，我的小姐。」

貝洛切爾想起昨夜見到的那抹纖細人影。

長髮披散的少女坐在湖水中，比夜色還要漆黑的髮絲沾著水珠，閃爍著微光。清麗中揉合稚氣的臉孔上，一雙墨黑大眼翦翦如深潭，只要看著望著，彷彿就會忍不住沉溺其中。

那是多麼美麗、多麼惹人憐愛……

貝洛切爾的手指拂過艾草的髮絲，他執起她單邊紅黑袍袖，單腳屈膝跪地，低頭在袖角上印上一吻，就如同他初次對她宣誓所做的。

「即使我不在妳身旁，我也依然只為妳獻上我的忠誠與所有，我的小姐。」

他會找到完整的記憶回來的，他會以「完整的自己」這個身分站在她的身邊……

「吾，會很想念你，貝洛切爾。」艾草彎下身，用自己的兩隻手臂環抱住貝洛切爾，

「但是，吾也會努力祈求你達成你的願望。」

艾草想了想，又改伸手摸摸貝洛切爾的頭。她記得如果這樣做，阿防和羅刹都會很開心，所以貝洛切爾說不定也會開心。

這麼認眞想的艾草，忽然注意到遠方有人在跟她揮手。

是菈菈，她的身邊還跟著伊梵。可她突然就像是看見什麼，那張甜美臉蛋的表情變了。

菈菈沒有跑過來，而是匆匆地向艾草揮手道別，便和自己的堂兄飛快地奔往某處。

艾草下意識望過去，她看見緋孔雀之塔的正門外，有一抹穿著連襟斗篷的身影正要走進去，他的身後跟著幾名像是隨從的人物。

伊梵和菈菈跑進了那列隊伍，他們微低頭，表情嚴肅地跟在斗篷身影之後。

就在這瞬間，忽有強風颳起，吹開了斗篷的兜帽。

艾草怔然，映入她眼裡的是末端呈金色、宛如燃燒火焰鮮明強烈的赤紅長髮。

貝洛切爾也看見了，他輕聲說，「沒想到他回來了。小姐，那是一年C班的珠夏。」

原罪．憤怒的繼承人，在這一天正式歸來。

同一時間，在因帕德休島上的某處，有兩抹同樣高大的身影正接近學園都市。

「所以說，我們到底是在哪裡啊，兄弟？」

「我才想問我們怎麼會在這裡哪，兄弟。」

「……啊啊，所以這裡到底是哪裡？」

十 夜間會議

在西方世界，獨立於天界、地獄、人間三界以外的賽米絲學園內某處，有一座奇異的湖中塔。它矗立於湖泊中央的小島上，灰色的塔身找不到一絲縫隙，更別說門窗了。

但這座塔的奇異之處不僅如此，它最古怪的地方在於——它是倒立的。

該是塔尖的部分深深地埋入地裡，底部則暴露在空中，形成上寬下窄的獨特姿態。

不少學生都曾見過這座顛倒的湖中塔，可鮮少有人知道，這座塔其實是某位教師的實驗室……

燈火照耀下，一名披著白袍的纖瘦女子彷彿遺忘了時間的流逝，正聚精會神地盯著浮於空中的兩顆黑色結晶體。

和白袍下的火辣打扮不同——菱格網襪、短窄裙、將胸部曲線修飾得更突出的貼身白襯衫——女子的臉孔蒼白，甚至還帶有一絲凌厲，一雙墨黑的眼瞳彷彿能輕易看穿一切。

而在距離實驗平台不遠的長桌上，擱著一個和滿室器材、書籍、紙張都格格不入的物體。

那是一個造型可愛的貓咪頭套，同時也是賽米絲學園中眾所皆知的專屬特徵。

只有一人會戴著這頭套，不顯露其面目。

——一年A班的班導師，黑荊棘。

除了教導學生藥草和藥理學之外，黑荊棘其實還相當擅長鍊金術與科學。

現在她所觀察的，是自己班上學生給予的黑暗元素結晶。

唯有濃烈到一定程度，黑暗元素才有辦法化成實體。

而這些結晶只有一個源頭，那就是地獄君主和六大惡魔公爵的軀體碎片。

雖說C班的伊梵和菈菈服侍的主人正好就是「憤怒」薩麥爾公爵的繼承人，但黑荊棘不認爲這結晶眞的就來自「憤怒」繼承人手中。畢竟任何一位公爵，甚至是地獄君主，都有可能無意中落下了頭髮、指甲，或是其他。

黑荊棘更想知道的是誰、基於何種目的，將這能讓生物狂暴化的黑暗元素交給伊梵他們？

——這就是爲什麼黑荊棘大半夜還待在實驗室的原因。

見兩顆漆黑結晶一時半會都沒有動靜，黑荊棘揉了揉眉心，接著鞋尖輕踏一下地面。

奇異的事發生了。

原先空無一物的地板上，驀地竄出多根色澤黝黑的荊棘。它們迅速往旁行動，分別拉來了椅子和捲起放置一邊的酒瓶。

接過酒瓶，黑荊棘坐進了鋪有軟墊的椅子裡。

交疊起一雙修長的腿，她瞇起銳利的眼，思索這幾天觀察到的現象。

無論使用何種方式刺激實驗體，兩顆結晶依舊像是燃燒殆盡，不曾出現過絲毫活動跡象。

目前唯一能確定的是，它們即使來源不同——一是伊梵和菈菈攜帶的藥物，另一個則是蘊含在闇之螢石當中——但彼此的建構成分和粒子排列方向卻是相同的。

換句話說，兩者是同一種東西。

「就差弄清楚它們是源自於誰了……」黑荊棘若有所思地低語。她手邊沒有六大公爵和地獄君主的軀體樣本可以進一步比對，依她目前之力，也僅能先弄到「憤怒」的殘骸屑末。畢竟再怎麼說，被封印在賽米絲學園眞實之湖內的，就是「憤怒」的頭顱。

「其他人的，或許要找莉莉絲幫個忙。身為地獄君主的獨生女，應該可以……」

正當黑荊棘盤算著獲得更多樣本的計畫時，實驗室內忽地傳出一陣尖銳的嘯聲。

黑荊棘沒有被這聲音嚇一跳，她只是咂了下舌，酒瓶放回桌面，長臂一伸，抓起一旁的貓咪頭套戴上，就大步前往一樓，準備看是誰按響了湖中塔的門鈴。

黑荊棘原本猜想會是野薔薇。

那名外表肖似女孩、其實是尚未分化出性別的水妖，自從加分任務結束後，便時常往這裡跑。

黑荊棘對此感到不習慣，但從來沒有一次覺得困擾。

只是現在可是大半夜，她決定要擺出師長的身分，不客氣地訓斥對方一頓。

然而當黑荊棘開啓了利用幻術隱藏起的大門後，看見的卻不是有著一頭栗子色鬈髮、外貌秀氣的纖細身影，而是一個長有翅膀、鏡頭部分還咧有一張嘴的監視器。

此刻那張嘴巴內，正咬著一只卷軸。

身為賽米絲學園教師，黑荊棘自然知道這代表何意。

——緊急會議即將召開，凡是收到卷軸的教師，立刻前往集合地點。

「多少人參加？」黑荊棘的聲音從貓咪頭套內傳出，一如往常地低啞且威勢十足。

「小的……小的不清楚……」監視器110號將卷軸交至黑荊棘手中後，緊張萬分地回答，就怕自己說錯什麼，會被這名全校公認脾氣古怪的教師當場折成兩半，或者是被黑色的荊棘撕成碎片。

黑荊棘顯然也不認為一支監視器會知道她想要的答案，她只淡淡瞥了一眼，就將卷軸打開。看完上頭的內容，她「嘖」了一聲。

「去向學園長回報，十分鐘內我就會過去。如果會議主題無聊至極，我會試著將他的脖子扭成麻花結來出氣。當然，不小心扭斷了我也不負責。」拋出冷酷的話，黑荊棘轉身返回塔內。她不可能直接扔下還在進行的實驗，就去參加這場突如其來的會議。

替兩顆黑暗元素的結晶體設下防護，黑荊棘這才將監視器110號送來的卷軸拋甩在地面上，讓它自行攤開。

剎那間，展開的卷軸浮現青藍色的光芒。光芒轉眼化成細細光紋，勾勒出繁複法陣。

除了傳達會議資訊外，卷軸還有另一個功能——形成傳送法陣，讓參加者直接前往集合處，以節省時間。

雙手斜插進白袍口袋，黑荊棘毫不遲疑地踏進法陣中，讓青藍色光芒瞬間吞噬自己。

喀噠、喀噠、喀噠……

規律又俐落的腳步聲迴盪在由多根石柱支撐的拱形走廊間，鮮紅色的鞋跟不停地敲擊著光可鑑人的大理石地面，像是在宣告著自己的到來。

黑荊棘大步行走，左轉、右轉、再直行，直到她來到一扇緊閉的雙開大門前，才停下腳步。

沒有舉手敲門，她直接以鞋尖敲了地面一記。

當那聲清脆音響傳出的同時，黑荊棘身下飛也似地竄冒出大片荊棘。布著小刺的黑色荊棘瞬間衝向兩邊，一口氣推開大門。

這「磅」的一聲，頓時引得門內的人全數回頭。

即使戴著貓咪頭套，但這並不影響黑荊棘視物，她一眼就確認完會議內眾人的身分。坐在中央主位的是學園長，兩側依序是一年C班和一年D班的班導。

和黑荊棘一樣，除了有班導師的身分，他們亦身兼校園危機小組的真正管理者。

而當看見會議桌旁還坐著一隻半人高的布偶熊，黑荊棘立刻確定了這場會議的內容，恐怕與前幾天在真實之湖引發的騷動脫不了關係。

操縱自己的荊棘關上大門，待那些漆黑植物又回到影子裡，黑荊棘挺直背，來到長桌前。

「大半夜打斷我的實驗，學園長，你是終於年紀大睡不著覺，才要拖著我們幾個一起下水嗎？」微啞的獨特女聲逸入了空氣中，每一字每一句都帶著強硬的色彩，不因對方比自己高位就有所退讓。

「呵，論起年紀，恐怕還很難贏得過妳呢，『荊棘魔女』。」比學園長快一步出聲的人是一名穿著優雅得體的男子，聲音溫和，令聽聞者有如沐春風之感。只是在面對黑荊棘時，那素來親切的語氣就像是長了刺。

一年C班和一年A班兩名班導對立的事，在學園中已是人盡皆知。而雙方對立的緣由，從兩人身上就可看得出來。

——黑荊棘戴著貓咪頭套，一年C班的雷文哈特卻戴著小狗頭套。

簡單地說，他們是貓派與犬派的對立！

「水妖歷史上『人魚公主』故事中的主角之一，居然就在賽米絲學園裡，甚至不曾轉世。相信許多人都難以相信，一年A班的班導師原來年齡如此驚人。」雷文哈特笑吟吟地說。

「哪裡，成熟總是比心智幼稚來得好。」面對雷文哈特的言語攻擊，黑荊棘只是冷笑，「尤其是每次都只會用年齡來作文章，雷文哈特，你幼稚到我都快忍不住替你擔心你其實剛斷奶沒多久吧？偶爾也拿出一點成人的風範好嗎，小處男？這樣你怎麼交得到女朋友？」

「妳說什麼？」雷文哈特瞬間被激得理智斷裂，他咬牙切齒地一拍桌，「唬」地自座位上站起，「誰交不到女朋友？我只是三個月前和我女朋友分手而已！黑荊棘妳這個老女人，妳這輩子才交不到男朋友！」

「啊，但是據我所知，黑荊棘老師不是已經交到一個了嗎？就是人魚公主轉世的那個，雖然還沒有性別，的確也不能算是男……」

「請閉上你的嘴，學園長！」

「閉嘴，禿子！」

幾乎同一時間，雷文哈特和黑荊棘霍地扭頭，炮口一致對準了插話的灰髮中年人。

五官英挺帥氣的中年人反射性閉起嘴巴，可下一秒，他就像是想到什麼，登時換他氣急敗壞地也加入戰局。

「慢著！誰說我禿了？」學園長惱怒地大力申訴，「我這明明只是髮量比別人稀少一些些，加上又往後梳而已，哪裡禿了？你們是沒看到我特意露出這光潔飽滿又充滿智慧的額頭嗎？」

在黑荊棘和雷文哈特或輕蔑或坦承地吐出「沒有」兩字之前，另一道聲音更快地插入了。

「這種事情全然無關緊要。」說話的是一名金髮男性，他的髮色是淺淡的白金色，一雙碧綠眼瞳中盛滿不耐，臉部線條剛硬，令人想到充滿稜角的岩石。

從外貌來看，會覺得這名男人嚴厲且難以親近。

事實上也是如此。

就如同黑荊棘的脾氣古怪在校園裡已廣爲人知，身爲一年D班導師的洛榭，其不近人情的個性在學生間也是赫赫有名。

「什麼叫全然無關緊要？這可是事關我的額……」學園長拔高的聲音在洛樹猛一拍桌後，迅速地吞了回去。

「學園長，請你不要浪費時間。」洛樹的手壓按在桌面上，碧眸宛如鷹鷲般懾人，「雷文哈特老師和黑荊棘老師也是，你們無聊的爭吵對會議一點幫助也沒有。」

「那麼，就先叫會議召集人把這次的議題說出來如何？」黑荊棘沒有因爲對方的針對而動怒，貓咪頭套裡只是逸出冷笑。她維持著雙手抱胸的姿勢，散發出來的不耐態度一點也不遜於自己的同事。

聞言，包括學園長在內，所有人的目光掃向了至今還沒有開口的一抹身影。

布偶熊仍一副手環胸的坐姿，頭顱不時點個幾下，彷彿在認眞聆聽他人的談話。

當然，這一幕落在其他教師眼裡，就完全不是這麼一回事了。

洛樹板著一張臉，大步走近布偶熊，隨即面無表情地將後方兩隻椅腳踢斷。

瞬間，布偶熊的椅子失去平衡，往後栽倒。「砰」的一聲，重重摔在地上，椅子裂成數大塊。

本身就是布料與棉花的布偶熊安然無事，但它也從椅子的殘骸中驚慌地跳起來。

「發、發生什麼事⁉難道是敵方來襲嗎咩！」布偶熊緊張地東張西望。

「副學園長，你睡得安穩嗎？」洛樹居高臨下地冷視那隻半人高的布偶熊，聲音又低又沉。

布偶熊因爲這聲音而愣住了，它停止張望，慢慢地抬起頭，看見一張完全不帶笑意的冷硬臉龐，終於反應過來自己在什麼地方。

會議室、開會！

「老子才沒有打瞌睡咩！不信的話老子可以用腦袋發誓咩！」布偶熊一把拔下了自己的頭，高聲辯駁，「老子只是不小心失去意識了一下！」

「那就叫打瞌睡呢，副學園長。」雷文哈特溫和地把話接下去。只要不和黑荊棘針鋒相對，他就恢復一如往常的理智與和善。

「好了，副學園長，我們還是趕緊把握時間吧。」學園長咳了咳，重新拉回脫離正軌的話題。

「咩的咧！以爲老子睡著，就不知道剛浪費時間的明明是你們這幾個傢伙嗎咩？」沒有把腦袋裝回去，既是校車司機又身兼令人驚異身分的布偶熊抱著自己的頭，幾個跳躍就踩到長桌上。它將頭擱在桌面，伸手拍打頭頂一下，從兩隻眼睛的位置居然射出兩道光束。

光束投射在桌面上，剎那間，一張立體地形圖平空建立出來。

蒼鬱的林木層層環繞，中央地帶是一座色澤淡白的湖。

布偶熊往那湖一點，畫面立刻局部放大，使眾人都可以清楚看見所有細節。

黑荊棘等人確實是清楚、甚至鉅細靡遺地看見了。

——眞實之湖的湖水顏色出現了變化。

「這樣看會更明顯吧咩。」布偶熊話聲一落，地形圖又有了變化。

眞實之湖的上方浮現另一座湖泊的景象。兩者乍看下並無異處，但再仔細一觀，就會發現後者的顏色混濁一點；前者雖然還是維持著白色，然而看得出來一絲透明度。

「要是再分不出來，老子就要說你們的眼睛是瞎的了咩。」沒有頭的布偶熊指指最開始的眞實之湖影像，再比比另一幅，「下面的是現在的眞實之湖，上面的是那天以前的眞實之湖咩。在那群小鬼跌入後，眞實之湖的顏色就變了。這代表什麼？你們這群呆子，這表示眞正的『資質者』出現了啊咩！」

「冷靜些，副學園長，還有你才是呆子。」學園長的手肘撐在桌面，雙手交握成塔狀，「我們都知道『資質者』出現的意義。千百年來，賽米絲學園就是爲了嚴防『資質者』可能造成的危險，才會成立於因帕德休島上。我們是獨立於天界、地獄、人間的存在，我們也是避免原罪．憤怒的封印被破解的防線之一。」

數千年前，現今的地獄君主路西法奉上帝之名，接掌地獄的統治權。但當時地位最高的六大公爵卻不服，紛紛率兵反抗。

然而在路西法壓倒性的力量之前，公爵們陸續臣服，最後唯擁有原罪．憤怒之名的薩麥爾依舊頑強抵抗，甚至使計將路西法之妻作爲人質。

此舉無異碰觸到了路西法的逆麟。

震怒之下，路西法毀去了薩麥爾的軀殼。原本要連元神一併毀滅，讓對方徹底消失在世界上，但在多方極力勸阻下，路西法最後將對方的遺骸分成數塊，連同拆解後的元神封印在各處，由各方力量看守。

其中頭顱的部分，就由賽米絲學園負責。

這座學園不僅培育各界菁英，亦是原罪．憤怒的監視者。

這是相當重大的責任，因爲若眞有人解除其中之一的封印，就能獲得原罪．憤怒的部分力量。

若是全數封印都被解開，將促成「憤怒」的復活，勢必引起一場浩大的戰亂。

復活的薩麥爾一旦得知自己的家族如今已成爲路西法的臣下，新仇加上舊恨，絕不可能放棄報復。

爲了愼防此事發生，各方監視者無一不小心翼翼。

但凡是封印，必有法可破。

地獄君主就曾說過，他下的封印只要哪日出現了適合的鑰匙，就能將其開啓。

這裡的「鑰匙」，並非單指字面上，它指的其實是，人。

有人天生就是資質者，他或她的存在有機率能刺激封印，讓封印產生鬆動，進一步造成破壞。

因此賽米絲學園除了監視原罪．憤怒的封印外，亦努力尋找任何可能的「資質者」。

「咩咩的，老子哪裡看起來不冷靜了？要不要老子戳爆你眼睛，讓你看得更仔細咩！」

布偶熊氣急敗壞地揮舞著手臂，「這次的『資質者』可是超多的咩！超多『資質者』都搭上老子的車子了咩！你們難不成忘了嗎？只有『資質者』才有辦法搭上老子的愛車，最重要的是這群人中眞的有適合的『鑰匙』了咩！」

原來賽米絲學園中的校車，並不是特意弄得像學生口中要特殊條件才能觸發的隱藏關卡，實際上，它是用來判定所謂資質者的設備。

只有「資質者」才能看得到、坐得到。

「老子本來還以爲只是普通的『資質者』，可是變色的眞實之湖代表事實咩！」布偶熊的兩隻小短手用力地朝空中一揮劃，這次會議室的半空頓時浮出數面薄薄的金色光屏。

下一刹那，原先空無一物的光屏內突地浮出人影。

一、二、三、四、五、六、七、八、九、十。

十個人的半身影像都出現在光屏裡。

分別是艾草、謝必安、范無救、莉莉絲、白蛇、拉格斐、野薔薇、伊梵、菈菈，以及貝洛切爾。

除了謝必安、范無救，其他人皆是賽米絲學園的學生。

「你們自己看看，有十個人咩！」布偶熊抓起自己的腦袋用力套上，長桌上的地形圖隨之消隱不見，只餘四周光屏。

「副學園長，不要逼我罵你白痴。」黑荊棘低啞地說，手中不知何時握著一根荊棘教鞭。教鞭一指，前端立刻像擁有生命力般延伸，「你載這群小鬼到我家的帳暫且不算，就算上車的人有那麼多，但掉入眞實之湖裡、引發湖水變化的人——」

一瞬間，數面光屏的畫面消失暗下，留下的僅剩黑髮黑眸的小女孩、金髮藍眼的小男孩、栗髮棕眸的少女、黑髮紫眸的少年，和黑髮金瞳的男人。

「事實上，掉入眞實之湖內的只有一A的艾草、拉格斐、野薔薇，我們班的伊梵，還有成進組的貝洛切爾。」雷文哈特忽地發出輕笑，「或者，連黑荊棘也一併加進去，那天掉到湖裡的人確實也有她。」

「那麼你就是一個眞正的白痴了，雷文哈特。」黑荊棘冷淡地說，「所有人都知道我不是『資質者』，而我們的議題想必也不該放在你有多白痴這件事上。」

「黑荊棘，妳！」雷文哈特咬牙切齒，不過還沒等到他發難，洛榭已先一步發飆了。

「到此爲止，我沒興趣知道你們誰是蠢蛋誰是白痴，或者都是！」脾氣不好、口氣不好，眼下更像吃了炸藥的洛榭厲聲再擊桌。

這次布偶熊還因那股力道彈跳了下。

「這五名『資質者』中有一人是眞正的『鑰匙』。」洛榭冷酷地再開口，「我建議我們必須採取更有效率的行動，直接將人再帶到白之森，以法陣做測試，找出誰才是引發封印鬆動的罪魁禍首。」

「洛榭，我否定『罪魁禍首』這樣的說法。這些學生們並沒有錯，他們只不過剛好是『資質者』而已。」雷文哈特溫和的聲音覆上嚴肅，「照你這樣說，同樣身爲『資質者』的我豈不也揹負著罪？」

洛榭抿直剛硬的唇線，最末發出一記哼聲。

「況且，」雷文哈特又說道：「我覺得毋須造成學生們的恐慌，先採取暗中監控的方式即可。」

「洛榭希望直接找出鑰匙，雷文哈特希望先暗中監控。」學園長目光環視眾人一圈，然後回到黑荊棘身上，「黑荊棘，妳呢？身為一A班導師的妳，又想選擇何種方式？」

「……暗中監控。」黑荊棘毫無情緒起伏地吐出聲音，「艾草、拉格斐、野薔薇是我的學生，誰敢擅自動他們，就是跟我過不去。」

「那麼，就先監控，不必採取其他行動。」學園長像是在下決定，但也像是特意說給洛榭聽，「黑荊棘，妳班上就有三名『鑰匙』人選，須加派人手幫忙嗎？」

「看在多年同事的情誼上，我可以幫這個忙，黑荊棘。況且我自身也是『資質者』，比起他人更加得心應手。」雷文哈特轉頭面向黑荊棘，一派沉穩優雅地推薦自己，「只要妳願意承認比起貓，狗才是世界上最可愛的……」

「感謝你的毫無幫助，雷文哈特。」黑荊棘截斷對方的話，她站了起來，雙手插入白袍口袋內，不改冷嘲熱諷的本色，「我自己的學生我會負責，你管好你們班即可。我已經在這浪費太多時間了，既然主題討論完畢，那我也沒必要繼續待在這。學園長、副學園長，我還有實驗要顧，恕我先行離去。」

就和來時一樣旁若無人，黑荊棘離開會議室時也是揚起白袍，挾帶俐落氣勢而去。

不消一會兒，那抹高䠷背影便踩著鮮紅高跟鞋，消失在走廊盡頭。

「我不認爲這種溫吞方法能起到什麼效用。」無視黑荊棘的離席，洛榭對著在場的人丟出了硬邦邦的話，「學園長，你們一定會爲此後悔的，後悔自己不把握時間，找出眞正的『鑰匙』。但即使如此，我依然會聽命行事。我要說的只有這樣，也恕我告辭了。」

近乎粗暴地行了一個禮，洛榭陰沉著臉，大步走出會議室。

「咩的咧！洛榭今天是吃了什麼炸藥咩？」布偶熊直到洛榭眞的走遠了，才敢大聲說。

「我知道他的想法較爲激進，但今天似乎格外嚴厲了些？」學園長交握雙手，抵著下巴，「是什麼事惹到他了嗎？對了，我這姿勢很帥吧？」

「我聽說他女兒好像交了男朋友，難道是因爲這個嗎？」雷文哈特若有所思地說，不忘潑學園長冷水，「學園長，那姿勢不適合你，一點也不。」

「有夠難看的咩。」布偶熊跟著壓低聲音，「老子是聽說他女兒拒絕再跟他一起洗澡咩。」

「等一下，他女兒到底是幾歲啊？」

「以人類年紀來說，今年五歲咩。」

「那的確是開始會覺得『爸爸好煩好討厭，人家才不想跟爸爸一起洗澡』的年紀了。」

「學園長，爲什麼聽起來你很有經驗？」

「那是因爲……不對、不對，我們討論的是洛榭。還有別的原因嗎？大家盡量說出來吧。」

「這樣說起來咩，老子好像還聽過……」

夜半時分，還待在會議室裡的三抹身影竊竊私語。由此可見，三男湊在一起，也可以很八卦。

十一 年級會考

致艾草小姐：

多日未見，不知小姐妳的情況如何，還安好嗎？心情還愉快嗎？距離離開妳已經是第四天，雖說妳我都在因帕德休島上，但是無法親自守在妳的身邊，依舊令我心裡懷有不安。

就算知曉小姐的身旁有下屬跟隨照料，我還是不由自主地擔心妳，念書之餘是否有注意休息？三餐可有按時吃？

白蛇學弟有沒有藉一些無謂的理由接近小姐妳？如果沒有，就表示我只是杞人憂天；如果有，還請小姐別攔阻妳那兩位下屬，讓她們採取應當的行動。

抱歉，小姐，我好像眞的太過操心了，還希望妳別因此嫌我嘮叨。假使被小姐討厭，對我而言，無疑是比尋不回前世記憶更讓人恐懼的事。

我似乎忘記說說我的情況了。我目前在島上的東北方，不過不知能否有何收穫。這時候不免會希望我記得的畫面能夠多一些、明確一些，可惜至今爲止，我知道的依然只是我和因帕德休島有什麼連繫而已。

我會努力尋找的，等找回了記憶，我定會回到小姐妳的身旁，希望小姐別笑我太貪心。

就算分隔兩地，我仍然是小姐妳的劍、妳的盾，我的忠誠僅奉獻給妳。我很想念妳，小姐。

貝洛切爾　筆

❀❀❀

白犀之塔的某房間內，一名坐在書桌前的黑髮小女孩專心致志地讀著一早收到的信。由於剛起床，她還散著一頭長長的髮絲，雙腳赤裸，不時地在桌下踢晃。

信紙上端正優雅的字跡，讓她忍不住想起那名數日前向她道別的溫柔男人。

黑髮金瞳，眞實身分卻是地獄三頭犬——貝洛切爾。

正當小女孩想要找出空白信紙、寫一封回信時，宿舍房門無預警地被人開啓了。

「小姐，吃早餐了唷！」這道精神十足的嗓音出自一名膚色褐黑的女孩口中。她個子嬌小，但又比房間主人高上一些，眼角微吊，一雙大眼睛給人好勝的印象，笑開時還會露出可愛的小虎牙。

「小姐、小姐，今天的早餐是手工麵包加牛奶加煎蛋，不過不知道小姐會想吃哪一種……呀哈哈哈，所以我每種都拿了！」范無救高舉著手中的特大號餐盤，證明自己所言不假。

被稱爲「小姐」的艾草，一張小臉上雖然沒有明顯表情，但在看見近二十種麵包後，一雙黑亮的眸子登地睜大，甚至還可以發現她似乎感到艱困地吞嚥了下口水。

「笨蛋無救，妳沒看到小姐都被嚇呆了嗎？我就說妳拿太多，小姐沒吃的份，妳可得一個也不剩地都吃掉才行哪。」站在范無救身後說話的是一名高個子女性。古典美的雪白臉蛋上戴著眼鏡，嘴角噙著溫柔似水的笑，長髮蓬鬆微鬈，全身上下散發著與范無救截然不同的慵懶氛圍。

謝必安和范無救就像是對照組，她們一高一矮、一靜一動，就連衣飾也是一白一黑。

「呀哈哈哈！沒問題的啦！」范無救空出一隻手，活力旺盛地往空中舉直，緊接著在還托著特大號餐盤的情況下，猛地撲抱向小個子的艾草，「散著頭髮，穿著小圓點睡衣的小姐好可愛、好可愛！」

嘴裡一邊唸著，范無救一邊將臉頰貼上艾草的臉，大力地磨蹭。

被人蹭著臉，還得承受對方體重的艾草依然沒有太多表情變化，稚氣的白嫩小臉一派淡然，烏黑的眸子就像潭水般深不見底。

就現場狀況判斷，或許這名個子嬌小，無形中卻具備著威凜氣勢的小女孩，才是最成熟穩重的一位。

不過這份彷彿雷打不動的淡定，卻在聽聞謝必安的一句話後，瞬間迸出裂縫。

「別霸佔著大家的小姐不放，否則我會踢妳屁股的，無救。快讓小姐用餐吧，要不然小姐會遲到的。」

遲到？遲到！艾草飛快地眨下眼，她馬上看向手腕上的通訊器——除了通訊功能外，還可以顯示時間——上頭的時間令她的瞳孔不明顯地收縮一下。

遲到會被黑荊棘老師扣分的……莉莉絲有說過，吾的個人積分還很低，隨便扣一扣很可能變成負分……

「不行，吾不想留級，也不想被退學。」艾草用最快速度從范無救的懷抱中鑽出來，踮高雙腳，迅速抓了個麵包，就像小松鼠一樣，用快速又安靜的方式，短短時間就將麵包吃了大半。

「小姐，牛奶。」謝必安配合時機遞上飲料。就算自己的小姐乍看下仍面無表情，但她能從那雙眨得比平常多次的眸子裡發現緊張。

咕嚕咕嚕地喝完全部牛奶——艾草絕對不會放棄任何可以長高的機會，她的目標是長得比必安還高，然後她就可以不用踮腳尖也能摸摸大家的頭了——艾草將杯子還給謝必安，立刻就想套上繡花鞋，抓著已經塞好今日所需課本的書包往房外衝。

兩隻雪白柔軟的手臂趕緊從後搭住艾草的肩膀，阻止她往外衝的動作。

「必安？」艾草仰起頭，墨色的眼眸瞬也不瞬地凝望著身後的高眺女子。

「小姐，妳的睡衣還沒換下，頭髮也未綁。」謝必安以輕柔的力道轉回那具嬌小的身子，她笑吟吟地說，「雖然穿著小圓點睡衣的小姐很可愛，不過這模樣，我和無救都希望不要讓其他人欣賞到呢。」

艾草聞言一怔，下意識低頭，眼中果然映入那件白底綴著粉紅小圓點的睡衣。稚氣的臉蛋還是沒有顯露表情，但衝上雙頰的淡淡紅雲已說明了她現下的心情。

「更衣梳髮的工作就交給我倆吧，小姐，妳只要閉上眼睛即可。」謝必安手一伸，不知從何處拿出了一套符合艾草體型的衣服。

「沒錯！」范無救揮舞著手中的梳子，露出大大的笑容，「一切就交給我和必安吧，我們可是不輸長照和粱炫的！」

艾草小幅度地點下頭，依言閉起雙眼。然後她感覺到自己的身體被人往左邊轉轉轉，又被人往右邊轉轉轉。

轉到她都有些頭暈了，耳邊接著聽見謝必安溫柔的聲音響起。

「好了唷，我的小姐。」

艾草立即睜開雙眼，低頭看看身上，又摸摸頭髮。在這短短時間裡，她真的更衣梳髮完畢了。

「必安、無救。」艾草對著兩人招招手，當她們彎下身子，她微踮腳尖，在她們的臉頰上各親一記，「謝謝妳們，吾去上課了，吾今天也會努力的。」

「小姐請慢走。」謝必安和范無救掩不住眼內的欣喜，她們右手握拳置於心口處，彎腰對著艾草行禮。

艾草點點頭，打開了房門，足尖一蹬，如同紅蝶飛奔出去。

門外就像是另一個世界。

可以看見許多不同髮色、眼色的少年少女們同樣趕著下樓，白色的樓梯像是蜘蛛網般從各層樓走廊延伸出來，交會於這棟建築物的中心。

那些似乎也趕著前往某處的年輕男女們，身上穿的衣飾風格與艾草等人截然不同，卻誰也不覺得哪一方怪異。

因爲這裡是賽米絲學園，位在獨立於三界之外的因帕德休島上。

這裡任何種族都能見到，唯獨沒有人類。

而就在一個多月前，這座位於西方世界的學園，從東方迎來了第一位交換學生。

他們迎來了東方陰間神祇——城隍．艾草。

「好了，小姐去上課了，接下來就是照慣例的『那個時間』了，無救。」

待艾草的身影消失於走廊外，謝必安關上房門，阻隔了外界可能窺探的視線。

「等很久了啦！」范無救精神百倍地咧著嘴笑，小虎牙從唇間顯露出來。

隨即，兩人的目光有志一同地落到艾草來不及收起的信上。

那封由貝洛切爾寄來的信，此刻正靜靜地攤展在桌面。

「小姐的信不可以隨意亂動，就算它是從一個疑似戀童癖的傢伙那寄來的。但是，這不會妨礙我們記上一筆，對吧？」謝必安的手指往虛空一抓，握住一柄白羽毛扇。她用扇子掩著唇，鏡片後柔媚的雙眼微微瞇起，唇角噙著淺淺的笑。

「那還用說嗎？必安。」范無救迅速在房裡上竄下跳，一眨眼就不知道從哪些地方抱出一堆捲成筒狀的紙張。

謝必安的白羽毛扇輕一揮揚，所有紙張彷彿被一雙看不見的手攤平，貼至牆上。

那原來是不同人物的照片。

假使這時候艾草還在房內，那雙烏黑的大眼睛裡勢必會出現一絲吃驚。

照片上的身影都是她認識的人：貝洛切爾、拉格斐、白蛇、伊梵——還清一色都是男性。

「看起來有禮，但估計是戀童癖，成爲變態的潛力也很大的男人；脾氣差、個子矮、情商智商都應該回去重修一輪的小鬼；顏面神經推測失調，卻又愛藉故靠近小姐，還以爲旁人看不出來的蒼白傢伙；還有一個則是目前沒明顯動作，但是男的還疑似跟小姐交情不錯，這點就足夠讓人火大……」

謝必安輕搖著羽毛扇，目光逐一巡視過照片上的人物，從紅唇中吐出語氣柔軟依舊、內容卻顯得刻薄毒辣的嗓音。

「那麼，今天我們該選哪一個呢？」

「呀哈哈，那還用說嗎？」范無救露出孩子氣的笑臉，黑眸則是凶氣四溢地鎖定牆上的一張照片，「一早就讓小姐的注意力放在他身上，小姐甚至還要回信給他，所以我超火大的啦！」

「太好了，我也這麼覺得。」謝必安手上的白羽毛扇消隱，取而代之的是數十根羽毛躺在她的掌心，「無救，我們一人一半平分吧。」

「完全沒問題！」范無救比出一個ＯＫ的手勢。

下一秒，兩名女性望向被她們鎖定為目標的照片，分別揚起了溫煦及豪爽的笑，指間的白色羽毛似乎正閃動著森寒的危險光芒。

同一時間，身處因帕德休島東北方的貝洛切爾無故打了個噴嚏。

渾然不知自己的兩位下屬在房間裡展開某項娛樂活動，深怕第一節課遲到的艾草腳步不停，連跑帶躍地一路奔到宿舍一樓的中央大廳。

就在躍下最後一級階梯的時候，艾草一抬頭，就看見大門左側的信箱櫃前正佇立著三抹再熟悉不過的身影。

擁有一頭華麗粉紅色長鬈髮、容姿嬌艷無雙的少女彎著身，像是在檢視其中之一的信箱；膚色蒼白到毫無生氣的少年倚著櫃子，血紅的眼眸半瞇著，像在打瞌睡；目光不時不耐掃視的金髮藍眼小男孩，則是最快發現艾草的人。

「太慢了，小不點。」拉格斐抱著雙臂，冷傲的小臉蛋布著明顯的不耐煩，「妳的腿真的是短到那種程度嗎？妳知道妳讓我等多久了嗎？」

「吾的腿，吾很有自信一定比拉格斐你……」艾草認真的申訴還未說完，另一道華美的女聲已快一步介入，強勢地蓋過艾草的話。

「啊啊？小米粒的腿就算短，也還是可愛得不得了，輪得到你來說嗎？」莉莉絲停下檢查信箱的動作，氣勢十足地轉過身，雙手扠腰，碧綠如寶石的眼眸不客氣地瞪著那名矮個子天使，「還有，在等小米粒的是我跟冷血的，你這矮子少亂入，小米粒可沒有跟你約好。」

「不准叫我矮子！」拉格斐冷傲的面具瞬間碎裂，背後一對雪白羽翼猛然展開，藍眼像要噴火。

他的個性一點也不像外表那樣看起來冷冰冰的，反倒暴烈如火，說發飆就發飆，尤其是身高被人大做文章的時候。

「小不點身上有貼標籤說是你們的嗎？我說我在等她就是在等她，妳這惹人厭的惡魔滾旁邊去！」

「聽你胡說八道！」莉莉絲瞇起碧瞳，背後也在剎那間張開一對漆黑華麗的翅膀。

天使與惡魔針鋒相對，彼此間的險惡氣氛幾乎都要具體化，看得見火光四濺了。

下一秒，莉莉絲和拉格斐霍然轉頭，異口同聲地逼問話題主角。

「小米粒，妳說，妳和誰約好了！」

「小不點，妳說，妳和誰約好了！」

「吾，」即使面對兩人懾人的氣勢，艾草還是一派冷靜，潔白的小臉上缺乏表情，她十足嚴肅地說，「吾只是想說，吾的個子雖然小小的，但腿不比拉格斐短，身高也比拉格斐高。吾也知道這是徒勞無功，但吾還是想糾正，吾的名字是艾草，非是小米粒，也非是小不點。」

「妳是睡昏頭了嗎？小米粒，我當然知道妳叫艾草。」

「妳是睡昏頭了嗎？小不點，我當然知道妳叫艾草。」

這一次，莉莉絲和拉格斐仍是異口同聲。

隨即只見他們兩人不約而同地露出嫌惡的表情，一人咂舌，一人則是發出明顯的「嘖」一聲，顯示出雙方一點也不喜歡這種破天荒的默契。

艾草張口欲再糾正，但看著兩名朋友臉上的認眞困惑，她閉上嘴巴，落寞地低下了頭。今日的扭轉稱呼計畫，還是失敗……

「眞是幼稚。」從旁傳來了接近嗤笑的冷淡嗓音。

倚著信箱櫃，幾乎讓人以爲睡著的白蛇張開一隻血紅色的眼睛，紅眸掃過莉莉絲與拉格斐，接著另一隻眼睛也睜開。

白蛇直起身體，「不在意遲到的話就繼續留下吧，艾草，或者跟我離開。」

艾草下意識仰頭望向鑲在穹頂的大型壁鐘，短針和長針的位置令她不由得小小地「啊」了一聲。

「白蛇，吾跟你……」艾草的話還來不及說完，就被一雙皎白手臂勾住肩頭，將她大力地往後一拉，撞入另一個懷抱裡。

「別想趁機偷跑，冷血的。」莉莉絲緊緊攬著艾草，唇角噙著冷笑，碧眸在艾草看不見的上方惡狠狠地瞪了白蛇一眼，「要走就一起走，現在這時間，再多待個三分鐘也不至於會遲到。」

「三分鐘？莉莉絲要做什麼嗎？」早就習慣被人摟來抱去，艾草只是仰起臉凝望莉莉絲。

「信，本小姐要檢查今天又該死地收到哪些信。」莉莉絲一手攬著艾草，一手拉開某個信箱櫃門。

剎那間，數也數不清的信件就像雪片般飛下，堆疊在地板上，形成一座小山。

那數量誇張到讓艾草不禁微瞠大眼眸。然而目睹此景的白蛇和拉格斐卻一點也不意外，甚至可說見怪不怪。

「嗤，妳的愛慕者還是一樣驚人。」拉格斐撇撇唇，一雙藍眼則是緊盯著莉莉絲還搭在艾草肩上的手，眸底瞬間閃過的光芒像是嫉妒，又像是渴望。

「愛慕者？」艾草低頭看了看那堆如同小山的信，注意到大部分的信封都偏粉紅色，有的信封封口還用愛心貼紙黏貼，「情書？都是給莉莉絲的？」

「對，男女都有。都說少往我信箱裡塞這些了。」莉莉絲不耐煩地以指撥撩下髮絲，「要看完這些很麻煩的。」

就像在呼應莉莉絲的話，她的身旁平空出現一抹人形黑影。

黑影俐落地抱起那一大堆的信，又向艾草等人低頭行禮示意，接著便宛如來時般突然消隱在空氣中。

那黑影是專門服侍莉莉絲的影侍，只有少數時候會露面。

艾草忍不住揚起淺淺的笑，她有發現莉莉絲是說「要看完這些很麻煩的」，這表示就算莉莉絲表現得再不耐煩，仍會將他人寫的信都看過一遍。

莉莉絲，果然很溫柔哪。

正當艾草想將這些話告訴自己的朋友，倏然間，她捕捉到細細的叫嚷聲。

「哎！殿下又沒拆信了！」

「眞失望……」

「但是殿下回去會拆信的吧？」

「一定要看到我們的信！」

那是女孩子們的聲音。

是誰？艾草飛快抬頭尋找，立刻在上方樓層的圍欄後發現兩抹人影。

似乎是驚覺暴露了行蹤，那兩人馬上匆匆忙忙站起，往走廊內側跑。

艾草看不見對方的相貌，唯一的印象是蓬鬆像棉花糖的紫色與灰色髮絲。

「看那頭髮，應該是鈴蘭和百合吧？」莉莉絲抬頭，剛好也捕捉到最後一剎那，「三年級的，種族是夢魔，算是我地獄之民。」

所以她們才會稱莉莉絲「殿下」？艾草恍然大悟，但內心依稀覺得有哪裡不對勁。

「還非常地迷戀、崇拜妳哪，莉莉絲。」拉格斐的語氣完全稱得上嘲笑。

「囉嗦，我只要有小米粒就夠了，矮子快閃到旁邊去，別在這礙事！」莉莉絲不客氣地回擊，知道什麼最能惹得拉格斐惱羞成怒。

果不其然，拉格斐當下變了臉色，藍眸燃起冰焰，不過就在那簇火焰準備燎原之際，有什麼阻止了他。

「拉格斐，也有愛慕者嗎？」艾草認眞問道。

如果說話的是別人，拉格斐鐵定理也不理，最多回以冷酷的眼神，但開口的偏偏是艾草。只要那雙烏黑眸子一凝望自己，拉格斐的腦袋就差不多成了漿糊。

「愛、愛慕……」拉格斐的火氣消散大半，他結結巴巴地說著，「誰愛慕誰了？我才沒有……」

「這小子沒有什麼愛慕者，小米粒。他討厭女人，脾氣又差成這樣。」莉莉絲直接截斷了拉格斐的話，「本小姐認識他到現在，沒見他收過情書。」

「那種無用的東西，誰會想……！」拉格斐猛地嚥下最後一字，他怒瞪莉莉絲一眼，醒悟到她的目的。要是他這時候說「不想要」，那麼他以後連萬分之一的機會都別想收到艾草可能寫給他的信。

「莉莉絲，妳這卑鄙的惡魔。」拉格斐小小聲地、咬牙切齒地說。

「那對惡魔來說可是讚美。」莉莉絲傲慢地勾起艷麗的笑。

全然沒察覺兩人間的暗潮洶湧、暗中較勁，艾草盯著拉格斐，隨後困惑又嚴肅地說，

「吾不懂，為何拉格斐無愛慕者？吾覺得拉格斐人很好，吾很喜歡。」

拉格斐第一次知道言語也能重擊一個人的心，那張素來冷傲的小臉霍然間染成鮮豔的紅色。

莉莉絲顯然也是初次見到這幅光景，因為她臉上正露出驚訝。

莉莉絲確實非常吃驚，她還是第一次知道外表冷冰冰、實則個性暴烈的天使原來可以臉紅到像是充血。

「都像番茄了……」莉莉絲喃喃地說，這是繼知道白蛇也能露出笑容後，見到的第二幅不可思議景象——都是因為艾草。

拉格斐也感受到自己的臉燙得驚人，他沒聽進莉莉絲的話，只是突然一把抓按住艾草的肩頭。

「妳……我……」拉格斐其實也不明白自己想說什麼，他只覺腦海一片混亂，心跳如擂鼓，不經思考便脫口而出，「我、我會寫給妳的，總有一天我會寫那該死的信給妳，然後妳只能收下……一、一定要收下，艾草。」

「……咦？」艾草愣住，她沒想到拉格斐會忽然喊自己的名字，但她更想知道的是對方口中的「該死的信」和「只能收下」又是什麼意思。

明明在巴別塔的運作下，賽米絲學園內並不會出現所謂的語言隔閡，然而……

七娘、八娘，真奇怪，吾完全聽不明白拉格斐的話……吾難道變得愚昧了嗎？但吾上回的語言學小考，還拿了高分的。

就在艾草仍滿心不解時，拉格斐忽然又像是被燙到般急速縮回手。

「沒、沒聽清楚也無所謂，我去教室了！」拉格斐後退了一、兩步，緊接著就頂著那張發紅的小臉衝出宿舍大門。

下一刻，外頭傳出翅膀拍振的聲音，隨後遠去。

艾草被拉格斐這番異於平常的表現弄得摸不著頭緒。

「吾聽得很清楚。」她抬眼望著莉莉絲和白蛇，平靜的嗓音滲入了納悶，「但吾不懂拉格斐之意，他的眼睛都變蚊香眼了。」

「也許他昨晚喝了酒。妳喝酒也會變蚊香眼的，艾草。」白蛇寂冷的聲音在沉默了好一會兒後終於響起，「那只不過是胡言亂語，用不著在意。」

「吾喝酒才不會……是有幾次會，吾承認。」艾草小小聲地說。

「噗！喝酒？這鬼話虧你說得出來？冷血的，你真的轉性了。」莉莉絲鄙夷地睨著白蛇。

「妳有更好的說辭？」白蛇還是那張漠然無表情的臉，血紅色的眼瞳直視著莉莉絲。

莉莉絲一時語塞，思索了半天，又不想對艾草挑明拉格斐的言行差不多等於告白，最後她不甘願地聳下肩膀。

「就喝酒吧。」她咂了下舌。

「那白蛇呢？」艾草忽然又問了。

白蛇和莉莉絲同時回神，目光放回艾草身上。

「白蛇也有愛慕者？」艾草的黑眼珠裡有些許好奇。

莉莉絲這次是忍不住嘲笑起白蛇了，「那個冷血的？拉格斐的個性差，冷血的只會比他更差。相信我，小米粒，沒人愛慕這冷血的。」

白蛇沒說話，他一言不發地打開了其中一個信箱的櫃門，只有一個薄薄的信封滑了出來，信封上還寫著「華雅其麗婭」這幾個顯目的金字。

艾草的眼力很好，還能再看見另一行小字——給尊貴的ＶＩＰ會員。

除了這封來自冰品店的信之外，白蛇的信箱眞的空無一物。

「看完了？」白蛇淡淡地說，「看完就抬起妳的小短腿，艾草，除非妳嫌妳的分數太多不怕扣。」

「吾的分數一點也不多。」艾草小幅度地搖搖頭，「莉莉絲、白蛇，吾等也快去教室。另，吾可否靠自己的腳，吾覺得吾不適合被人抱在天空飛，吾猜吾有懼高症。」

「懼高症？」莉莉絲揚起姣好的眉，「小米粒，從高空落下還能面不改色著地的人最好有懼高症。不想浪費時間，就乖乖讓本小姐抱著飛過去吧。」

艾草的小臉在一瞬間眞的微微發白。

事實上，她當然沒有懼高症，但她會暈飛行——莉莉絲的飛行技巧太快太凶暴，偏偏本人沒有自知之明。

「艾草這次跟我。」白蛇伸出手，他蒼白的皮膚上立即浮現繃帶，兩條繃帶轉眼又化成白色的小蛇。

小蛇飛快地滑躍到艾草的兩隻手臂上，作勢要拉著她走。

莉莉絲不悅地瞇起碧眸。

「用妳之前欠的一次人情來抵，莉莉絲。」白蛇毫無起伏地說。

「嘖。」莉莉絲將粉紅色的髮絲往肩後撥撩，不太情願地跟著白蛇邁出腳步，黑靴的鞋跟在地板敲擊出響亮的聲音。

雖然這樣對莉莉絲不好意思，但艾草的確鬆了一口氣。

毫不在意自己的手臂上纏著大部分女孩子都害怕的白色小蛇，她小跑步與白蛇、莉莉絲一同跨出白犀之塔的大門。

是細碎的說話聲，讓她回過了頭。

艾草看見那些就像是蛛網分布於空中的雪白樓梯上，分層站立著不少身影。

對方就像是在觀察他們的離去。

艾草不知道那些人的名字，但對他們的臉或多或少有些印象——因爲那些人也是白犀之塔的一分子。

他們是三年級的學長姊。

艾草終於知道，自先前就存在的那絲不對勁是爲什麼了。

第一節課規定全校學生都得修習，然而剛剛的兩名夢魔學姊——鈴蘭和百合——卻一點也沒有急著要趕去教室的跡象，反倒往走廊內側跑。

為什麼三年級的學生還留在宿舍裡？

「小米粒？」莉莉絲轉過頭，同樣瞧見那些分布在樓梯上的身影。

「三年級的？」莉莉絲瞇細一雙美眸，然後眉頭蹙起，「噢，真該死的，『那日子』要來了嗎？」

「那日子？」艾草疑惑地問著，接著她的視野就被一片黑蓋住。

白蛇伸手捂住她的眼，同時帶過她的身體，不讓她再繼續盯著宿舍內部。

「一年一度的『年級會考』。」白蛇冷寂的聲音落在艾草耳邊，「一年級是應考者，三年級是出題者，老師則是裁判。艾草，或許妳應該把學生手冊好好看完，以免妳的小腦袋瓜裡空無一物。」

「吾有看，只是，沒看完。」艾草誠實地說。

「閉上你那張吐不出好話的嘴，冷血的。」莉莉絲拍掉白蛇的手，眼見艾草又想轉頭看向宿舍，她乾脆張開羽翼，華美碩大的黑色翅膀登時伸展開來，也遮擋住了後方景象。

艾草不禁著迷地看呆了。

「聽好了，小米粒。」將虛榮心先扔到一邊去，莉莉絲彎下身，食指彈上艾草的額頭。

艾草捂著額，一臉愣怔。

「『年級會考』可不是什麼有趣的東西，那根本就是學園長那禿頭吃飽太閒才搞出來的玩意，專門讓一年級和三年級廝殺用的。」

「……咦？」

十二 珠夏

由於學生手冊沒帶在身上，加上班導黑荊棘的脾氣似乎比平常時候更爲陰晴不定，彷彿有什麼事惹怒了她。因此就算第一堂課結束了，艾草對於「年級會考」的詳細資訊仍舊一無所知。

目前她僅知道，這是一場由三年級學生來考驗一年級學生的考試，每年都會舉辦一次。如果不是接下來還有課，艾草原本想去圖書館查閱資料。她很想知道究竟是怎樣的考驗內容，會讓「年級會考」成爲莉莉絲口中的「廝殺」。

而白蛇，也沒有對這種說法提出反駁……

「嘿，交換生。哈囉，交換生。妳有聽到我的聲音嗎？」

一隻潔白的手無預警伸至艾草面前，在她眼前揮了揮，登時讓她遊走的思緒全數歸回。艾草定睛一看，發現一名黑髮紫眸的女孩子就坐在自己前方。臉蛋甜美，髮絲如暗夜森林漆黑，眼眸則宛若紫水晶剔透，微笑間可以見到獠牙若隱若現。

「菈菈？」艾草喊出了對方的名字。

原來坐在她前方的不是別人，正是上次因加分任務而成爲朋友的暗夜眷族，同時亦是一年C班的學生。

「我難道長得那麼不入眼嗎？交……不對，是艾草，之前都叫得太習慣了。」菈菈吐下粉舌，一雙眼睛滴溜地盯著艾草看起來總是缺乏表情的小臉，「哪哪，艾草，妳也太慢才有反應了吧？難道我眞的長得那麼不入眼嗎？」

「非。」艾草輕搖了搖頭，「吾認爲菈菈很可愛，吾只是思索事情，才一時無法回神，此乃吾失禮之處。」

「咳，其實我的意思不是要妳稱讚我可愛啦……」艾草認眞的態度反倒讓菈菈紅了臉。她雙手貼著微熱的臉頰，沒想到一名小女孩說的話也可以令人心跳加速，「我說艾草，看不出來妳個子小小，卻意外地很有男子氣概耶。」

要是艾草眞的是男孩子，長大後定可以輕易迷倒一票女性！

「男子氣概？但吾並非男性，雖然有點看不出來。」艾草低下頭，雙手貼上胸前，「嗯，有一點點……這證實吾之性別。不過，吾還是會收下這份稱讚的。」

「噗！」菈菈噗哧一笑，她手臂一勾，就將艾草的上半身拉向前，讓對方的小腦袋可以埋在她的懷抱內，「嘻嘻嘻，艾草妳未免也太可愛了啦，怪不得莉莉絲那群傢伙會緊黏著妳不放。啊，好可愛、太可愛了啦，妳當初怎麼不是來我們C班嘛？給A班眞是浪費！」

「吾不懂吾哪裡可愛，吾明明很嚴肅。必安、無救她們也說吾很有威嚴的。」艾草失落地小小聲說，任憑菈菈對她又蹭又抱，彷彿把她當成了洋娃娃。

還沒到第二節的上課時間，教室裡學生人數還不多。

艾草這堂課修的是「法陣緒論」，授課老師是一年D班的班導師。

事實上，這是艾草第一次進來這門課的教室。

「對了，艾草。」菈菈忽然放開艾草，甜美的臉蛋寫著納悶，「妳也是來修法陣緒論的吧？可是我之前都沒看見妳出現耶。妳到賽米絲也有一個多月了，而且妳還是獨自一個人坐在這。莉莉絲呢？白蛇呢？還有那個矮子天使呢？」

「那個，該怎麼說才好呢……請不要說得一A像是只有那三人，這樣我也會很苦惱的。」一道文靜細弱的少女嗓音傳來，嚇了菈菈一跳，她沒想到有人會忽然插話。

「是你，水……！」在看清說話之人是名穿著連身洋裝的栗子色鬈髮少女後，菈菈差點脫口說出「水妖」兩字，但及時將最後一個音節吞下。

水妖是稀少的種族，對方在校園內並未主動公開身分的話，那麼她也不該擅自說破。

「妳們好，艾草、菈菈。」外貌秀氣柔弱的野薔薇擁有一雙深棕色的眸子，手上還戴著一個奇特的南瓜手偶。她的出現，讓教室內的一些男孩子忍不住往這方向偷看。

容易激起人保護欲的野薔薇，在一年級男生中有著高人氣，也不乏有人告白。雖然一律遭受拒絕，據說還是以相當毒舌的方式——十個人裡面往往有七個會哭著跑走。

但是，只有極少數的人才知道，外形爲秀氣少女的野薔薇，其實是還未分化出性別的水妖。也就是說，並不是女性，也不是男性。眞正的樣貌則是藍髮藍眸，雙耳如魚鰭，下半身是碩大華麗的寶石藍魚尾。

而艾草等人，就是那些極少數的知情者。

「野薔薇……爲什麼你也會在這教室裡？」菈菈挑起眉梢。比起對莉莉絲、白蛇、拉格斐的不喜，她對野薔薇倒沒有特別好惡，「還穿著裙子，你不是不能算是女孩子嗎？」

「嗯，是的。」野薔薇歪下頭，露出淺淺的笑，「但是，我也不是男孩子。在我眞正分化出性別之前，就請繼續將我當成女性，畢竟我忽然走進男廁的話，男生們會嚇得衝出來呢。」

「不只嚇得衝出來，還會哭著高喊詐欺吧！」接話的是野薔薇手上的南瓜手偶，一雙小短手興奮揮動，喋喋不休地說著。

「原來野薔薇這笨蛋不是平胸的飛機場，而是平到不能再平啦嘎嘎！就算她以後變成女的，一定也還是毫無可看性和未來性，不過女人味應該勉強及格。喂喂，那邊的吸血族，就是在說明明長得漂亮卻沒有異性緣的妳啦！」

南瓜手偶似乎沒發現菈菈的眼瞳陡然染成紅色，依然喋喋不休地大放厥辭。

「妳看看，野薔薇雖然是個笨蛋，但她現在異性緣都比妳好啦，被人告白的次數鐵定也比妳……」

「唰」的一聲，驟然出現的異響讓南瓜手偶倏地閉上嘴。假使它有汗腺，這時候恐怕已冷汗直冒。

「比我怎樣？啊啊，你說是比我怎樣？」菈菈的笑容甜美如蜜，但一雙染成赤紅的眸子裡卻閃動著嚇人的陰狠，新月般的獠牙從唇間露出。逼近南瓜手偶的五指更是指甲變得銳利細長，就像五柄小刀，輕易就能在南瓜手偶的腦袋上刺出五個洞。

「區區的南瓜也敢說大話？信不信我直接扎穿你的頭，在上面開出幾個洞？」

「不不不不要啊！」南瓜手偶受到驚嚇，再也忍不住放聲尖叫，「妳想對本大爺的頭做什麼？難道妳想噗滋噗滋地榨出南瓜汁嗎？喂，野薔薇，妳還傻站在那裡做什麼？還不快點救我，妳這個反應遲鈍的超級飛機——」

南瓜手偶的尖叫戛然而止，然而這次並不是它自主閉上嘴。

因情緒起伏而露出暗夜眷族特徵的菈菈，目瞪口呆地看著野薔薇依舊噙著秀氣的淺笑，戴著南瓜手偶的手卻是毫不留情——用快、狠、準來形容也不為過——砸上了堅硬的桌面。

可憐的南瓜手偶就這麼和桌子進行親密接觸，吭也來不及吭一聲，當場生生地暈了過去。

「抱、抱歉，細細它眞的是太多話了……希望菈菈妳可以見諒。」野薔薇細聲地說，「也請別將它的那些話放在心上。我就算之後變成女性，也一定會擁有豐滿上圍，成為黑荊棘會喜歡的……」

「嗚！妳可以不用說沒關係，我說眞的！」菈菈連忙打斷野薔薇的話，眼裡的赤紅褪去，恢復原先的紫晶色，「我對妳和黑荊棘老師的師生戀沒興趣，而且這種事應該低調一點比較好吧。」

「啊，是這樣嗎？」野薔薇的語氣中隱含一點失望。

「吾也不知道是不是這樣，吾對此類事不太了解。」艾草嚴肅地搖了搖頭。

「是這樣，就是這樣。」菈菈強調地說。

「可是，我還是想多說一些黑荊棘的事。例如，艾草就是照著黑荊棘的要求，才會來上法陣緒論的課。」野薔薇選了艾草另一邊的位子坐下，教室內並沒有硬性規定座位，「我說的沒錯吧，艾草。至於我，我猜菈菈妳只是沒注意到我而已。」

「就如野薔薇所說。」艾草安靜頷首，「黑荊棘老師要吾先把一些基本概念弄懂，再來此課堂。吾今天是第一次前來，莉莉絲他們這堂則已選修其他課程。」

「啊啦，原來是這樣。」菈菈恍然大悟，同時又暗瞥了野薔薇一眼。

確實，如果不是在進行加分任務的時候經歷過一些事，恐怕她到現在也不會多留意這名外表文靜秀氣、看似怕生的「少女」。

「菈菈、野薔薇，吾也有事想詢問。」趁離上課鐘響還有幾分鐘的時間，艾草把握機會，問出了從第一節上課前就忍耐到現在的提問，「『年級會考』的詳細內容是指？又因何白蛇和莉莉絲會說那是三年級和一年級間的廝殺？當眞要殺得流血見骨嗎？」

「什——才不是那麼一回事，完全不是！」菈菈聞言啞然，緊接著大力搖搖手，「『年級會考』哪是那麼血腥的東西。不過，對那兩個傢伙說不定差不多……」

「哎？」艾草越聽越糊塗，大睜的烏黑眸子滑過一抹困惑。

「我想想該怎麼說……」菈菈坐下，抱著胸沉吟，「『年級會考』就是……」

「『年級會考』？本大爺聽見這個了，而且肯定沒聽錯！」以爲昏迷的南瓜手偶出其不意地恢復意識，撐高了腦袋，「這可是學生手冊中的基本常識，是誰蠢到……咳咳，不是，本大爺是說人不是萬能的，多少會有不知道的事。」

南瓜手偶原本要吐出不客氣的嘲笑，在發現發問者是艾草後，立刻生硬地吞了下去。

即使這個來自東方世界的交換生看起來又乖又無害，但南瓜手偶絕不會忘記她身邊的下屬嚇人得很。要是被她們知道它嘲笑了她們的主人，它可能就要去換顆南瓜來當新腦袋了。

「細細，你會認眞地說明，不會再胡言亂語了對不對？」野薔薇慢悠悠地說。

「那、那當然，野薔薇妳把本大爺當誰了！」南瓜手偶迅速抬頭挺胸，裝作沒聽見菈菈在旁嘀咕「當誰？不就是當南瓜嗎」。

「把耳朵豎起來好好聽清楚了，黑眼睛的小不點。『年級會考』就是由三年級分組，每一組會出一個關卡，給一年級的當作測試。一年級的也會分組，通常一組四人，不過並不限定同班，所以可能一A、一B、一C、一D的人都被分在同一組。」

「而一年級的，事先也不會知道自己跟誰同組，因爲考試是無預警開始的。要確認對方是不是自己的同伴，可以看手背上的記號，這種事到時候就明白了。至於老師們，不會插手任何關卡，他們只負責評分，不管三年級還是一年級都會被評。總之，『年級會考』據說也是讓三年級惡整一年級，抒發壓力用的。」

「只是，白蛇和莉莉絲在入學不久後就有說過。」野薔薇繼續說下去，「不論是怎樣的關卡，有人敢找上他們，他們就會全力以赴地對付回去，當成正式的戰鬥。」

「這個我也聽說過。」菈菈壓低了聲音說，「還聽說這次三年級的還眞的跑去向老師們要求，看能不能不要把白蛇和莉莉絲算在應試生內，就怕找他們當測試對象，眞的會出現廝殺局面——三年級單方面地被廝殺。」

饒是身為心高氣傲的暗夜眷族，菈菈也不敢肯定自己有沒有那份決心，獨自正面對上莉莉絲與白蛇，畢竟那可是對上地獄君主之女和伊甸之蛇的後裔。而白蛇的眞正實力，至今依舊無人知曉。

「不過那些都是三年級的事，和我們沒關係。」菈菈微聳肩膀，漾起甜甜的笑，又張手攬住艾草的肩膀，「哪哪，艾草，說不定『年級會考』妳就會跟我、伊梵一組了。」

「伊梵？對了，吾沒看到伊梵，他沒修這堂課嗎？」艾草終於慢一拍地察覺到，總是和菈菈一起行動的高眺身影沒有出現。

「他有修，只是晚點才過來。艾草妳聽我說……」一提起自己的堂兄，菈菈就憋不住地想要抱怨，「伊梵那個討厭鬼，居然先把我趕來教室，他則是跟珠夏大人去處理事情，人家也想跟在大人身邊嘛！還有還有，大人這次回來賽米絲，竟然多帶了兩名部下，據說還是路上收的……明明有我跟伊梵服侍就可以了……可惡，那種來路不明的新人……艾草，妳說過不過分？」

艾草沒有仔細聽後半段話語，她的面無表情將分心掩飾得很好，她的注意力全部被忽然從教室門口衝進來、再鳥獸散到座位上的學生們吸引。

鐘聲還沒響起，但有個披裹灰色大衣的男人大步流星地走了進來，大衣衣襬跟著揚起。男人擁有一雙碧綠的眼睛，淡淡的白金色髮絲，臉部線條剛硬銳利，就像岩石充滿稜角，渾身上下散發不可親的氣質。

他的出現，瞬間讓喧鬧的教室鴉雀無聲。

艾草知道他是誰，她之前在一年級大樓裡曾見過對方幾次。

那名男人是洛榭·哈爾頓，一年D班的班導師，同時也是「法陣緒論」這門課的授課教師。

洛榭一走上講台，目光似乎瞥往艾草等人的方向，又即刻收回。他繃著臉，像是不耐地對著台下的學生們點了下頭，接著視線轉向門口。

門外又走進了人影。

「終於來了哪。」菈菈小聲嘀咕，眉眼卻含著愉悅。

從門外走進來的不是別人，正是菈菈的堂兄，伊梵。

同是暗夜眷族的他，也有著漆黑如暗夜森林的髮絲、紫水晶似的瞳眸，五官精緻俊秀，與菈菈有絲相似之處，但眉宇間多了冷傲。

伊梵進到教室內沒有立刻走向菈菈隔壁的位子，而是退到一旁，微低著頭，彷彿在恭迎誰的到來。

很快地，艾草就知道那人是誰了。

當那頭宛如燃燒火焰的赤金長髮出現在教室中的剎那，艾草甚至聽見有人忍不住發出低低的抽氣聲。

「他回來了……」

「那人居然回來了……」

「是他回來了啊……」

吃驚又挾帶緊張的竊竊私語，像是暗潮在講台下湧動。

彷彿沒有聽到那些議論聲，赤金長髮的主人踏上了講台。

那是一名外貌年紀顯得成熟的青年，膚色偏深，雙瞳赤紅，紅色的長鬈髮散落在背後，髮絲末端呈現金黃，乍看下就像是躍動的熾熱火焰。

然而與顏色張狂的眼珠、髮絲相比，青年的眉眼卻是冷肅的，英俊的臉上沒有太多表情，看起來沉默寡言，又極端地難以接近。

洛榭舉手敲了下黑板，頓時台下的竊竊私語全都消失。

「有些人或許已經知道，那麼我廢話也不多說。」洛榭開口，語氣硬邦邦的，宛如岩石一樣，「從今天開始，因故休養的珠夏重新回來上課，不過應該還是有人不認識他。珠夏，在黑板上寫下你的名字，讓交換生知道你是誰。」

紅髮青年不發一語地在黑板上寫下了剛硬簡潔的兩個字——

珠夏。

然後他轉過身來，一雙紅瞳瞬間鎖定住艾草。

這是艾草正式與珠夏見面，她想起了在白之森偶然瞥見的赤金髮絲，只覺眼前像是有一片大火在燒灼。

上課的鐘聲終於響起。

十三 鈴蘭與百合

「法陣緒論」是三小時的課。

而洛榭的習慣是不開放課間休息，想上廁所就自己出去，想要蹺課用不著回來，他會直接將人從上課名單剔除。

所以當下課鐘聲終於響起，教室內登時傳來不少有如解脫般的吐氣聲。

沒有多看學生一眼，洛榭就像來時一般，大步流星地走出教室。

確定老師遠離後，教室裡的聲音瞬間肆無忌憚地冒出。

嬉笑聲和喧嚷聲不斷，多半是要去哪用餐的話題。

周遭人都忙著收拾物品的時候，艾草卻仍一動也不動地坐在位子上，潔白稚氣的小臉平淡得讀不出表情，墨黑的眸子似乎在凝望遠方，又像是什麼也沒看。

若是熟知她一切習慣的謝必安、范無救在場，她們立刻就會知道自己的上司只是單純在思考或回想事情而已。

是的，艾草其實是在回想方才的上課內容。

洛榭的教學方式雖然嚴厲，但所教授的課程的確相當紮實。

艾草忍不住沉溺於小小的感動中，覺得自己在這堂課學到了前所未有的新知識——雖然這時候的她依然面無表情。

不過這幕落在他人眼中，卻是覺得一身紅黑衣飾的黑髮小女孩簡直像一座雕像。

「欸欸，野薔薇，笨蛋野薔薇。」南瓜手偶對著自己的擁有者竊竊私語，「那個黑眼睛小姑娘是怎麼回事？她張著眼睛在睡覺嗎？她張著眼睛在睡覺對吧！妳快點去戳一下，讓本大爺知道她究竟是不是……唔嗯嗯！唔嗯嗯！」

「嗯……也許艾草眞的不小心睡著了，那我們還是別吵她比較好，細細。」無視被自己用紙團塞住嘴巴、拚命想吐出的南瓜手偶，野薔薇慢悠悠地收拾東西，「你也別打擾我哪，待會兒我和黑荊棘約好了吃午餐。要是有人阻礙我和她的約會……嗯，誰敢吵到我的公主……」

她輕歪了一下頭，棕色的眸子像新月般瞇起，流露一縷天眞的孩子氣。

「我會宰了他的唷。」

——但更多的是毫無溫度的森森寒氣。

南瓜手偶頓時完全噤聲，連掙扎也不敢再有。

或許沒人比它更了解，野薔薇只有表面看起來無害秀氣。以顏色比喻的話，大概就是粉紅色，可實際上，將這層柔和的粉紅色切開，是黑色。

在沒人干擾的情況下，艾草又多發了幾分鐘的呆，直到一抹人影霍然闖入她的視野。

暗色陰影籠罩在艾草的頭頂上，她眨了眨眼，下意識地抬高小臉。

剎那間，艾草以爲自己看到了火焰。

不對，不是火焰，是那名有著赤金長髮和緋之瞳的青年。

不知爲何來到艾草座位前的珠夏，居高臨下地望著她，那張英俊的面龐上看不出顯著情緒，包括赤紅色的眼瞳也讀不出波瀾。

就在這一瞬，剩下不多人的教室內化作一片異樣的安靜。

多雙眼睛偷覷向珠夏與艾草，誰也猜不出「憤怒」繼承人怎麼會找上那名來自東方世界的交換生。

就連艾草身邊的菈菈也忍不住屏住了氣，暗中對伊梵使眼色。

伊梵則是回以「靜觀其變」的目光。

彷彿未察覺到教室內的氣氛因自己的行動而變，珠夏依舊沉默地俯視著艾草。經過對眾人而言格外漫長的幾秒後，他終於開口了。

「……妳是貓妖？」

咦？咦咦咦!?這幾乎是教室內全數學生的心聲。

相較其他人震驚又錯愕的表情，艾草依然一派沉靜。

「非，吾不是妖。」包括吐出的稚氣嗓音也缺乏起伏。

「可是很像，和我養的黑貓一樣，都小小的，這麼小。」珠夏用雙手比出了球狀的大小，隨即又嚴肅地問，「妳當眞不是貓妖？」

「吾萬分確定。」

「即使我撓妳下巴，妳也不會喵一聲？」

「吾非貓，自然不會如貓叫。」

「是嗎……」珠夏低喃了一聲。當旁人以爲他要結束這古怪的話題時，他竟是從袖裡掏出一根逗貓棒。

逗貓棒？許多人不禁要以爲自己眼花了，這赫赫有名的人物，怎會隨身攜帶愛貓人士才會有的小玩意？

不若其餘人的呆滯，伊梵和菈菈反應最快。

搶在珠夏眞的要將逗貓棒對著艾草揮揮晃晃前，他們兩人同時展現了暗夜眷族的靈敏速度，轉眼便各拉住珠夏的一邊手臂。

「珠夏大人，快收起逗貓棒，被雷文哈特老師看見的話，他會生氣的啊。」菈菈緊張地說，「而且艾草也不是貓，就算她看起來小小的，也不代表她是。」

「大人，我明白你喜歡貓。但人和貓不同，你不能對著她用逗貓棒。」伊梵也極力勸阻，不時留意著教室外，就怕莉莉絲會挑這時候出現。

心高氣傲的地獄君主之女一旦知道自己的朋友被當成貓對待，勢必會當場發飆。

「……也不能帶回去？」珠夏皺眉問道。

「絕對不行！」伊梵和菈菈異口同聲地低吼。

爲了避免自己主人眞的採取令人錯愕的行動，兩名暗夜眷族互相交換一個眼神，對珠夏說了聲「請恕我們失禮」，立刻齊心協力地將他強制帶出教室，留下教室內一干看傻眼的人們。

等拉格斐來到這間教室，看見的就是這幅怪異景象。

個子矮小的天使皺著眉，冷冰冰的精緻小臉閃過不耐，「別擋在門口，要當雕像隨便找個地方去，你礙到我了。」

這番不客氣的言辭，登時使門口的學生如夢初醒。

緊接著，其他人跟著回過神來。

不一會兒，教室裡又回復到原先的鬧哄哄。

「莫名其妙的班級……」拉格斐咂了下舌，一點也不想管這些人是怎麼回事。他目光一掃，馬上鎖定自己的目標。

黑髮黑眸的小女孩像是沉浸在自己的世界裡，坐在位子上發呆。

拉格斐深吸一口氣，挺直背，大步地走向艾草，腦海中則是默背著待會要說的台詞。

拉格斐還沒走近，艾草就先發覺到他的存在——畢竟她不是在發呆，她只是單純沒有表情而已。

「拉格斐，下課了？」艾草問道。

「廢話，看也知道吧？現在都什麼時候了？」話一出口，拉格斐就想咬掉自己的舌頭。

不對，他要說的並不是這個！拉格斐滿心懊惱，不過冷傲的小臉成功掩飾住這些情緒。

「咳，所以說，現在都中午了……」拉格斐不自在地咳了一聲，視線飄移，「小不點，妳要不要乾脆跟我……」

「跟拉格斐？」艾草微歪下頭，「什麼？」

「妳……妳是真的聽不懂嗎？」拉格斐轉回頭，語氣有些氣惱。

「吾不懂。」艾草很誠實地搖搖頭。

「還能是什麼？我是問妳中午要不要跟我一起去吃飯！」拉格斐再也忍不住，猛地按住艾草的肩膀，氣急敗壞地拉高聲音。

教室一邊傳來了竊笑聲。

「噗嘻嘻嘻嘻！那是在追女朋友嗎？追的方式太遜了啦！要是換成本大爺，只要這樣那樣，就能輕易搞定！」

拉格斐聽力好，瞬間抓出說話的是誰。他當即冷下臉，藍眸化成森寒，嚇人的目光如刀子般甩向野薔薇手上的南瓜手偶。

南瓜手偶顯然沒想到會被抓個正著，一對上拉格斐森冷的藍眸，它短促地悲鳴一聲，全身顫抖了一下。

拉格斐的腦海已轉過數種料理南瓜的方法，可下一秒，他就聽見一道稚氣平靜的嗓音響起。

「吾很樂意。」

……咦？拉格斐愣住，他慢慢轉過頭，所有關於南瓜的想法都被拋到腦後，他看見艾草睜著黑若深潭的大眼睛望著他。

他沒聽錯，剛剛是艾草在說話。

「眞的？」拉格斐臉上的冷傲消失得無影無蹤，他無法抑制地露出欣喜的笑。

「吾不說謊。」艾草似乎被拉格斐的情緒感染，也露出小小的笑，「要去何處用餐？莉莉絲和白蛇會先在那等候吾等嗎？」

「什──」拉格斐的笑容僵住，「爲什麼我還得跟那討厭的惡魔還有那隻蛇一起吃飯？我找的是妳，小不點！給我聽清楚了，我找的是妳，那兩個傢伙給我閃邊去！」

拉格斐的最後一句說得咬牙切齒，他現在才明白自己眞的是高興得太早了，艾草根本就沒弄懂他的意思。

「也不能找野薔薇和細細？」艾草眼中流露困惑。

「哇！這樣算四角戀？」

「一男兩女加一顆南瓜？這還眞是超越常識的跨種族戀愛耶！」

又有竊竊私語傳來，不過這次說話的是兩名正要離開教室的學生。

拉格斐猛地扭過頭，冰藍的眼裡像是要噴出怒火。

滾！他的眼神散發懾人的魄力，背後也威嚇似地霍然張開了潔白碩大的羽翼。

兩名學生連忙一溜煙跑出教室。

收起羽翼，拉格斐覺得自己再也忍無可忍，他回頭雙手拍在桌面上，吼道：「沒有水妖也沒有南瓜，我只是想跟艾草妳一起吃飯！」

「如果小姑娘希望的話，本大爺也不是不可以……」南瓜手偶插嘴，但旋即遭到打斷。

「閉嘴，細細，然後可以去死了呢。」野薔薇笑吟吟地用南瓜手偶隨意重擊身邊一張桌子，確定它沒聲音了之後，她對艾草比出一個「×」的手勢，「抱歉，艾草，我不能跟你們一起去，我和黑荊棘約好了，妳就陪拉格斐一起去吃飯吧。嗯……他個性那麼差，身邊沒有朋友，一定覺得很寂寞。」

拉格斐差點火大回罵，可卻又破天荒地生生忍下這口氣。

雖然方式差勁，但野薔薇這麼做的確也算是在幫他。

捏緊拳頭，拉格斐暗中扔給野薔薇一記眼神，表示這筆帳他會先記著。

栗子色鬈髮少女絲毫不以爲意，唇邊仍掛著淺淺的秀氣微笑。

「好了，動作快點。慢吞吞的，待會要去的餐廳沒位子怎麼辦？」不再理會野薔薇，拉格斐催促起艾草。

艾草下午還有課，她趕緊站起，拿出自己的書包，表明早已收拾完畢。

「艾草、拉格斐，我們要去的地方是同一個方向，我也和你們一起走吧。」無視拉格斐千百個不願意的眼神，野薔薇硬是卡進兩人之中當電燈泡。雖然她表情無辜，然而眼中確實閃動著「這樣做好有趣耶」的光芒。

拉格斐深吸一口氣，繼續忍。

不過正當三人要走近樓梯口的時候，忽然有聲音喊住了他們。

「那個叫『小米粒』的，站住！」

那是甜軟卻掩不住驕傲氣焰的女孩嗓音。

艾草反射性停下腳步、回過頭，等她意識到自己本來就不叫「小米粒」、而是「艾草」之際，雙眼同時映入了對方的相貌。

墨色眸子微微地張大，連原本想說的反駁都暫時吞回去。

站在走廊上，距離艾草他們有幾步遠的，是兩個長得一模一樣的女孩子。

她們擁有同樣甜美的外貌，大大的眼睛、挺直的鼻梁、小小的嘴巴；肌膚白裡透紅，如同搪瓷洋娃娃，過肩長髮又蓬又鬈，像是雲朵；就連衣飾也是同款式的花邊洋裝。

唯一能夠辨識出兩人不同的，只有顏色。

一人是紫髮紫眸、紫色的洋裝；另一人是灰髮灰眸、灰色的洋裝。

乍見那蓬鬆如雲朵，或者說更讓人聯想到棉花糖的紫色頭髮與灰色頭髮時，艾草頓時想起今早在白犀之塔的偶然一瞥。

那時候，莉莉絲的確有說出兩個名字……

「鈴蘭、百合？」艾草不自覺地脫口說道。

宛如同個模子印出的兩名女孩一愣，接著她們興奮地看著對方，雙手互相交握在一起。

「太好了，百合。」

「沒錯啊，鈴蘭。」

「那個小米粒不可能無緣無故知道我們的名字。」

「所以一定是莉莉絲殿下告訴她的。」

「這表示殿下記得我們，感受到我們的愛慕了。」

「呀啊！好高興！」

「高興到快死掉了！」

女孩們旁若無人地欣喜尖叫，臉頰還染上紅暈。

艾草覺得對方很像自己在電視上看過的，追著閃亮亮的人到處跑的……對了，梁炫說過那叫「粉絲」。

「她們是莉莉絲的粉絲嗎？」艾草小小聲地問著拉格斐和野薔薇。

「唔，不……清楚呢。」野薔薇細聲回答，「我沒留意這些事，我猜因爲之前我都忙著找我的公主。而且，其他人跟我也沒關係，注意他們很無聊的，艾草。」

「妳的重點是最後這句吧。」拉格斐冷哼一聲，「聽好了，小不點。那兩個吵得要死的女人，是莉莉絲那傢伙的狂熱愛慕者，開口閉口都是莉莉絲，煩死人了。」

「嘻嘻，妳聽到了嗎，百合？」

「聽到了唷，鈴蘭。」

兩名女孩停止興奮的叫嚷，不約而同地轉過頭，臉上漾著甜甜的笑。

「那個天使在嫉妒莉莉絲殿下哪。」

「他太可憐了，一點也不了解殿下是如此完美。」

「我們要寬宏大量地原諒他。」

女孩們掩著嘴又咯咯笑起。下一秒，她們同時舉起右手，筆直地指向艾草。

「妳，上前來。」

兩道幾乎分不出差異的甜軟嗓音疊在一起，宛如只有一人在說話。

拉格斐立刻忘了憤怒，他想拉住艾草，但艾草竟然眞的依言上前一步。

女孩們滿意地笑了。

「我是三年級的鈴蘭。」紫髮紫眸的女孩提起兩邊裙角，儀態優雅地行個禮。

「我是三年級的百合。」灰髮灰瞳的女孩也行了個見面禮，「我們有話要告訴妳，小米粒。」

「吾之名非小米粒，吾名爲艾草。」艾草沉穩地說，「吾上前，僅是想說此事而已。」

「眞是的，別嚇人哪。」拉格斐在後低低地嘖了一聲，不過眼裡浮現笑意。

鈴蘭和百合卻是困惑地對視一眼，然後由前者先開口。

「不對、不對，妳的名字明明就叫『小米粒』才是。」

「黑頭髮、黑眼睛，穿著奇怪的衣服，袖子長到拖地。」

「個子矮，沒胸部，腿又短。」

「分不清前面和後面，跟株豆芽菜差不多。」

「沒錯，我們都打聽清楚了，妳怎麼看就是那個『小米粒』！」最後百合斬釘截鐵地道。

艾草大受打擊，那些形容她身材的句子像箭一般射了過來，就連她素來直挺的肩頭也喪氣地垮下。

野薔薇覺得自己都能瞧見艾草的頭頂籠罩著黑雲。

「啊，艾草石化了。」她同情地說。

「早要她別上前的，那個笨蛋。」拉格斐嘴上這樣說，卻是大步一邁，直接擋到艾草身前。白皙臉蛋冷傲一昂，藍眸則是像寒冰似地瞪向鈴蘭、百合。

「閉上妳們的嘴巴，夢魔，是嫌妳們的舌頭太長嗎？就算艾草腿短、沒胸部、分不清前面和後面，她還是比妳們可愛數倍！莉莉絲那傢伙覺得最可愛的人是她，而不是妳們這對吵死人又煩死人的姊妹！」

「……啊，艾草根本中更多箭了。」野薔薇無比同情地看著被打擊到眼神放空的艾草。

「你說什麼？」鈴蘭的注意力立刻放在拉格斐身上，精緻臉蛋扭曲，皮膚上竟浮現詭異的黑色花紋，「你說什麼，你這該死的一年級！」

「殿下最喜歡的一定是我們，才不可能是那種來路不明的小米粒！」百合的臉頰及其他裸露在外的肌膚亦浮出黑紋，那是夢魔一族情緒起伏時會顯露出來的特徵。

這讓兩名女孩原本甜美可人的外貌，登時變得詭異猙獰。

拉格斐無法容忍的事有兩件：一是有人拿他此刻的身高做文章，一是有人侮辱那名在他心中地位越來越重要的東方小女孩。

拉格斐眼瞳中翻騰著危險的闇色浪潮，身周溫度驟然降低，空氣變得冷冽。

眼見走廊上即將掀起一場爭戰，野薔薇突然面露吃驚，伸出手指對前方詫異地高聲喊道：

「莉莉絲，妳怎麼過來了？」

「什麼？殿下？」

「莉莉絲殿下？」

百合和鈴蘭忙不迭轉過頭，想見到她們所愛慕的美麗身影，然而映入兩人眼中的卻是空無一人的走廊。

被騙了！兩名夢魔臉色突變，她們飛快再轉回頭，但已被野薔薇抓到絕佳空隙。

「學姊們，太嚇人的話，是……不會受女性歡迎的哪。」野薔薇對兩人露出秀氣的微笑，掌心伸至唇前，迅雷不及掩耳地吹出一口氣。

剎那間，百合和鈴蘭似乎看見那雙深棕色眸子閃過湛藍流光，可她們馬上就沒餘力確認自己是不是眼花了。

因爲隨著野薔薇的動作，大股大股淡藍色泡泡平空湧出，眨眼就將她們雙雙包圍。

泡泡不但圍住她們，還遮蔽了她們的視線。

待那些泡泡終於淡化消失，呈現在百合、鈴蘭面前的是一片空蕩。

無論是艾草、拉格斐或是野薔薇，都消失得無影無蹤。

「可惡的，那些可惡的人！」百合扭曲嬌美的臉，憤怒地跺腳，「不能原諒他們，鈴蘭！」

「說什麼也不能原諒，百合！三個人都不行！」鈴蘭氣憤地咬著指甲，「不管是小米粒、拉格斐還是野薔薇，都要付出代價！夢魘可不是隨便讓人愚弄的！」

「既然如此、既然如此……」百合的聲音忽然放輕，她扣握著鈴蘭的手，眼底有奇異的光芒，「鈴蘭，乾脆將他們三個都當成目標吧。原本只有那個小米粒的……」

「可是，這樣就太便宜那兩個人了，對吧，百合。」鈴蘭也緊握住百合的手，嘴角揚起了詭異的微笑，「讓他們在『年級會考』裡知道我們的厲害。」

「一定──」

「一定──」

百合和鈴蘭的頭往前傾，額抵著額，甜美私語。

「要讓他們在我們的關卡裡吃盡苦頭，醜態盡出。」

兩抹如出一轍的人影轉瞬間化作大量花瓣，消失於走廊上。

角落的監視器轉動了一下。

十四 不該出現的身影

成功將拉格斐和艾草帶出大樓後，野薔薇就向兩人告別了。臨走前她還拊在拉格斐耳畔，柔聲地說了一句，「拉格斐，太衝動的話，也是不會……受女性歡迎的哪。」

拉格斐面色一變，接著卻是握緊拳頭，從唇間擠出了「謝謝」兩個字。

「嗯，這表示有進步了。」野薔薇不在意那兩字聽起來格外僵硬，她細聲細氣地笑道：「那麼……約會加油了。」

約、約會!?拉格斐不禁紅了臉，當他想辯駁這只是單純地一起吃午餐，不是什麼約會的時候，野薔薇的身影早已越走越遠。

「胡說什麼，當然不是約會，約會是之後才要進行到的步驟……」拉格斐嘀咕著，注意到一旁的艾草出奇地安靜，他轉過頭，「小不點。」

拉格斐試著在艾草眼前揮了揮手，但對方就像是出神過頭似地沒有反應。

「是發呆嗎？可是發呆怎麼會一臉受到打擊的表情？」渾然沒意識到自己是造成此情況的罪魁禍首之一，拉格斐看看四周。

天空、地面都有學生來來往往，不過這些人之中可沒有白蛇或是莉莉絲。

「我……我只是怕小不點走丟而已，沒錯，就是這樣！」就像是在說服自己，拉格斐鼓起勇氣握住艾草白皙柔滑的小手，拉著她往校園外走。

一路上，拉格斐都暗自祈禱自己比平常大的心跳聲千萬別被艾草聽到。

大約過了十幾分鐘，艾草才終於從打擊狀態回過神來。

「……哎？」身邊景象忽然從走廊轉換成林立的屋宅，饒是艾草再怎麼冷靜，那張稚氣的小臉還是流瀉一絲吃驚。

艾草下意識停下腳步，連帶也拉住了前方的拉格斐。

拉格斐回過頭，看見艾草總算回過神來，也看見那雙烏黑圓亮的眸子正盯著他們牽在一起的手。

「我只是怕妳走丟而已！」拉格斐就像觸電般，用最快速度鬆開手，別過小臉，卻藏不起發紅的耳根，「完、完全沒別的意思！」

其實艾草只是目光剛好落在彼此的手上，腦子裡想的則是「這是哪裡」，雖然對拉格斐不自在的說明一頭霧水，但還是規規矩矩地低頭道謝。

「謝謝你，拉格斐，梁炫他們也說吾有時容易走神。」

「那，我是說……」拉格斐迅速轉回頭，藍瞳瞬也不瞬地緊盯艾草，「我是說，以後我可以拉妳的手，免得妳一不小心就迷路。妳個子那麼小，很容易就淹沒在人群裡……因帕德休島可比妳想像的還大。」

「拉格斐明明個子也小，比吾還小。」艾草強調道。

「我原形比妳高很多。」拉格斐流露得意，「比妳的原形還高。」

「唔！」艾草平淡的語氣染上一絲挫敗，「確實……確實是如此沒錯。」

「所以我負責牽妳的手。而且我還有翅膀，必要時可以帶妳用飛的。」拉格斐沒注意到他的態度就像是在極力推銷自己，「聽好了，小不點，天使翅膀才不會輸給惡魔翅膀。」

艾草筆直地望著拉格斐，然後那張總是平淡無波的小臉露出小小的笑弧。

「好。」艾草說。

可就在下一剎那，艾草的笑意倏地隱沒，墨黑的瞳孔甚至微微收縮，彷彿目睹什麼令她吃驚到情緒外露的景象。

「小不點？」拉格斐不禁怔然，他下意識順著艾草的視線飛快轉頭，但映入眼內的只是再平常不過的街景，以及消失在轉角處的行人身影，完全看不出有哪裡異常。

「小不點，妳是怎麼了？」拉格斐見狀沒有安心，反而更覺焦灼。因爲一定是有什麼不對勁，才會令艾草破天荒露出那樣的表情。

然而艾草就像沒聽見拉格斐的追問，目光依然緊盯那個方向，嘴唇無意識地嚅動，流瀉出細微的嗓音。

「吾明明沒有召喚，他們斷然不可能出現於此……但是、但是，吾方才確實是看見了……看見了……」

艾草眼神一凜，她毫無預警地蹬躍而起，身形閃過拉格斐，就如一隻紅蝶飛竄上前。

「阿防！羅刹！」

「小——」拉格斐愣怔一下，但隨即變了臉色，立刻拔腿也衝上去，「艾草！」

艾草似乎沒聽見後方的呼喊，嬌小的身影在彎彎曲曲的街道巷弄裡拐繞，一下子就將拉格斐遠遠拋在後頭。

可艾草終究對地域不熟悉，一會兒就發現自己想找的目標已不見蹤影。

艾草沒有流露失望或是茫然，她的表情還是一派沉靜。

快速地環視四周一圈，艾草的視線很快鎖定住前方比她高上許多的紅磚圍牆。

下一秒，她以靈敏得不可思議的方式踩在牆頭上。

落足也只是瞬間的事，艾草在極短時間內接連躍上一旁的建築物，直到選定其中一處屋宅的屋頂才停下。

藉著站在高處，艾草能夠看見更遠的景象、更多行走在街道上的行人。

而艾草想找的人，身材挺拔高大，在人群中向來突出。

幾乎短短時間內，艾草就找到了。

在那裡！

毫不猶豫地自屋頂往下一躍，艾草的驟然出現引得附近人們發出驚呼。

沒有在意他人好奇的視線，紅黑身影迅速直奔不遠處的目標。

「羅刹！阿防！」艾草喊了一聲，可四周更爲喧鬧的人聲掩蓋她的呼喊，以至於那兩抹同樣高大的人影似乎沒發現有人在喊著他們的名字。

眼見對方即將繞進其他街道，艾草決定採用另一種更快的方法。

紅黑色的袍袖猛然往前一甩，本就長得曳地的袖子，這下子不再有限制地延長再延長，如同擁有生命一般，轉眼間就無聲無息地欺近其中一人，然後猛地纏捲住那人手臂！

右方的高大青年瞬間停住腳步，他轉過頭，接著面露吃驚地看著自己被布料捲住的手，再看向揮出袍袖的艾草。

而左方的青年也因同伴突來靜止，跟著停步回頭。

任誰看見那兩張臉，都會忍不住先愣一下。

那是兩張可說找不到差異之處的臉龐。同樣俊朗英挺的五官、同樣率性又揉著孩子氣的微笑，漆黑的眼睛、漆黑的頭髮，一樣高大的體格。

不論再怎麼看，那都是艾草最熟悉的兩個人，她的部下，八大將軍中的羅刹與阿防！

可是，艾草卻想不明白，爲什麼應當留在地府的這兩人，會出現在因帕德休島上？

假使沒有空間之戒打開東西方的通道，她的將軍們不可能過來這裡。

而且羅刹和阿防身上穿的也不是平常的黑白服飾，反倒是這個世界的人才會穿的衣服，就像白蛇、貝洛切爾，或是拉格斐一樣。

許多問題在艾草腦海裡堆積，但她表面上仍是看不出太多表情。

「羅刹、阿防。」艾草收回袍袖，仰起小臉，語氣沉著地問道：「爾等因何會出現在這？」

兩名不論是體型、相貌都如出一轍的青年沒有立刻回答，他們互望一眼，然後就像是在爭論什麼般竊竊私語，不時還會以手肘撞向對方。

艾草可以聽見兩人的句子中出現了——

「喂，你負責說。」

「不對吧，兄弟，應該是你負責說。你不是自稱老大嗎？那就快上！」

「你不也常說自己才是老大？你上，我才不想看她露出失望的表情。」

「難道我就想嗎？」

艾草不是很明白這有什麼好爭的，誰先說不都一樣嗎？於是她想了想，決定乾脆由她開口。

「吾不可能對爾等失望，爾等毋須擔心。羅刹、阿防都是吾之家人，正如梁炫等人。」

沒想到這話一出，兩名青年反而同時露出某種複雜的表情。

那是連艾草也無法理解的表情。

「既然如此，那我直說了。」右方的青年深吸一口氣，像是好不容易聚集勇氣。

那對艾草來說仍是如此熟悉的低沉嗓音，可是、可是，對方說的話卻是她從未想過的。

「小姑娘，妳是不是認錯人了？我們兄弟倆的名字不是妳說的『羅刹』、『阿防』。我是利特，另一個傢伙則是安特。」

以年幼之姿接任地府的「城隍」一職，艾草無論在工作或是日常生活的表現上，都是公認的優秀、認眞、冷靜。就連執掌地府的閻王也曾感嘆過，要是艾草的優秀能分一點給他該有多好，這樣他就不會三天兩頭被文判責罵。

即使外貌看起來是稚齡孩童，但艾草的言行舉止都給人沉穩的感覺。尤其她向來不會將情緒表露在臉上，總是面無表情的她被認爲就算泰山崩於面前，她定也是一臉淡然。

但是，這樣子的艾草卻在今天初次感受到腦袋一片空白的滋味。她無法思考，只能睜著墨色的眼睛怔怔地看著面前的青年——應該是羅剎、阿防，卻自稱是「利特」、「安特」的青年。

「喂喂，什麼叫另一個傢伙？」安特不滿地用手肘撞了利特一記，「兄弟，在可愛的小姑娘面前，你起碼要說另一個帥哥才對。」

「吵死了，兄弟。」利特也不客氣地回敬一擊，「我們倆明明就是我比較帥氣，否則那位可愛的小姑娘也不會先選我……等等，小姑娘怎麼都沒說話？」

格擋下安特暗中的偷襲，利特急忙看向艾草。

梳綁兩邊垂髻，身上穿著紅黑服飾的黑髮小女孩面無表情，只是一雙大眼睛怔然地凝望他們兩兄弟。

但這一看，利特卻忍不住慌了起來，包括安特的俊臉也焦急地皺成一團。

「怎麼辦？小姑娘看上去簡直是大受打擊。」明明對方的臉蛋上沒有顯露情緒，利特就是這樣覺得，「兄弟，快想點辦法啊。」

「辦法、辦法……」安特也急得團團轉，他甚至不明白這份心焦和慌張從何而來，「啊！有了，受到打擊的人最需要安慰。兄弟快讓開，我來給小姑娘一個安慰的熱情擁抱！」

「慢著，要擁抱也是由我負責……」利特的話消失在嘴邊，這不是因爲他願意讓給安特機會，而是他聽到了旁邊飄來竊竊私語。

「那兩個男的想對那名小女生做什麼？」

「戀童癖嗎？該不會是戀童癖吧？」

「等一下，那位不是一Ａ的交換生？」

「眞的耶！總是跟莉莉絲在一起的……」

「還是快去找警備隊或老師過來吧！」

利特咂下舌，沒想到不知不覺中事情變得有些不妙。要是再繼續待下去……

「艾草！」人群中忽然傳出一聲大叫，緊接著一抹人影擠過身旁的人鑽了出來，「你們兩個可疑的傢伙，想對我們班的艾草做什麼！」

那是一名紅髮紫眸的學生，臉頰和鼻頭附近布著淡淡雀斑，她對著利特和安特兩人凶巴巴地大叫。

「離艾草遠一點，變態！」

變……！利特可沒想到這兩個字會砸到自己身上，他啞然一瞬，可旋即又與孿生兄弟交換了一記視線，那是只有他們才懂的交流。

一、二、三，兩人竟是突地出手猜拳。

一人剪刀，一人石頭。

在誰也弄不清眼下情況的瞬間，利特和安特猛然採取另一波行動了。

利特長臂一撈，挾帶起來不及反應的艾草，往另一個方向奔出。

安特搶在那名紅髮學生驚慌大吼之前，身形如旋風，眨眼逼至對方前方。

「嘿，聽好了。我們不會危害到那名小姑娘，因爲我們是……我們是艾草的家人。我等的名字是——阿防、羅刹。」話聲方落，安特的身影又迅疾如風地消失，留下呆愣原地的紅髮學生。

「沙羅，怎麼了？發生什麼事了？」又一名人影從人群中跑出，那是名綠髮綠眸的少女。

「溫蒂妮……」沙羅呆愣地看著自己的同學，「艾草被帶走了……」

「咦!?」溫蒂妮的聲音頓時拔高。

「有兩個陌生男人說是艾草的家人，還自報姓名說是『阿防』、『羅刹』，可是他們的衣服和艾草穿的風格不同……那明明是我們這的衣服……」沙羅腦子一團混亂，搞不清楚對方說的是真是假。

相較之下，溫蒂妮鎮靜許多，「家人……沙羅，我們回白犀之塔去，艾草的兩名部下在那，問她們的話，一定能知道什麼！」

「欸？對喔！」沙羅眼神迅速亮起，「天啊，溫蒂妮妳眞聰明！我們這就回去，馬上回去！」

兩名同屬一年A班的女孩對望一眼，然後點點頭，立即拔腿衝向宿舍。

利特挾抱著艾草，專挑人煙稀少的小巷跑，不一會兒，他就來到一處空無一人的空地。呼吸沒有因爲這一路的疾奔而紊亂，利特輕手輕腳地放下艾草，對於對方居然沒有在途中發出喊叫感到不可思議。

如果換作其他女孩子，早就慌慌張張地向路人求救了。

那當然，因爲○○不是一般的女孩子嘛！

利特心中忽然閃過這個念頭，然後他愣住了。

這是怎麼回事？他和那名小姑娘的確是初次見面，可自己爲何會無來由地冒出這想法？

那些如同被塗抹掉的字，究竟又是……

「艾……」利特的舌尖不自覺地滑出一個字，他想起先前紅髮學生大叫的名字。

就是這個音節讓一直處於出神狀態的艾草驀地抬起頭，黑眸有簇光芒閃動。然而在發現面前的男人仍是用陌生的眼神看著自己，光芒消失。

利特沒辦法形容這一瞬的心情，他只覺心臟好像被看不見的手一把掐握住。他試著想將自己聽過的音節說出來，但那名黑髮小女孩卻忽然對他伸出手。

「慢。」艾草嚴肅地說，小臉凜然，「吾要思考，暫時別跟吾說話，吾定會想出解決眼下情況之計。羅剎乖，到旁邊等吾。」

等到利特眞的走到另一邊時，才猛然回神自己做了什麼。他茫然地看著他與艾草的距離，不敢相信自己居然會無意識地照著她的命令行動。

這代表什麼？這代表他應該……是認識她的嗎？

利特褪去臉上茫然，取而代之的是若有所思的笑容。

他應該，認識艾草。

當這兩字在舌尖滑轉過一圈，利特就像是著了迷，忍不住一直無聲地喃唸這個名字。

艾草、艾草、艾草、艾……

「喂，兄弟，你一個人在唸唸有詞什麼？」倏然間，有人一掌拍上利特的肩頭。

「你才是在做什麼？動作未免也太慢了。」利特不客氣地瞪了與自己擁有相同長相的青年一眼。

安特過來和他們會合了。

「我動作慢？我可是做得很完美。可惡啊，爲什麼你能抱那個小姑娘？猜贏的明明是我吧？」安特不滿地咕噥，目光第一時間鎖定住跪坐在另一端、一臉正經嚴肅如同在思考人生大事的艾草。

「啊咧？小姑娘在做什麼？」安特好奇地想要大步走近。他也不知道爲什麼，打從第一眼見到那名黑髮小女孩，視線就想一直停在對方身上。

只是利特一把按住他的肩膀，不讓他繼續往前走。

「艾草說別打擾她，她要想事情。」利特說。

「是嗎？既然是小姑娘說……」安特的腳步縮了回來，然而下一秒卻猛地轉身揪住自己兄弟的衣領，氣急敗壞地壓低聲音逼問，「給我等一下，艾草？混蛋，你竟然趁我不在的時候，和艾草發展成親密互相叫名字的關係了嗎？」

「你傻了嗎，兄弟？你現在不也是喊了艾草的名字？」

「啊，也對……不對，第一個喊的人應該是我啊！可惡、可惡，你這是趁人之危！」安特咬牙切齒地說。

「閉嘴！」利特也咬牙切齒地說，「不要趁機踩我的腳！」

兩名長得一模一樣的青年怒目而視，氣氛似乎變得越來越險惡。

突如其來地，艾草開口了，「利特、安特。」

「是！」

幾乎下意識地，差點要扭打在一起的兩名青年瞬間分開站好，腰桿打直，背脊筆挺，簡直就像是訓練有素的士兵。

異口同聲地回應完之後，利特和安特看著彼此，臉上露出茫然的表情，不明白他們怎麼會自發地行動起來。

緊接著，他們又注意到一個不對勁的地方。他們對視的眼睛睜大，隨即有志一同地飛快轉頭。

艾草剛喊的不是什麼「羅刹」或「阿防」，而是……

「吾，確實不知爾等因何不記得吾。然，吾會努力讓爾等憶起。」艾草單手揹後，嬌小但站得筆直的身子散發凜凜威勢，黑眸沒有迷惘，只有堅定的光芒，「吾說到做到。」

明明是童稚的聲音，但每一字落下卻格外鏗鏘有力，深深震懾住了利特與安特。

「好……好有男子氣概啊……」利特不自覺地捂著心口。

「眞想叫她大哥……」安特的臉上浮現著迷的表情，「啊，不對，人家艾草是位可愛小姑娘……」

嗯？奇怪了，吾有說錯什麼嗎？艾草不是很明白，爲什麼利特和安特眼中會出現和鈴蘭、百合提到莉莉絲時一樣的光芒。不過她很快就輕搖一下頭，將這事拋到腦後。

「利特、安特。」艾草決定先用目前的名字稱呼他們，「吾可以摸摸你們的頭嗎？」

艾草想，藉由這個他們以往最喜歡的動作，說不定能讓他們回想起什麼。

給一個小女生摸摸頭？

要是換作其他人，利特、安特必定想也不想地拒絕。但一聽艾草這麼說，他們瞬間脫口回答。

「樂意之至！」

利特和安特忍不住又互看一眼，他們不是笨蛋，不可能沒有從這些反應中發覺異樣。

不管他們忘記了什麼，他們和「艾草」一定有關係！

——不過這些事，等艾草摸完他們的頭再說。

利特和安特毫不猶豫地跑向艾草，如同聽到主人命令的大型犬。

就在兩人與艾草僅剩幾步距離的剎那，一道冰寒冷冽的氣息無預警地襲向他們。

本能感到危險，利特和安特前進的步伐一煞，隨即退避至兩側。

在原本的位置上，地面被寒冰凍出一道痕跡，尖銳的冰錐橫出，在陽光下折閃出美麗又冰冷的光芒。

下一瞬間，一抹身影擋在艾草身前。

來人一頭耀眼的金髮，背後碩大的雪白羽翼張揚開來。

拉格斐握住從虛空中出現的軍刀，冷冰冰的目光瞪著那兩名陌生人。

「你們兩個是什麼人？誰准你們接近小不點的？」拉格斐稚氣的嗓音凍成一片冰澈，冷傲的藍眼睛充滿強大敵意，彷彿對方的回答稍有不對，他就會不客氣地展開攻擊。

利特和安特可沒想到會突然出現一名金髮藍眼的小男孩，從對方的態度及語氣來看，很明顯地，他和艾草認識，關係也不錯。

照理來說，不會是他們的敵人。

可是，利特和安特就是莫名火大，莫名不爽。

「嘿，兄弟，你聽見了沒？」利特勾起懶洋洋的笑容，瞇起的眼睛看似孩子氣，但裡中全無笑意，「小不點？他口中說的小不點是指他自己吧？」

「說的沒錯哪，兄弟，畢竟艾草可是比他還高呢。」安特也彎起微笑，同時他的手中和利特一樣，平空出現一柄鋒利的長柄鋼戟。

「你們他媽的說誰小了？」拉格斐這次沒有怒吼，而是自齒縫間擠出森寒的聲音，「又是誰他媽的准許你們喊艾草的名字？」

宛若受到拉格斐情緒的感染，他腳前寒冰傳出古怪的聲響，冰的範圍竟又擴大。

「啊啦啊啦，你在說什麼蠢話？死小鬼，當然是艾草讓我們喊的。」利特的笑容咧得更大，眼中卻依然沒有笑意，「嘿，兄弟，臭屁的小鬼就該給點教訓才是，對不對？」

「那還用說嗎？附議，贊成。」安特眼中閃過野蠻，他抓著長柄鋼戟，早已蓄勢待發的身子轉瞬間就要掠出。

但是全場最快的人卻不是他，也不是利特或拉格斐，而是——

大量的幽碧火焰猝不及防地燃在三名男性之間。

即使還是艷陽高照的天氣，這處空地卻溫度驟降，一絲寒意攀附在利特、安特，以及拉格斐的背上。

那並不是因爲氣溫降低而感到的冷，而是一種鑽入骨髓、凍徹心扉的冷。

在幽異青火的環繞下，利特等人不自覺停止行動了。

「吾不想看爾等如三歲孩童打架。」艾草走出拉格斐的身後，面無表情地說，「不，爾等比三歲小兒還幼稚。」

這平淡的一句話，卻比現場的任何一柄武器都還鋒利，狠狠地直刺其他三人的心頭。

拉格斐的臉色青白交錯。

利特和安特則是掉了鋼戢，大受打擊。

「我……」拉格斐的肩膀在顫抖，他捏緊拳頭，「我才不幼稚！看好了，小不點，我這就證明給妳看！」

語畢，這名金髮天使收攏羽翼，軍刀消失，地面的寒冰也隱沒。接著那白皙尖細的下巴一昂，態度就像是在說「看吧，我一點也不幼稚，我可是用行動表現出我的心胸寬大」。

艾草覺得拉格斐的模樣似乎在等人誇獎他，於是她也這麼做了。

「好乖、好乖。」艾草伸出手，摸摸那顆近在眼前的金色腦袋。

拉格斐一震，驀地漲紅了臉，像是想惱怒地抗議別把他當小孩看待，又像是捨不得放棄艾草主動親近的機會。

只不過這幕落到安特、利特眼中，這對兄弟可就不滿意了。

「等一下，艾草，妳不是說要先摸摸我和利特的頭嗎？」安特擺出哀怨的表情，黑色眼瞳用力地盯著艾草。

「沒錯、沒錯！」利特也可憐兮兮地點頭。

明明就是兩名身高超過一百八的高大青年，可這時怎麼看都是兩隻被主人冷落而落寞的大狗。

拉格斐感覺到頭頂上的那隻小手離開了，他立刻朝拉走艾草注意力的兩名青年甩出冰冷的眼刀。

「你們兩個來歷不明的傢伙，到底是什麼人！」拉格斐冷聲質問，同時也滿意地見到艾草下意識收住手，注意力轉向這個話題。

「非是來歷不明。」艾草沉穩地說道：「此二人是吾之部下，亦是吾之家人。梁炫、長照、必安、無救皆爲他二人的同事。」

這下換拉格斐有些吃驚了。換句話說，那兩個看起來輕浮、惹人厭的傢伙……居然是艾草在東方的部下嗎？

「他們怎麼會過來？那個謝必安和范無救不是還在嗎？他們難不成不是兩人輪班制一組，走了再換另一組？」拉格斐皺起了精緻的眉頭。

「吾，也不清楚。」艾草小幅度地搖搖頭，她晃振一下袖子，露出戴著銀戒指的那隻手。銀白的戒指在艷陽下折射出亮光。

利特和安特不自覺地直起身子，臉部線條繃住，目光全放在那枚戒指上。

爲什麼艾草會戴著戒指？難道說，她已經……不、不可能的，她年紀分明還那麼小……

「吾確定吾並未用空間之戒打開通道，召喚他們二人過來此地。」渾然不知前方兩名青年暴走的心思，艾草沉靜稚氣的語氣中微透一絲困惑。

空間之戒？這四個字倒是讓思緒如野馬奔騰的利特、安特馬上停下思考，他們對望一眼，有志一同地消去打算要抹殺那名敢娶艾草爲幼妻的男性的計畫。

雖然不是很清楚空間之戒是什麼玩意，但那肯定不是結婚戒指或訂婚戒指。

「見鬼了，連妳自己都不知道？」拉格斐咂下舌，銳利的視線立刻再射向另外兩名當事人，「你們總會知道了吧？」

「嘛，很可惜……」利特聳聳肩膀，「我們同樣也不知道，對吧，兄弟？」

拉格斐擰起眉。原本他以爲對方是不明白爲何會突然來到因帕德休島上，卻沒想到另一名長得一模一樣的男人竟是說——

「確實如此呢，兄弟。」安特將雙臂交叉，枕在腦後，「畢竟我們連自己本來叫啥都不知道。」

「慢著！」拉格斐大感錯愕，「你們連自己叫什麼名字都不知道？這怎麼可能？」

「爲什麼不可能？有誰規定我們兄弟倆不能喪失記憶嗎？」安特不以爲然地說，但一瞧見艾草眼中似乎閃過類似失落的情緒，他連忙放下枕在腦後的雙手，語氣也跟著放輕，「啊，不過我們一定會拚命回想起來的，想起我們和艾草妳之間的所有事。」

「這不合理，如果你們眞的喪失記憶，又怎麼有辦法確定彼此是兄弟？」拉格斐往旁挪了一步，特意擋在艾草身前，阻止安特他們的視線。

「嘿，說那什麼蠢話。」利特的笑容裡帶著鄙視，不客氣地針對蓄意阻礙的拉格斐，「你要是看見一個長得跟你一模一樣的傢伙就在身邊，白痴也會先猜對方跟你應該有血緣關係吧？除非有人眞的連白痴也比不上。」

「你！」拉格斐的怒火升騰而起。

「利特、安特。」艾草插話，適時地阻止一場可能又要爆發的爭執，「可否告訴吾一切事情的來龍去脈，吾非常、非常想知道。」

就算與艾草今天才初次見面，然而不論利特或是安特，都無法抵抗那雙黑若深潭的眸子。

「嗯，該怎麼說……」利特沉吟一聲，回想著至今爲止記得的畫面，「我有意識的時候，就發現自己躺在一個陌生的地方，感覺像是一片郊野，然後旁邊則躺著安特。」

「不對，先醒來的是我，然後我發現旁邊躺著利特。」安特反駁。

兩名如同個模子印出來的青年不滿地互相瞪視。

「吾不在意誰先醒來。」艾草出聲，「吾覺得那不重要，吾想知道之後情況。」

「之後……我們倆就發現雙方的腦袋一片空白，別說爲何會待在那種地方，就連自己名字都想不起來，不過頭像是撞到什麼，痛得很。」利特被「不重要」三字打擊得肩膀都垮下來，聲音也變得有些萎靡。

「那應該就是失憶的原因了。」拉格斐說。

「再然後呢？」艾草問。

「再然後，人生地不熟的我們只好設法前往有人的地方。」安特將話接了下去，聲音同樣無精打采，顯然也被「不重要」三個字打擊到，「路上碰到好心人士暫時收留我們，那人看起來挺像有錢有勢的大少爺，不過人出乎意料地還算不錯，很乾脆地提出條件交換。我們付出勞力充當保鏢，他供給吃住，不想做的話隨時都可以走人。」

「啊啊，大致上就是安特說的那樣。我們的名字也是隨意取的，否則不知道該怎麼喊人。但是，艾草妳想喊另外兩個名字也沒關係。」利特露出微笑，裡頭充滿著連他也不自知的溺愛。

拉格斐瞇起冷冽的藍眸，毫不猶豫地將這兩人記在「敵人」的名單上。

「不。」艾草卻是搖搖頭，「吾會等，梁炫等人也說過吾的耐心很好，吾會等你們想起的那日到來。在此之前，吾想問，幫助利特、安特的人是誰？吾想感謝對方。」

「幫助我們的人嗎？他的名字跟女人挺像的。」安特說，「就叫作……」

安特的話沒來得及說完。

就在同一時間，艾草和拉格斐手上的通訊手環無預警發出藍色光芒，還伴隨著尖銳的鳴叫，簡直就像一種警示訊號。

下一秒，通訊器上的光屏自動浮出，上面出現一名灰髮中年男子的英挺臉孔。

「學園長!?」拉格斐錯愕地喊道，緊接著臉色大變，他想明白眼下將要發生什麼事了。

「敬告賽米絲學園全體一年級生。」光屏裡的人影自顧自地說下去，「『年級會考』正式舉行，請多注意自己的人身安全。最後，祝大家玩得愉快。」

最末一字落下，學園長露出一抹意味深長的笑容後，光屏瞬間暗下，收回通訊器內。

與此同時，不遠處也接二連三地爆出驚呼聲，顯然是收到同樣提醒的一年級生們。

可就在下一剎那，驚呼聲變成了慘叫，此起彼落地好不驚人。

「怎麼了？這是要發生什麼事了？」利特納悶地東張西望，「發生謀殺不成嗎？」

「小不點，留心一點，考驗不知道會怎樣發生。」拉格斐繃著表情，警戒地環視周遭。

雖然他研究過「年級會考」的事，但也是第一次參加。

而很快地，在場四人就明白那些慘叫聲是怎麼來的。

因為拉格斐和艾草的腳下驟然出現一個黑洞，令他們雙腳跟著一空，只能別無選擇地——往下墜落。

「哇啊！」拉格斐發出了驚叫，事態措手不及到讓他無暇張開背後翅膀。

「啊。」艾草也發出了驚呼——如果那平淡、毫無起伏的音節也算得上驚呼的話。

就在利特和安特的面前，兩名孩童就這麼消失在原地。

利特和安特呆住，但他們的身體卻是本能地做出反應。在大腦還空白時，他們的雙腿就往前直衝。

沒有猶豫，甚至連「猶豫」兩個字都不曾出現過，兩抹同樣高大的人影一前一後地也躍入黑洞中。

十五 夢魔之檻

艾草有一個很大的優點，不論身處何種突發狀況，她都能迅速回復冷靜，不讓自己陷入混亂——雖然那張缺乏表情的小臉向來讓人難以分辨情緒波動。

因此在發現自己正往下墜落的時候，她立刻就做好準備，耐心地等待著四周的漆黑產生變化，同時也沒有忽視上頭氣流的改變。

還有其他人也跟著進來。

毋須多加揣測，艾草的腦海裡已浮現利特、安特的名字。

當艾草注意到下方開始出現亮光，而且光芒越來越大，她握住藏在袖袍裡的五指。

等到周圍的黑暗完全褪去，新的景象環繞在身邊的瞬間，紅黑袍袖迅疾揮動。

艾草改變了自己的身勢，也精準地算好自己落地的位置。

就在那雙小巧的繡花鞋穩穩地踩在堅硬的地面之際，距離艾草幾步遠處上方的黑洞又陸續跌下兩抹人影。

磅！咚！兩抹人影跌在一塊，發出哀號。

「痛死人了……兄弟，你快滾開，你重得和豬一樣！」

「閉嘴，兄弟！我身材保持得宜，哪可能像那種生物？你才重得跟豬差不多！你快起來，萬一艾草被你壓在下面怎麼辦？艾草會扁掉的……那麼完美的蘿莉身材不可以再扁了啊！」

「天啊，艾草不會眞被我壓住了吧？靠，你不起來我怎麼起來？兄弟，請你快滾離我的身體！」

一陣兵荒馬亂後，即使那種情況也能吵得不可開交的利特、安特終於站直身體，提心吊膽地往方才他們墜落的地方看去，就怕眞的看到被壓得扁扁的艾草。

想當然，那裡自然是空無一物。

利特、安特大鬆一口氣。

「吾一直在此。」艾草冷靜地出聲了，她不會承認自己是因爲「蘿莉體型」這四個字，才拖到利特他們折騰完後開口，「吾沒事，也不扁。吾……吾自認吾沒扁到分不清前面和後面的地步，吾想應該是。」

說到最後，艾草冷靜的聲音不明顯地流露出不確定。

看在利特、安特眼中，刹那間只覺得心口跟著揪緊，想要抱住艾草的念頭隨之湧起。

艾草好可愛、太可愛……外貌一致的孿生兄弟，此刻就連內心想法也一致。

糟糕了，兄弟。利特忽然用眼神向安特示意。

兄弟，我也覺得糟糕，大大地不妙啊！安特也用眼神無聲地進行交流。

我們這樣應該不算戀童癖吧？我們絕對沒有不良的念頭，所以不算對吧？

沒錯，我們最多只是想抱抱她……再來個親親怎樣？

渾然不知兩名男性在想些什麼，艾草環視四周一圈，發現自己待的地方和先前的因帕德休島街景截然不同。

這裡像是另一個世界，頭頂是湛藍的天空，天空中卻同時有金色的太陽和銀色的月亮，腳下是五顏六色的花朵。

這些有大有小的花呈現出盛綻的嬌艷姿態，朝四面八方延伸而去，如同一片沒有盡頭的花之海。

這裡是什麼地方？艾草記得自己是從黑洞掉下來的，而在掉落之前，通訊器的光屏裡出現了學園長，宣告「年級會考」開始。

也就是說，他們現在掉入的是某人設置的「關卡」？

那拉格斐呢？拉格斐沒有和她一起……他掉進的難道是其他關卡嗎？

艾草飛快再抬頭，但蔚藍色的天空並沒有再裂出一個黑洞。

正當艾草以爲自己是獨自一組時，遠方忽地傳來有誰高聲呼喊她名字的聲音。

「艾草！」

不僅艾草即刻向聲音來源望去，利特、安特也在瞬間回過了神。

三人都看見有人影向他們靠近。

「女孩子？」利特瞇起眼。

「手上拿著南瓜？」安特也瞇細眼。

艾草自然也看見他們兄弟倆說的那兩項特徵，馬上認出對方的身分。

「野薔薇。」艾草高舉起手，袍袖跟著滑下，露出潔白細瘦的手臂。

利特眼尖，一下子就注意到艾草的手背上似乎有異樣。

「艾草，妳的手……那是胎記嗎？」利特問道。

「胎記？不，吾手上並未有胎記。」艾草放下手，看著自己的手，隨後平淡的黑眸裡滑過一瞬訝異。

不是空無一物，她的手背上眞的有東西。

那是枚小巧的紅色愛心圖案。

艾草不知道手上怎麼會突然多了這個，她很確定在這之前從來沒有。

艾草試著用手抹了抹圖案，愛心的顏色和形狀都沒有絲毫改變。

「吾不知道這是……」艾草喃喃，不過這份困惑在瞥見野薔薇的身後還有另一人時，迅速被扔到一旁。

那是拉格斐。個子矮小的金髮天使臭著一張精緻小臉，尾隨野薔薇走過來。

原來拉格斐也掉入了同一關卡。

「拉格斐、野薔薇。」艾草小跑步迎上。

「唷唷，小姑娘，連妳也來了嗎？妳就是野薔薇這個笨蛋的組員嗎？」南瓜手偶喋喋不休，「嗯嗯？咦咦咦？那邊那兩個身高像長過頭的傢伙是誰？」

「艾草，那是……」野薔薇也看到了，秀氣的臉孔忍不住浮現疑惑。

「那是小不點的部下，還是失去記憶版本的。」拉格斐冷冷地說，對利特與安特沒有好臉色。

「啊，這樣哪。」野薔薇說了一句便沒再多問，像是對這話題失去興趣。

「組員？組員是指何意？」艾草沒有漏聽南瓜手偶那一大串話中的關鍵字。

「什麼？妳是笨蛋嗎？居然連『組員』兩個字的意義也不知道嗎？」南瓜手偶對於自己抓到這個弱點見獵心喜，立即就想把握艾草的保護者們都不在的這時候，好好展現自己的毒舌功力。不過它準備好的長篇大論來不及發揮，野薔薇就往它口中塞入一大把花。

「別聽細細說的那些無聊話，艾草。」野薔薇微微一笑，目光落及艾草身後兩名長得一模一樣的青年。後者表面上掛著爽朗的笑容，但視線不善地盯著自己的南瓜手偶，「嗯……他們果然是妳的部下呢。」

保護欲與梁炫、長照、謝必安、范無救如出一轍，只要有人對艾草出言不遜，瞬間就展露出他們危險的獠牙。

「左邊是利特，右邊是安特。」艾草向野薔薇介紹對方，「他們來此地時撞到頭，喪失記憶，所以吾現在是用他們失憶後的名字稱呼。」

「你們好，我是野薔薇，艾草的同學。」野薔薇有禮地向利特、安特點下頭，沒有特意記下誰是利特、誰是安特。

一來她根本看不出兩人有哪裡不同，二來她對他們完全不感興趣。

利特、安特回了一記笑容當作招呼，迅速將注意力轉回艾草身上。他們現在才注意到，艾草是真的有辦法分辨得出他們。

「艾草，妳知道我是誰？」利特忙不迭地問。

「艾草，妳也知道我是誰？」安特不落人後地問道，還不忘一掌推開利特那張長得跟自己同樣的臉。

「利特、安特。」艾草分別指向左與右，黑眸眨也不眨地凝視著兩人，「吾從來不會弄錯爾等。」

「艾草！」

「艾草！」

利特、安特就像兩隻興奮的大狗同時撲向艾草。

「那兩個變態！」拉格斐臉色鐵青，憤怒咬牙，手指間凝聚藍光，下一秒就想發動攻擊。是野薔薇制止了他。

「要成熟點才行，拉格斐，那是艾草的部下。」野薔薇用僅有對方聽得見的音量，慢悠悠地說，「心胸狹窄的男人……容易被女孩子討厭的呢。」

拉格斐猛地捏緊拳頭，掌間藍光也隨之捏碎。他深吸一口氣，極力平復情緒。他很成熟，他絕不是什麼心胸狹窄的男人。

「對了，你的力量好像比之前增強一些？」野薔薇又問，「那是冰的氣息……我們水妖對於冰或水的氣息向來很敏感。」

「大概是之前在眞實之湖恢復原形的時候，力量外洩了一些，封不回去。」拉格斐低頭瞥向自己的手掌，一抬頭卻發現野薔薇早不在身邊，而是走近了艾草。他嘖了一聲，對於水妖這種捉摸不定的個性，也不想加以理解。

「艾草，妳可以讓我看看妳的手背嗎？」野薔薇柔聲地說，「當然在此之前，也要麻煩艾草的兩位部下讓開一點。你們兩個人都把重量放在艾草身上，感覺她很容易被壓得更矮。」

艾草身邊瞬間捲起氣流，兩隻紅黑袍袖再一動，輕易震開壓靠著自己的利特、安特。

「吾會長更高，不會變矮。」艾草的小臉滿是嚴肅，「野薔薇，吾的手背是有多出原先並無之物，妳知道這是何緣故嗎？」

見艾草展現出手背上的愛心圖案，野薔薇的笑容中多了了然。她也對艾草抬起手背，在那皎白細緻的皮膚上，正烙印著相同的愛心圖案。

不只野薔薇，拉格斐繃著臉地伸出手，手背上也是愛心圖案。

三個人，同樣的記號。

艾草微睜大眼，但那份訝異瞬間便消失得無影無蹤，她明白那是什麼了。

南瓜手偶曾說過「年級會考」的規則，同一組的成員會有相同的記號，也就是說……

「這個關卡，是由吾、拉格斐、野薔薇一起破解的嗎？」艾草回復了一派沉穩。

「唔，我猜……應該不只我們三人。」野薔薇慢慢地說，「但也一定不是指你們兩位哪，艾草的部下。我的意思是……」

「關卡的主人要等到組員全數到齊才會現身，這可是常識嘎！呸呸！」南瓜手偶一邊吐出嘴巴內的花，一邊不放過炫耀自己聰明的機會，「這品味奇怪的花花世界到現在連點動靜也沒有，就表示你們還有組員沒會合啦。眞是，本大爺身爲南瓜都比你們有常識，不能怪我每次都要對笨蛋展現毒舌和伶牙俐齒……啊咧？本大爺有舌跟齒嗎？」

南瓜手偶在胸前抱起兩隻小短手，無來由地陷入沉思。

不過誰也沒理會它，身爲它主人的野薔薇也只在盤算它太吵的話，要用什麼方法對付。

「最多四個人，還有一個人沒來。」艾草觀察起周遭，希望能發現他們以外的人影，「會是莉莉絲或白蛇嗎？」

「那我寧願是其他班的蠢蛋，也別是他們。」拉格斐咕噥，只是他下一刻就後悔自己話說得太早。

當野薔薇對空中吹吐出一串泡泡，泡泡在日光、月光的照耀下閃動七彩的光芒，成爲足以讓人一眼就注意到的顯目標記，不久後眞有一抹頎長人影向他們這方向逐漸接近。

由於距離關係，尙無法清楚地看清對方面貌。

但是，無論是野薔薇或拉格斐，兩人的表情卻在剎那間變了。

野薔薇睜大眸子，輕吐出一句「不會吧」；拉格斐則是沉下整張臉，眼神變得凶惡。

就算還無法辨識來人容貌，但光憑那頭長鬈髮，便足以讓拉格斐他們明白那人是誰了。

因為整座賽米絲學園裡，只有一人擁有那樣獨特的髮色——末端呈金黃，宛如火焰在熾烈燃燒的赤色紅髮。

「珠夏？」艾草不自覺地說出那個名字，緊接在後的是利特、安特不約而同響起的聲音。

「老大？」

艾草一愣，不禁轉過頭，見利特和安特同時站直身體，目光越過自己，落在那抹離他們越來越近的人影上。

這一刻，艾草腦海裡散落的記憶片段全部串連起來。

上午菈菈說過的話，先前利特、安特說過的話。

「大人這次回來賽米絲，竟多帶了兩名部下，據說還是路上收的……」

「路上碰到好心人士暫時收留我們，那人看起來挺像有錢有勢的大少爺。」

「他的名字跟女人挺像的……」

原來幫助利特、安特的不是別人，赫然是原罪．憤怒的繼承人——

珠夏！

誰也沒有想到這個小組的第四名成員，會是一年C班的珠夏。

拉格斐冷著小臉，擺明不想搭理；野薔薇雖然掛著秀氣的笑，但沒人猜得透她的心思。

艾草瞬也不瞬地注視著珠夏，直勾勾的視線就像是在研究對方。

唯有利特、安特一派漫不經心，笑容隨性地與珠夏打了聲招呼。

「唷，老大。」

「嗨，老大。」

珠夏的表情沒有顯著變動，彷彿對於成員組合無動於衷。那雙緋紅眼瞳掃視了眾人一圈後，他主動亮出手背，讓人看清上頭的印記。

果然也是一枚紅色愛心圖案。

「哇喔！『憤怒』的繼承人居然跟我們一組，這是什麼大凶組合？」南瓜手偶揮舞著它的兩隻小短手，「喂、野薔薇！糟糕了，野薔薇！妳的『年級會考』一定凶多吉少，要不要寫個遺書？還是現在、立刻、馬上就來寫個遺書吧！」

「嗯……好啊。」相較於南瓜手偶激動的情緒，野薔薇還是揚著恬靜的笑，甚至也不像平時找東西塞住南瓜手偶的嘴巴。她側著頭，說，「就刻在細細你的腦袋上怎樣？我會找最利、最粗的雕刻刀……把我對黑荊棘的愛，都刻上去。」

南瓜手偶當場閉嘴。被那麼一刻，它的腦袋根本就沒了吧？

無視南瓜手偶和野薔薇的對話，珠夏逕自來到艾草面前，向她伸出手，攤開的掌心上是幾枚三角狀心形黃綠色葉子相連成一株的植物。

過。

「這給妳，我想妳會喜歡。」珠夏說。

「給吾？吾是不討厭葉子，但因何要給吾此物？」艾草小臉閃過一抹困惑，沒有伸手接過。

「啊呀，這是……」利特一看見那植物，腦海中浮現一個名詞——貓薄荷。

「老大，你給艾草貓薄荷要做什麼？」安特也納悶地問。

「……貓不是都會喜歡？」珠夏的態度一點也不像在開玩笑，他在艾草面前彎下身，紅瞳與黑眸平視，「我想了想，覺得妳應該還是貓妖。妳和小黑好像……牠是我的貓。」

貓……貓妖!?利特和安特大吃一驚。原來艾草的眞正身分是貓妖，而他們是那麼可愛貓妖的部下嗎？也、也就是說，艾草的原形是長著貓耳貓尾的人身？

利特和安特的大腦裡當下浮現相同景象——長著黑色貓耳的黑髮小女孩，背後還有一條柔順的黑色貓尾巴……嗚喔！

「好……好可愛……」

「這殺傷力太強大了……」

兩名長相一致的青年忽然激動地蹲跪在地，一手摀著鼻子。

艾草一頭霧水，珠夏也面露詫異地望著自己收的兩名新部下。

「拉格斐，這是善意的忠告。」野薔薇細聲說道：「千萬不要變成那種糟糕的男人喔。」

「聽不懂妳在說什麼。」拉格斐哼了聲，大步走向前，一把將艾草拉到自己身後，藍瞳瞪視向珠夏，不因自己個子矮，氣勢就輸人一截，「小不點不是什麼貓妖，把你那見鬼的葉子收起來。」

「我說，我覺得她是。」珠夏從蹲姿恢復站姿，一頭紅金長髮在日光、月光輝映下更顯張狂耀眼，「而且我想……」

「想」的後面是什麼，拉格斐不知道，而珠夏也沒完整說出來。因爲在這之前，兩道悅耳清脆的咯笑聲自眾人身周落下。

「嘻嘻嘻。」

「呵呵呵。」

「夢魘！」拉格斐認得這笑聲，他厲喝道，四下搜尋起聲音的源頭。可是，沒有。在這片花海裡，沒有出現他們六人以外的身影。

「哎呀哎呀，眞是失禮，居然直稱他人種族。」

「我們可是有名字的。」

女孩們嬌美的笑聲又混在一起。

艾草直視正前方，「鈴蘭、百合。」

「猜對了唷。」

女孩們的笑聲又甜又軟，帶著嘲弄的語氣。

「太好了，小米粒，妳那顆小腦袋還記得住這點事。否則我們可要擔心妳太笨了，殿下可不喜歡笨蛋。」

隨著最末一字落下，艾草等人眼前驀地掀起一陣旋風。

風捲起了大量各色花瓣，眨眼間，花瓣凝聚出兩抹身高、體型一致的嬌小人影。

很快地，花人影又變成了灰髮灰眸和紫髮紫眸的女孩，她們相貌毫無差異，就像是精緻的瓷人偶。

「你們好，學弟、學妹，我是鈴蘭。」紫髮的女孩提起裙襬行禮。

「我是百合。」灰髮的女孩也展現同樣禮節，「歡迎來到我們的世界，這裡是夢魔之檻，也是你們將要面對的關卡。但是，在這之前——」

「爲什麼會多了兩隻不相關的小老鼠溜進來？」

鈴蘭和百合嬌軟的嗓音瞬間凍得冷酷，不同色澤的眼眸凌厲地瞪著利特、安特。

「偷溜？我們可是光明正大地跳下來，對吧，兄弟？」利特聳聳肩膀，腳步不著痕跡地靠近艾草，如同保護。

「就是這樣呢，兄弟。而且你不覺得那兩個可愛度超低的小丫頭，才該要擔心自己的小腦袋裝不了太多東西。」安特拉拉手臂，嘴角噙著懶洋洋的笑，腳步同樣往艾草方向靠近。

拉格斐毫不顧忌地嗤笑一聲，這彷彿奚落的笑聲加上安特那番話，登時使鈴蘭和百合扭曲了嬌美的臉，黑色的花紋攀繞在臉頰上。

月亮和太陽的光芒似乎也暗了一瞬，這世界的一切變化都與兩名夢魔息息相關。

但轉眼間，夢魘們臉上的黑紋又隱沒。

「儘管大放厥辭沒關係，只要你們在接下來的關卡中還能笑得出來。」鈴蘭掩嘴輕笑，「現在聽好了，一年級的。『年級會考』的規定，我們的規則就是這世界的規則，完成我們的要求才算是通過考驗，非相關者不得擅自插手。」

「是的，就是在說你們這兩隻小老鼠哪。」百合舉起手，食指正對著利特、安特，隨後指尖再一挑，花海中頓時飛起花朵，它們飛快交繞，形成兩個花環，迅雷不及掩耳地套住利特和安特的一隻手腕。

「這種小女生的玩意，我心領了。」利特笑出一口白牙，但在他動手扯下花環之前，百合又說。

「扯下來，就直接宣告小米粒等人的考試失敗。」百合笑瞇起一雙大眼睛，笑容甜美，「不介意的話就扯哪。」

利特豈可能不介意，他表面不動聲色，內心則暗罵一聲「狡猾的母狐狸」。

「那是計量器。」鈴蘭說，「非測驗對象還是可以使用力量，但也只能使用自保的量。超出限制計量器會斷裂，這個世界會失去平衡，進而崩壞，小米粒他們的任務也宣告失敗。至於崩壞的夢魘之檻會替你們幾個一年級生帶來什麼危害，我們可就無法保證了。」

「我們的要求很簡單，找到我們，打敗我們，就是你們贏了。」百合說。

「這樣聽起來，確實……很簡單呢。」野薔薇柔弱的語氣倏然一變，棕眸染成海藍，她抬手，突地對百合和鈴蘭的方向吹了一口氣，漫天泡泡瞬間湧出，衝向那兩抹嬌小身影。

行動的人不只野薔薇，還有拉格斐和珠夏。

寒冰與金黃色的烈焰不分前後地一同向前襲擊，三道攻擊沒有失去準頭，全部擊中了鈴蘭及百合。

然而那兩具嬌小身軀卻轉眼散成大大小小的花瓣，花瓣在空中飛舞，女孩們的嬌笑聲迴盪在藍天下。

「你們太心急了，學弟、學妹，怎麼連真人和幻術都分不清楚呢？」

「接下來，我們有得是時間好好相處。終於讓你們幾個人照我們的意思來到夢魔之檻，我們可不會白白浪費這次機會。」

「小米粒，妳佔去殿下的注意力，妳很礙事。」

「珠夏、拉格斐，你們是殿下討厭的人，你們很礙事。」

「野薔薇，妳愚弄我們，妳也很礙事。」

「哪，讓我們開始吧，遊戲就要開始了。」

「祝大家玩得愉快。」

隨著句末逸入空氣，最後一片在空中飛舞的白色花瓣飄落於花海中。

百合和鈴蘭消失得不見人影。

夢魔之檻裡的考驗正式開始。

十六 森林中的紙人形

「年級會考」的規定事項：

一、關主的規則就是世界的規則。

二、完成關主的要求才算通過考驗。

三、非相關者不得擅自插手。

如今，艾草、拉格斐、野薔薇，以及珠夏，正式開始他們的「年級會考」。他們的出題者是夢魔姊妹花的鈴蘭與百合，任務是找到她們，打敗她們。

而出現在艾草等人面前的第一個線索，是一隻兔子。一隻繫著領結、穿著黑背心、手拿金色懷錶的古怪白兔。

「要遲到了、要遲到了！要遲到了啊！」白兔對艾草他們的存在視若無睹，抓著滴答滴答響的懷錶，驚慌失措地自他們前方跑過，「會來不及趕上世界主人的邀約啊！兩位主人一定會砍了我的頭！」

或許是那隻白兔出現得太突兀，一時間，數雙眼睛只是怔怔地看著牠直奔向前，屁股後還捲起一蓬塵煙。

「是兔子。」艾草說，「這裡的兔子都是打領結、穿背心，還會說話的嗎？」

「廢話，一般兔子哪可能是這德性？」拉格斐說完，才懊惱起自己的語氣太不耐煩，「咳，那怎麼看都像是『愛麗絲』裡的兔子。」

「愛麗絲？」艾草的視線從快變成黑點的白兔身上收回。

「全名是『愛麗絲夢遊仙境』，是一個很有名的故事。」野薔薇柔聲解釋，「大意就是……嗯，一個女孩子爲了追一隻拿著懷錶的兔子，到達不可思議的國度，然後領兵起義，打敗女王，推翻暴政……換自己當王的故事。」

「呃，只有我覺得這故事怎麼聽怎麼怪嗎？」利特開口。

「兄弟，你不寂寞。」安特把手搭在利特肩上。

「不，這個版本太簡略了。《愛麗絲夢遊仙境》其實是很長又很有深度的故事，是一位英國作家寫的，全部共分爲十二章，我們可以把故事從頭說一次。」珠夏說著，居然將身上的披風解下鋪在地上。那模樣，彷彿眞的打算席地而坐，認眞地說完故事。

見狀，艾草也規規矩矩地坐下來，專心地瞅著珠夏。

眼見說故事大會就要開始，拉格斐頓感青筋迸出。

「給我弄清楚時間、地點、場合！現在是做這種事的時候嗎？」他發飆道：「這時要做的，是去追那隻擺明有問題的兔子！」

「嘻嘻嘻，說得對喔。」分不清是鈴蘭或百合的銀鈴笑聲飄起，卻未見任何人影出現，彷彿對方正躲在不明暗處，窺看這一切，「動作再慢，兔子就要不見，線索也要不見囉。」

「好了，快追吧。動作快，否則就乖乖地等測驗時間結束，宣告認輸吧。呵呵呵……」

笑聲又漸漸轉淡，消隱不見。

遠方的白兔只剩下一個黑點。

「雖不喜歡聽命行事，不過看起來……也是沒辦法的事了。」野薔薇柔和的話音剛落，突地拉過艾草，將對方一把挾帶起，纖細的手臂竟出乎意料地有力氣，「艾草，我們一起行動吧。」

「什——慢著！艾草應該是跟我們兄弟……可惡！」利特咒罵一聲，吞回抗議的話。

野薔薇早就帶著艾草追出去了。

利特和安特也拔腿衝上。

拉格斐個子小，他張開背後的羽翼。

珠夏一伸手，地面披風就回到他身上。他的身形化成金黃的火焰，如旋風掠出。

一行六人在極短的時間內就追到了那隻古怪的白兔。

白兔似乎直到這時才注意到他們的存在，發出受到驚嚇的尖叫。

「呀啊啊啊！有陌生人！有陌生人！不可以讓陌生人跟著我，兩位女王會砍掉我的頭的！」白兔抓著懷錶，歇斯底里地想要逃開，但前後左右都被人團團包圍住。

白兔看起來緊張到都要發抖了，那雙紅通通的眼睛驚慌地看看左、看看右，再看看前方。最後牠抓著垂下的兩隻長耳朵，腳掌猛地大力拍擊地面。

一、二、三！

眾人驚覺地面在晃動的剎那，腳下已一個踩空，一個黝黑大洞平空出現，將白兔與所有人一口氣吞吃了進去。

雖然一切發生得讓人措手不及，但之前已遭遇過一次掉落，因此艾草等人只在最初時感到驚嚇，旋即冷靜地做好隨時可能落地的準備。

這次很快便結束了墜落。

光線重新刺得人睜不開眼，大夥感覺到自己的雙腳再次踩在硬實的地面上。

一張開眼睛，四周環境卻變了。

花海和廣闊無邊的天空消失，取而代之的是——

「森林？」艾草沉著地環視身周。

如今他們腳下踩著潮濕的黑土，周遭是高大蔥鬱的筆直樹木，茂密的枝葉遮蔽頭頂、擋住大片天空，也看不見金色的太陽和銀色月亮。

穿著背心、繫著領結、手拿懷錶的白兔則不見蹤影。

這座森林格外靜謐，甚至可說是死寂。

沒有蟲鳴鳥叫，沒有野獸沉沉低嘯，林內無風，連枝葉被吹得沙沙作響的聲音也聽不見。

這是一座安靜得過頭的森林，唯一能聽聞到的，或許只有眾人彼此的呼吸聲。

「這裡是什麼鬼地方？別跟我說又是『愛麗絲』的場景。」拉格斐手一揮，順勢抓住自己的軍刀，一雙藍眸冰冷地巡望樹林間，「小不點，妳跟在我身後。」

「那可不行，艾草要跟在我們兄弟倆身後。」安特笑嘻嘻地說，「你那矮個子，艾草跟在你身後，頭還不是露出來了？」

「混帳傢伙，你他媽的說誰矮了？」拉格斐勃然大怒，鋒利的刀尖直指安特。

「利特，安靜，吾命令你不得再開口添亂。」艾草在利特欲發言時，迅速抬起手，潔白的臉蛋威凜，「吾非是三歲孩童，毋須跟在誰身後，吾有自保的能力。另，吾也不是貓妖。」

艾草的最後一句話是說給仍不死心、又拿出逗貓棒在她面前晃的珠夏。

珠夏的動作頓了一下，然後面無表情地收回逗貓棒，如同什麼事也不曾發生。

「欸，野薔薇，原來那個珠夏是貓控！乾脆趁機把他拉來A班就好了，這樣A班就會變得更強啦！」南瓜手偶搖頭晃腦，竊竊私語，「他那麼喜歡貓咪，就讓他天天看黑荊棘的貓咪頭，這主意超棒的對不對！」

「事實上，細細……」野薔薇慢吞吞地說，「這主意爛透了。我不會讓一A再多出新的雄性生物，黑荊棘是我的公主，誰也不能搶走她的注意力。」

「那種脾氣古怪的女人也只有妳……咳咳，我沒說，本大爺剛什麼話都沒說！」敏銳地發現野薔薇的眸色染成海藍，南瓜手偶吞下話，正氣凜然地改變話題，以免自己脆弱的腦袋被當場砸爛。

野薔薇沒多說什麼，只微微一笑，笑得南瓜手偶毛骨悚然、通體發寒，牙齒都發出咔咔咔的聲音……

嗯？不對，它明明沒有牙齒吧！那怎麼可能有辦法發出咔咔咔的聲音！南瓜手偶大驚，急忙東張西望。

咔咔咔、咔咔咔……

咔咔咔、咔咔咔……

那些聲音越來越明顯，就連其他人都注意到。

艾草、拉格斐、利特、安特、珠夏停止交談，他們謹慎地留心周遭動靜。

下一刻，那些古怪聲音的源頭終於出現在眾人面前。

從樹幹後、樹枝間陸續探出只有半人高的人影，然而它們並不是真的「人」，而是扁扁的、有著人形輪廓的白紙。臉孔部分沒有眉毛、眼睛、鼻子，只有一張大嘴巴。

和扁平的身體不一樣，那張嘴巴居然是立體的，可以看見一顆顆牙齒。

而現在，那些牙齒正在咔咔作響。

「哇喔！」利特吹了聲口哨，「這些醜到破壞美感的東西是什麼玩意？」

「嘿，兄弟，你應該要佩服它造型前衛，前衛到令人不忍目睹了。」安特嘖嘖地說道：

「老大，所以你知道這是什麼嗎？」

「……不知。」珠夏簡潔地吐出兩個字。

「嗚嘎嘎嘎！這是什麼？居然連上知天文、下知地理的本大爺都不知道啊！」南瓜手偶不敢置信地抱著腦袋哀號，「野薔薇、野薔薇，本大爺命令妳快去抓一隻解剖給我看！」

「我……拒絕呢，不過我倒是可以表演解剖你給那些紙人形看。」野薔薇綻出秀氣的笑容，立刻讓南瓜手偶駭得噤聲，「我也沒有看過那些東西，我猜，是鈴蘭和百合製造出來的，夢魔是相當擅長幻術，以及魅惑人心的種族。」

宛如在呼應野薔薇的話，屬於女孩們的悅耳嬌笑平空飄落下來。

「嘻，說的沒錯，這些都是我們製造出來的孩子，請和它們好好地玩一玩吧。」

「呵，不要想找我們在哪裡，我們一直都在看著你們。」

「對了，請記得，不要暴露出心靈的空隙喔……」

拋下意味深長的一句話，百合和鈴蘭的聲音又消失了。

與此同時，那些在樹幹後或樹枝上的紙人形有了行動，它們迅速撲出，嘴巴咧得更大。

「抓住他們！抓住他們！」

「他們有眼睛和鼻子，他們是怪物！」

「挖出他們的眼睛，割下他們的鼻子！」

「讓他們變得跟我們一樣！」

紙人形的嘴巴發出高高尖尖的嘯聲，在森林中迴盪開來。它們分散行動，三、四隻包圍住一個人，柔軟的手腳試圖纏捲上對方，堅硬的牙齒想咬下對方的肉！

艾草在紙人形逼來之前已飛快揮出袍袖。面對這些古怪詭異的生物，那張稚氣小臉沒有一絲波動，相反地，黑眸凜然，剛毅如山。

一個俐落揮擊，旋即是左右袍袖同時開弓，紅黑色的影子如同在樹林中飛舞，接二連三地擊退那些想上前的紙人形。

「這種紙做成的垃圾。」拉格斐眼神冷酷如冰，手中軍刀毫不留情，眨眼間刺穿了一隻又一隻紙人形。

但是，那終究是紙製物，就算身上開了洞，對它們也造成不了太大影響。

很快地，趴在地上、身體開洞的紙人形又前仆後繼地圍上來。其中一隻甚至乘隙欺近拉格斐，柔軟細長的手一勾便翻上他的背，雙手抓住他的頭。

「連你的腦袋也一起啃掉！」紙人形發出有如獲得勝利的高聲叫喊。

「區區垃圾，也敢得意忘形。」

明明就是孩童稚嫩的嗓音，卻森冷得如同冰原，無形中散發出可怕的威壓，令應是人造產物的紙人形忍不住發起抖來。

它的牙齒這次是因畏怕而咔咔作響。

然後，一切靜止了。

無論是抓住拉格斐頭部或是圍逼在他身邊的紙人形，全部化成冰雕。

拉格斐周身正籠著淡淡的冰藍光芒。

「下去！」

隨著一聲厲喝，所有被冰凍的紙人形碎裂，灑落一地。

但就在這瞬間，樹上又猝然撲出一隻紙人形，那雙扁平的白色雙手攀住拉格斐的背。

紙人形張開嘴，卻不是作勢欲咬，而是吐出只有拉格斐聽見的聲音。

「天使，你喜歡那個女孩是不是？你害怕最後站在她身邊的不是自己，是不是？」

細聲的呢喃如同一種蠱惑。

什——！拉格斐臉色霍然大變。

「啊呀，抓到空隙了唷。」紙人形咧嘴而笑。

拉格斐的身體忽然間靜止不動，冰藍雙眼此刻竟詭異地充斥著空洞的色彩。

乍看下，簡直像是被抽走心智的人偶。

「拉格斐！」艾草一驚，她揮甩出袖子，試圖攔下其他乘隙想圍住拉格斐的紙人形。

可就在同一時間，其他紙人形也撲襲向後背暴露出空隙的艾草！

「啊啦啊啦，想要欺負這麼可愛的小姑娘可是不行的。」

「不只是不行，還得被我們兄弟大卸八塊才可以哪。」

危急之際，兩道利光同時劃閃而過，在艾草後方形成一個「×」形。

原本要撲向艾草的紙人形頓時被割裂成無數片，緩緩飄落於地面。

擋在艾草後方的是兩抹同樣高大的身影，黑髮黑眼的青年們露出了同一個模子印出來的爽朗笑容，眼裡卻毫不掩飾地凶氣四溢，就算說是全身殺氣騰騰也不為過。

「艾草，妳去看那個傻站在那不動的小矮子吧。」利特頭也不回地說。

「我們可是很強的。」安特手按著脖子扭了扭，黑瞳帶著冷笑，睨視有些畏縮的紙人形。

「利特、安特，謝謝你們。」艾草輕巧地一個蹬躍，身子如箭矢掠出。

「兄弟，你聽到了沒？艾草覺得我比較帥。」利特咧開染著孩子氣的得意笑容。

「啊啊？兄弟，你是哪隻耳朵有問題？艾草才沒說過那種話。」安特不客氣吐槽，「她是覺得我比較帥。」

「我。」

「我才是。」

「沒辦法了。」

「只好問問別人的意見了。」

「嘿，你們這些紙製的傢伙，我們兩個到底誰比較帥？不過，也要你們有命回答才可以哪。」

兩名長相一致的青年露出了同樣猙獰凶狠的笑，手中長柄鋼戟有志一同地指向前方的紙人形們。

紙人形像是被那股氣勢震懾住，下意識退了一步。可緊接著發出了詭異的嘯聲，一窩蜂地擁向利特與安特。

利特兩人雖然喪失記憶，不過並不代表他們失去戰鬥本能，否則珠夏也不會以條件交換，要他們當保鏢。

鋼戟的威力銳不可擋，凡所到之處，白紙如碎花散落，將一干紙人形逼得步步後退。

紙人形大口喘氣，如果它們有眼睛，或許會用著驚懼憤恨的眼神怒視那對孿生兄弟。

忽然間，紙人形發出了奇異的音節，彷彿彼此在傳遞某種訊息。

利特眉一挑，對安特投以一記視線。

安特聳聳肩膀，表示自己跟它們可不是同一掛的，無法理解它們的語言。

沒想到就在這瞬間，紙人形疾速撲跳起來，竄躍過利特與安特，改向另一方發動突擊。

那一方不是別人，正是艾草！

利特和安特眼中的凶氣霎時暴溢，他們想也不想地伸出未握武器的另一隻手，掌心間黑氣繚繞。

當黑氣即將凝聚成形，利特和安特卻注意到，手腕上的花環居然出現欲斷裂的跡象。

「非測驗對象還是可以使用力量，但是也只能使用自保的量。超出限制計量器會斷裂，這個世界會失去平衡，進而崩壞，小米粒他們的任務也宣告失敗。至於崩壞的夢魔之檻會替你們幾個一年級生帶來什麼危害，我們可就無法保證了。」

夢魔們的呢喃言猶在耳，利特、安特心裡一驚，硬生生地收住手，黑氣散逸。

竄躍出去的紙人形像是早就計畫好了，它們在空中猛地扭身，利用樹木作為中繼點，一踩一蹬，赫然撲向利特他們，森白的牙齒閃動著駭人的光。

「太胡鬧，可是不行的哪。」柔軟如流水的嗓音響起，無數泡泡迅雷不及掩耳飛來，一下子就吞沒那些紙人形。

紙人形在泡泡裡拚命掙扎，卻突破不了那看似脆弱的薄膜。

已經解決完自己那邊的敵人，野薔薇緩步走來，她的眼眸染成了大海般的色澤，髮絲末端也有幾縷化成海藍。

野薔薇一彈指，泡泡內倏然冒出水，一下子就將紙人形淹沒。

浸泡在水中的紙人形連掙動的力氣也沒有了。

「艾草那邊還剩下幾隻，你們擔心就過去吧，雖然我覺得她有辦法應付。」野薔薇輕歪一下頭，「不過，你們不是珠夏的保鏢嗎？」

「是保鏢沒錯，不過那位老大看起來實力也不差。」利特不以為意地說。

正如利特所言，獨自一人的珠夏已五指箝握住最後一隻紙人形，從他的指尖迅速燃出金色的火焰，轉瞬間就將手上之物燒成灰燼。而在他的腳邊，堆積著更多的灰燼。

「而且艾草可愛太多了。」安特笑嘻嘻地說，隨即抓著鋼戢與利特一塊奔至艾草身邊。

野薔薇望著空中的那些水球，正當她想將水球扔到遠方，一陣詭異的觸感貼上她的小腿。她連忙低下頭，張大的眸子裡映出攀爬上來的破碎紙人形。

「妳，就是妳，沒有分化性別讓妳感到不安。」那張嘴巴竊竊私語，「妳害怕妳愛的人到頭來會愛上別人。喔，她會的，人心善變。在妳困在這裡的時候，說不定她已投入他人的懷抱，她將會對別人吐出愛語。」

野薔薇的臉色僵住了。

紙人形的嘴巴發出了狂喜的笑聲，「抓到——妳的空隙——」

「你說，她會變心？我的公主會變心？」一道輕柔嗓音截斷話，野薔薇慢慢地低下頭，看著那些還攀在自己腳上的紙人形殘骸，姣好的嘴唇拉開秀氣的微笑，「你們居然出言侮蔑我最心愛的公主。」

「呃呃呃呃！咿啊！」南瓜手偶爆出驚恐的尖叫，「白痴、笨蛋！你們惹火野薔薇了！她的脾氣超級——差勁的啊！」

什麼!?這次亂了陣腳的換成紙人形。

但野薔薇沒有給它們後悔的機會，數顆水球平空生成，不但吞進那些紙，那些水球還扭曲形體，並且越變越小……

「忘記說了，我的同伴……並不如妳們想像中的弱小，學姊們。」

就像是在應和著野薔薇的話，另一端的空氣溫度驟降。

野薔薇不意外地回過頭。

以爲被抽走心智的拉格斐，藍眼內恢復冰冽的光芒。他伸手扯拽下背後的紙人形，指尖滲出淡淡的藍光。

藍光一接觸到紙人形，馬上凝凍成冰。

「如果最終不是我站在她身邊，就代表我不夠努力，而我不會讓這種事發生的。」拉格斐眼神一寒，冰凍的紙人形刹那間碎成數塊。

最後一隻紙人形也被擊倒了。

拉格斐一腳踩碎離自己最近的冰塊。

「拉格斐，要站在誰身邊？」艾草好奇地看著拉格斐。

「誰……妳聽錯了，我剛什麼都沒說！」被當事人這麼一問，拉格斐的冷傲頓時碎得七零八落，他紅著臉，結巴地辯駁。

艾草直勾勾地盯著他，接著露出小小的笑弧，「拉格斐無事就好，吾方才很擔心。」

「妳……我……」拉格斐的臉越來越紅，他低下頭，含糊地低喃，「我想站的，就是妳這小不點身邊啊……」

「好了，接下來我們要往哪邊去呢，艾草？」利特的嗓門突地放大，不但蓋過拉格斐的聲音，也引開了艾草的注意力。

「沒錯、沒錯，艾草再來想往什麼地方走？」安特搭著利特的肩，笑咪咪地問。

這兩個傢伙，絕對是故意的！拉格斐忿忿不平地捏緊拳頭，最末抿直唇，硬是壓回那股衝上心頭的怒焰。眼下首要任務，是趕緊完成「年級會考」。

「問吾嗎？」艾草仰高臉，黑潭似的眸子望著利特和安特，望到兩人的心跳忍不住加快時，她忽然往左前方一指，「有聲音。」

咦？所有人一怔，他們立刻轉頭，注視著艾草所指的方向。

那是一條通往森林深處的狹小徑道。

而此刻，那裡的確隱隱傳來了聲音。

「請等我一下。」野薔薇率先上前一步，她舉起另一隻手，掌心貼近耳邊，海藍色的眼眸閉上，那模樣就像是在側耳聆聽什麼。

似乎知道這時候別干擾自己的擁有者，南瓜手偶破天荒地安靜。

不到一會兒，野薔薇放下手、睜開眼，一雙眸子又恢復成深棕色，彷彿先前的奇異色彩只是錯覺。

「是許多人的聲音，在唱歌。」野薔薇輕聲地說，「當然，我也……不能保證那是『人』。」

「管他是什麼，既然特意要讓我們發現了，那就是對方丟出來的線索吧。」拉格斐扯出冷笑：「我們就別辜負對方的好意了，直接去看看吧，看那兩隻夢魔究竟想弄什麼玄虛！」

十七 木人偶的歡迎會

在高聳林木的夾繞下，小徑顯得更加幽暗。

越往深處走，越能清楚地聽見聲音傳出。

正如野薔薇稍早所說，那是許多「人」在唱歌的聲音。

起初歌聲內容還很模糊，然而當前方亮光轉熾，小徑逐漸寬敞，那些疊合在一起的歌聲終於清晰地飄進眾人耳裡。

嘿咻、嘿咻，有客人要來了。

新客人要來拜訪我們了。

他們在森林裡碰到紙鬼，他們本該被挖出眼睛、割去鼻子，只留下嘴巴，誰教他們有太多五官。

但是他們卻打倒紙鬼，沿著黑漆漆的小徑要來拜訪我們。

爲了讚揚他們的勇氣，我們將準備最適合的表演……

宛如小孩齊聲在唱歌，只是歌詞內容卻奇異怪誕，甚至帶了點不祥。

拉格斐冷著小臉，手按著軍刀，他負責打前鋒，只要有敵人衝出，將不客氣地攻擊。

但抱持警戒之心的眾人卻沒想到，等他們踏出小徑，呈現在眼前的會是那樣一幅光景——

那是一處被樹木環繞的空地，空地上不見枝葉遮蔽，大量燦爛陽光灑下，一抬頭就能看見蔚藍無雲的天空，還有金色的太陽與銀色的月亮。

至於空地中央則擺放著一張大型的木頭長桌，桌面裝飾著眾多鮮花與潔白的杯盤，除此之外還有一個大蛋糕。

乍看下，正在準備一個茶會。

而在長桌的四周，坐著七抹矮小的身影。

當艾草等人走進這處空地時，歌聲倏然停住，長桌前的身影齊唰唰地扭過頭。

他們是眞的「只」扭過了頭，原本面向長桌的頭顱一百八十度地轉動，和闖進來的艾草幾人直接面對面。

「天啊！眞醜！」南瓜手偶大呼小叫，「剛剛的紙人形都還有一張嘴巴，這些木頭人臉上根本就什麼都沒有，可是它們還能唱歌！這眞是太神奇了，它們居然沒長嘴巴還能唱歌！」

無視南瓜手偶的大嗓門，艾草等人有絲訝異地看著那些木頭人偶。

它們的身形顯得更加矮小，目測可能只到一般人的膝蓋高，木頭臉龐磨得光亮，但上頭確實不見五官。

很明顯地，這一定又是百合、鈴蘭製造出來的生物。

「剛是紙，現在換木頭了嗎？」利特摸摸下巴，饒富興味地盯著那些古怪的木頭人，「老大，你要不要乾脆一把火全燒了？木頭嘛，最怕火了，而且這樣也可以輕鬆解決。」

「倘若對方無惡意，我不會動手。」珠夏淡淡地說，「這是我的原則。」

「太過有原則就會變成不知變通了，老大。」安特拉拉手臂，似乎在活動筋骨，「沒辦法了，兄弟，你打前鋒吧，快去跟那些木頭小子說嗨。」

「兄弟，去的人不是你嗎？」利特不甘示弱地回敬一口白牙。

「利特、安特，爾等皆不用去，吾去即可。」艾草挺直背，繡花鞋就要邁出。

「妳給我乖乖在這等著。」拉格斐不客氣地將人一把拉回，「女孩子用不著一馬當先。」

拉格斐這話說得很明白，擺明就是——只要是男的都跟他一塊上前！

「嗯，請問我該前進還是留著呢？」野薔薇有些困惑地問，畢竟外貌上她像女孩子，可實際上她是還未分化出性別的水妖。

這麼一問，拉格斐也不禁愣了下。不過還未等他做出回答，長桌前的七名木人偶忽然有了動作。

請上前來，勇敢的客人。

歡迎一起參加我們的茶會。

木人偶跳至長桌上，從它們體內傳出孩童般的聲音。它們手舞足蹈，將桌面踩踏得連杯盤也一併發出聲響，潔白的杯子、盤子彈起又落下。

誰也猜不透這些木人偶究竟想做什麼。

對望一眼，艾草等人還是依言上前了，不過仍與長桌保持適當的距離。

這個動作大大地鼓舞了木人偶，它們唱得更歡，舞也跳得更賣力。

噢，客人！感謝你們願意參與，現在就讓我們說一個故事來報答你們。

很久很久以前，六位國王一起統治著一個世界，他們彼此互不干涉。

沒想到有一天，突然出現了第七位國王。

神說：此人才是眞正統治這世界的君主，你們六人都應該臣服於他，聽從他的命令。

孩童們的稚氣歌聲嘹亮高亢。

「唱得還不錯嘛。」利特評論道，「雖然故事有點奇怪。」

「喂，兄弟，先閉嘴。你沒看到老大和其他人的表情都怪怪的嗎？」安特迅速用手肘撞了下利特，對著他使眼色，「而且連艾草也露出錯愕的樣子。」

正如同安特所說，聽見這首歌的拉格斐、野薔薇都是掩不住的驚疑；珠夏那張冷峻的臉孔更是繃得死緊，緋紅色的眼瞳底處像是有暗色的火焰在燃燒。

雖說艾草看起來還是面無表情，但利特、安特就是知道，她此刻的情緒是錯愕。

剛到因帕德休島不久，加上又失去記憶，利特和安特並不知道爲什麼這個聽起來普通的故事，會使所有人都變了臉色。

他們不會知道，這故事就像是影射千年前的地獄戰爭。

——神派遣了路西法接掌地獄，原先身處最高位的地獄六大公爵不服，因此領兵反抗。

木人偶的歌聲仍在繼續，它們甚至抓起了長桌上的刀叉，乒乒乓乓地互相擊打。

但是、但是，六位國王怎麼可能會服氣？

他們下定決心，一同反抗了第七位國王。

啊啊，戰爭就此開始！世界變成焦土，惡火燃燒不休！

每天、每天，都有人喪失他的生命。

可是第七位國王的力量實在太過強大，六位國王終於有人陸續投降。

他們扔開他們的武器，捨棄他們的驕傲，低下他們的頭顱，對那人宣誓成爲他的臣下。

只剩一位國王還在頑強地抵抗。

這位可憐的國王，最後還是輸了一切，輸了性命。

其中一個木人偶捂著心口，踉蹌倒下，躺在長桌上，一動也不動。

另外六個木人偶圍在它身旁，舉高刀叉。

孩童般的歌聲接著拔成了尖嘯。

砍下他的頭！砍下他的手！砍下他的腳！從此將他的軀體封印，將「憤怒」薩麥爾的軀體永遠封印！

六根刀叉猛然刺了下去，將那個一動也不動的木人偶切成數大塊。

一個木人偶高舉那顆被切下的頭顱，跳過桌面的狼藉來到珠夏面前。那張光滑的木頭臉龐上倏然化出五官，兩顆眼睛張大，咧開的嘴巴裡發出詛咒般的尖叫。

「爲什麼不替先祖復仇？身爲『憤怒』繼承人的你，爲何還能無動於衷地成爲他人的臣子？你連你的驕傲都捨去了嗎？珠夏——」

「我的驕傲，」珠夏猝不及防地伸出手，修長的五指猛力扣住那個提頭顱的木人偶，他語氣平淡，紅瞳中是駭人的焰光，「不須他人來質疑。」

話聲驟落，他指尖燃出金色烈火，火焰就像發了狂似地一口氣席捲，轉眼就將他抓著的木人偶燒得連灰也不剩。

其餘木人偶發出驚恐的叫聲，它們扔下刀叉，慌張地想逃離已經沾染上金焰的長桌。

但是火焰的速度比它們更快。

美麗又凶暴的金色烈焰迅速吞噬整張長桌，也吞噬了那些木人偶。

短短時間內，空地上的一切灰飛煙滅，土地只餘一片焦黑。

珠夏就站在那片焦黑中央，紅金長髮似未熄的火，環繞在他身周的是炙熱的空氣。

「嗚咿！」南瓜手偶恐懼得全身顫抖，「好可怕、太可怕了！野薔薇，妳以後千萬別去惹那個珠夏，要惹也絕對不可以帶上本大爺！」

「放心好了，細細。」野薔薇低下頭，笑靨如花，「要送死也只有你自己會去唷。」

「嗚咿咿咿！」南瓜手偶駭得發不出成調的聲音了。

「夠了，野薔薇，叫妳那顆吵死人的南瓜閉嘴。」拉格斐不耐地說道，「否則我就砸爛它。這場考試不太對勁。」

「你也注意到了嗎？」野薔薇輕喃。

「白痴才會沒注意到這麼明顯的事。」拉格斐眼中閃現冷厲，「那兩個夢魔是莉莉絲的狂熱愛慕者，她們也是地獄的人，不可能不知道煽動珠夏代表著什麼意思。除非她們轉性了，才想惹火莉莉絲。」

「欸，兄弟，他是在說我們是白痴嗎？」安特皺著眉。

「不，這次我想是你多心了，兄弟。不過你要承認自己是白痴也沒關係，大不了我會裝作跟你不是同一掛的。」利特毫無兄弟愛地回予諷刺，隨後他就看見艾草走近珠夏。

「珠夏。」艾草抬高頭，不閃不避，眼神清澈，「莉莉絲有說過你們的故事，你會想報仇嗎？」

那個笨蛋！拉格斐沒想到艾草居然提出這個問題。

換作一般人，根本不可能這樣當面問。

賽米絲學園的人都知道珠夏，知道他的身世背景，可誰也不了解那名繼承「憤怒」之名的青年。

「完蛋了，那個黑眼睛小姑娘竟然率先惹火人了！」南瓜手偶害怕地拔尖了聲音，「萬一那個珠夏馬上翻臉不認人怎麼辦！」

這也是拉格斐和野薔薇擔心的，他們互望一眼，快步走到艾草身邊，心中提高了警戒。

對拉格斐來說，艾草是他喜歡的女孩子，他無論如何都會保護好她；對野薔薇來說，艾草曾幫助她的戀情，她不會坐視不管。

利特兩人對目前情況一頭霧水，可他們也注意到拉格斐和野薔薇就像是在提防珠夏，彷彿擔心對方對艾草不利。

不多說，這對孿生兄弟立即倒戈向艾草這一方。

就算他們是珠夏的保鏢，他們還是覺得艾草重要多了。

珠夏不發一語地俯視著個頭嬌小的黑髮小女孩，那雙紅眸看似平靜，但誰也無法判定那是不是風雨前的寧靜。

艾草沒有移開視線，但她看人的方式一點也不咄咄逼人，她只是單純地在等人回答疑問。

半晌後，珠夏開口了。

「不。」他的語氣沒有特別的波瀾，就像艾草是單純地問，他也只是單純地回答問題，「不會。我的先祖確實是輸了，更不用說他還用了不正當的手段，路西法陛下是堂堂正正擊敗他。假使情況相反，我或許會有怨言，但事實並非如此。」

「胡說！」忽然有誰尖聲大喊，那是屬於女孩們的聲音，「你這是胡說！」

「你怎麼可能不抱有怨恨？」

「你應該怨、應該恨！應該對殿下和陛下抱有貳心！」

「這樣一來，我們就能爲了殿下除掉你！」

「你對殿下來說太礙事了，珠夏！」

「礙事、礙事！」

「礙事、礙事！」

「那人明明說你一定會暴露你的野心——」

拔尖的兩道嬌美女聲疊合在一起，分不清究竟是誰在說話。

是鈴蘭？是百合？

她們又藏身在哪裡？

而「那人」，她們口中說的「那人」又是誰？

「天啊！野薔薇，一定是妳做了什麼事被捲入這種陰謀裡！都是妳做人失敗、個性太差！」南瓜手偶發出歇斯底里的尖叫，「還有胸部又——」

南瓜手偶被扔砸在樹幹上，頓時沒了聲音，它的腦袋和樹幹撞擊出響亮的聲響。

但是，這陣聲音同時也被蓋了過去。

空地四周的林木枝葉瞬間被突來的狂風吹得沙沙作響，藍天跟著暗下，所有枝葉擺晃的聲音都像是鈴蘭和百合在竊竊私語。

「礙事、礙事。」

「礙事、礙事。」

不明的狂氣在周圍蔓延滋長。

「我的身分、我的家族，我清楚自己繼承了怎樣的名號。」沒有費心去找鈴蘭和百合的蹤影，珠夏低下頭，對艾草平淡地說，「可是，人們依舊會在背後議論、指點。我總是不明白，爲何他們不願當著面對我說？所以……」

珠夏的聲音忽地滲入一絲遲疑，但更明顯的是那份眞誠，「所以妳那樣問，我不會覺得不高興。我覺得……很好。」

「吾不是很明白你稱讚吾的理由，但吾還是收下你的稱讚。」艾草認眞地說。

珠夏的唇角微微揚起一彎弧度，那幾乎稱得上是一抹微笑。

捕捉到這幕的利特、安特心中警鈴大作。他們跟在珠夏身邊好幾天，還是第一次見他笑。別開玩笑了，艾草才不會讓給別人，就算是老大也別想搶！

不知兩名保鏢的心思，珠夏又說，「我聽菈菈提過，妳也會用火。」

「吾，是會。」

「既然如此，請妳和我一起行動，艾草。」那是珠夏第一次喊出了艾草的名字。

當那道低沉的嗓音落入了躁動般的枝葉沙沙聲中，珠夏的右手也燃起一簇金黃火焰。

與此同時，艾草身前浮出好幾盞幽綠碧火。

下一剎那，金焰與碧火化成箭矢，筆直向上衝去。它們分向兩方，勢不可擋地射中了金色的太陽和銀色的月亮。

瞬間，狂風靜止，樹木停了搖晃，狂躁的沙沙聲消失，取而代之的是兩聲像弦線斷裂的尖叫。

金日和銀月的形體猝然碎裂，從中墜下兩抹纖細身影。

天空的色澤跟著發生改變，詭異的紫黑色一口氣覆蓋住原先的蔚藍，圍繞在旁的林木也逐一消失，綠意退去，蔓延在眾人腳下的是荒漠般的沙地。

色彩繽紛的世界不見了，現在的這個世界簡直就是一座荒涼死寂的牢檻。

這才是眞正的夢魔之檻。

百合和鈴蘭宛如折翼的蝴蝶摔在地面，髮絲狼狽地披散著，嬌小的身子不住顫抖。

拉格斐眼中閃過厲芒，手一張，數根巨大尖銳的冰錐立即豎立在兩名夢魔身旁，將她們囚困在裡面。

「是妳們輸了。」拉格斐冷冰冰地說。

鈴蘭和百合身軀一震，她們猛地抬頭，眼中燃著不甘的焰火，嬌美的面龐爬上醜陋的黑紋。

「這不對！事情不該是這樣的！」鈴蘭憤怒地說。

「爲什麼你們會找到我們？」百合嘶聲地喊。

「因爲……這其實不是很難猜呢，學姊們。」野薔薇手臂往旁一伸，昏迷在一邊的南瓜手偶便飛回她手上，「兔子是第一條線索，牠說牠要去找兩位女王。女王指君臨這世界之人，而妳們又說妳們一直在看著我們。綜合這兩個條件，君臨這世界又能一直看著我們的……」

野薔薇柔柔一笑，「是太陽和月亮哪。」

「妳！」鈴蘭和百合扭曲了臉。

「我回答了妳們的問題，現在，換妳們回答我的問題了，學姊們。」野薔薇側著臉，慢慢地說，「是誰幫妳們……將我們四個人分成一組的呢？」

兩名夢魔表情瞬間僵住，來不及掩飾她們的慌亂。

而這反應，無疑就是最好的回答。

「野薔薇的意思是，吾等同組非是巧合？」艾草問。

「黑荊棘曾說過應試的一年級是隨機分組，連他們這些老師也不知道誰會跟誰一組。」野薔薇說。

「可是，這兩名夢魔卻說過終於讓我們照她們的意思來到她們的世界。」拉格斐藍眸暗下，「這表示我們幾人是被蓄意分在一組的。而三年級，不可能有權力做得到這種事。」

「也就是說，有職權比學生高的人物幫她們作弊？」利特吹了聲口哨。

「例如……老師之類的？」安特狀似漫不經心地拉長句子。

「解開妳們的世界。」珠夏往冰牢上前一步，天生的威壓瞬間釋放出來。

那股看不見的強大魄力讓鈴蘭和百合呼吸一窒，她們忘了，就算對方只是一年級，但他是珠夏，是地位僅次於地獄君主的公爵繼承人。

未來將擁有「憤怒」之名的他，實力又怎麼可能居於夢魔之下？

第一次，鈴蘭和百合眼中閃過驚懼。她們不能就這樣讓「年級會考」結束，一旦他們回到現實世界，她們的行爲一定會受到學園審議。而殿下，她們愛慕的莉莉絲殿下……又將會以何種眼神看待她們……

兩名夢魔臉色褪成慘白，光是想像可能的後果就令她們不寒而慄。

不不不，絕對不能就這樣結束！

「沒錯，不能就這樣結束。」

有誰的聲音落在她們耳邊，僅有她們聽得見。

鈴蘭和百合睜大了眼，心中湧起狂喜。然而下一秒，她們的身子卻不由自主地僵住了。

因爲那聲音說：「妳們還沒替我測試出結果，這場遊戲，又怎能就此落幕？」

測試？什麼測試？鈴蘭二人心底爬上一股恐懼。

下一剎那，她們的恐懼成眞。

「啊啊啊……啊啊啊！」女孩們猛地發出驚恐的尖叫，她們發現手指變成詭異的黑色，黑暗快速蔓延，沿著她們原本雪白的肌膚攀爬。

眨眼間，黑色已延伸到她們的脖頸，爬上嬌美又充滿恐懼的臉。

「這是怎麼回事？」拉格斐驚駭地問。

毫無預兆，兩名夢魔身上竟發生了異變！

「這個氣息……後退！」珠夏神情驟變，他厲喝一聲，瞬間張開了金焰，作爲眾人的防護結界。

鈴蘭和百合的肌膚全被黑色覆蓋，表面甚至突出了如同岩片的硬質物，背後有什麼在極力掙脫束縛。

「不不不！不要啊啊啊啊！」

「老師——」

尖叫聲拔至最淒厲，同一時間，氣流在夢魔們的身邊產生了炸裂。

大量沙石激起，遮蔽了視線。

珠夏的火焰阻擋了衝擊。

等到飛揚的塵沙漸漸平息，所有人都看見拉格斐的冰錐化成碎片。

原本冰牢的中心位置浮現了兩抹身影，那是只能用「詭異」形容的姿態。

兩具軀體已無衣物遮蔽，宛如硬岩組成的皮膚呈現不祥的黑色，上頭蜿蜒著深紫花紋。如岩片般接連而成的翅膀則從背後伸展開來。

唯有那頭紫髮和灰髮，能夠辨識出誰是鈴蘭、誰是百合。

因爲她們那雙本該跟髮絲同色的眼眸，現在赫然一片闃暗！

艾草、拉格斐、野薔薇愣住，他們曾看過那樣的眼睛，就在黑荊棘的湖中塔，那隻被注射的……大章魚身上……

「黑暗元素。」珠夏低沉的聲音響起，「她們身上，有太過濃烈的黑暗元素的味道。」

十八 異變的夢魔

黑暗元素？

這個熟悉的字眼讓拉格斐等人皆是一驚。

普通的黑暗元素是地獄之人的力量來源，若太過濃烈，則足以使人產生異變……

幾乎瞬間，除了利特、安特，其他人腦海都浮現一個物品。

──黑暗元素的結晶體！

但唯有地獄君主和惡魔六大公爵的軀體部分，方是由黑暗元素的結晶構成。只是夢魔的鈴蘭和百合，爲何體內會出現此種成分？

「她們喊了『老師』，也就是說……」野薔薇眼眸睜大。

是賽米絲學園裡的某位師長讓她們變成這樣的？

爲什麼？原因？動機？又是如何取得黑暗元素的結晶？

諸多疑問在艾草等人心中閃過，但現實卻不容許他們多加細想。

身體產生異變的鈴蘭和百合猛地發動攻擊了。

灰色的石翼一拍，肌膚爬滿深紫花紋的兩名夢魔兵分兩路，毫不猶豫地選擇了利特與安特作爲目標。

利特吹了聲口哨，安特扯開好戰的笑容。

然而就在兩人欲反擊之前，有人搶先他們一步行動了。

青碧幽火迅雷不及掩耳地擋在雙方之間，火勢瞬間暴漲，當即逼得夢魔生生收住攻勢，略顯倉皇地急退開來。

青焰的火勢又減小，它們就像多盞小燈環圍在利特、安特身周，形成一層保護網。

「利特、安特，爾等不可擅自插手。」艾草身姿凜然，語氣嚴肅，身前也有多簇青焰環繞，「爾等手上尚戴有計量器。」

利特二人下意識低頭，手上的花環提醒他們強硬使用力量的後果，他們忍不住罵了聲「該死」。逼他們反射性出手讓計量器爆掉，可比直接對上艾草等人快速多了。

遭艾草火焰逼退的夢魔似乎被激怒了，她們忽地仰高脖子，尖嘯一聲。

那是古怪又高亢的聲音，並且帶給人不適感，就像有人在耳邊用指甲刮抓著玻璃或黑板。

艾草等人反射性摀住耳朵。

伴隨著那聲尖嘯劃破空氣，這個有著紫黑色的天空和荒涼沙地的世界又起了變化。

狂風捲起，遠方似乎有白雲堆積。

不對，不是白雲。

等到那片突兀的白色近在眼前，眾人才發現那赫然是無數紙人形！

沒有眉毛、眼睛、鼻子，只有嘴巴的紙人形將牙齒咬得咔咔作響。

咔咔、咔咔、咔咔。

隨著狂風而來的紙人形來到艾草他們上空，接著一窩蜂地躍下，爭先恐後地撲向它們鎖定的目標。

同時間，沙地也有了不同變化。

一個個矮小物體鑽冒出來，它們伸出細細的手，抓住眾人的雙腳。

那竟是艾草他們先前碰過的木人偶！

紙人形、木人偶，這些詭異的東西包圍起沙地上的艾草、拉格斐、野薔薇、珠夏，意圖妨礙他們的行動，進一步對他們造成傷害。

另一邊的利特、安特在青焰的包圍下，反倒沒有受到攻擊，但兩人卻也按捺不住，巴不得能衝出火圈，盡自己一份力。偏偏又擔心貿然行動會破壞夢魔建構出來的世界。

「可惡……可惡！」利特惱火地喊。

「都怪這個爛透的鬼計量器，還不能拔！」安特用怨毒的目光瞪著手上的花環。

兩人被逼得無法行動之際，艾草等人也在應付數量驚人的紙人形和木人偶。

雖然難纏，但也不是無法應付。

紙人形、木人偶一窩蜂擁來，將四人衝散，不過這也讓他們獲得更大的攻擊空間。

艾草迅速地揮舞紅黑袍袖，捲帶起的風壓吹走那些離她最近的敵方。緊接著她張開掌心，召出更多青綠幽火。

對於紙製品和木頭，火焰可謂是最有效的辦法。

「散！」艾草眼神一凜，火焰依她的命令向外飛散。它們準確地沾落在紙人形和木人偶身上，眨眼引發猛烈火勢。

幽碧色的焰光映亮那抹嬌小身影，也映亮那張潔白凜然的臉龐。

火焰中，紙人形的身軀快速化爲灰燼，只剩一張嘴巴在放聲尖叫；木人偶全身著火，痛苦地掙扎翻滾。

「哎呀，太大意只會害了自己唷，小米粒。」忽然間，有誰輕笑呢喃。一雙黑色手臂無預警自艾草身後探出，柔軟的手指就要撫上艾草的臉。

「吾，並未大意。」艾草稚氣平淡的聲音逸出嘴唇。

那雙黑色的手錯愕地停頓。

而這一瞬，艾草周身倏地黑氣繚繞。黑氣以快得無法視見的速度凝聚成實體黑鍊，漆黑鎖鍊飛也似地纏捆住那雙來自身後的黑色手臂。

「離！」艾草一聲令下，黑鍊就像是被注入了意志，飛快採取行動。

它們縮纏得更緊，使那雙手臂無法乘隙脫逃，緊接著猛地一扯拽，黑鍊扯著那雙手臂重重拋摔出去。

紫髮的夢魔摔跌在地，黑鍊又迅速離開她，回到艾草身前交織纏繞。

鈴蘭抬起頭，不怒反笑，闃黑的眼眸裡盛滿不祥，「不要忘記了，夢魔最擅長的是什麼？」

夢魔擅長的是魅惑人心……以及幻術！

剎時間，艾草眼前的鈴蘭崩散爲大量紫色花瓣。那不是本體，原來是幻術！

艾草內心一驚，還來不及尋找鈴蘭的眞正蹤影，耳邊已傳來急促的一聲大叫。

「小不點！」

拉格斐覺得自己的心臟差點要停止了，他看見鈴蘭的身影再度出現在艾草背後，只見鈴蘭俯下身，髮絲化成針，就要刺穿那具嬌小身軀。

誰都不能傷害她，誰都不能傷害艾草！

拉格斐的眼瞳染成更深的藍，凜冽驚人的寒意一口氣自他身邊炸開，不但將他腳下的紙人形、木人偶殘骸全部冰凍，也凍住了鈴蘭的半個身子。

「滾開！」拉格斐背後白翼一張，身形快若箭矢。他飛躍至鈴蘭的頭頂，身體隨之一翻，五指張開，從掌心凝聚出冰藍光芒，毫不留情地對著鈴蘭轟砸而下。

「很可惜，」半邊身子都被寒冰凍住的鈴蘭張開嘴唇，綻露出有如毒花的笑，「『我』，也不是本體。」

話聲落下，藍光也轟砸而至，瞬間呑沒了那具纖細的人影。

拉格斐不是沒聽見那名「鈴蘭」的話，但已無法收住攻勢。他憤怒地咂下舌，雪白羽翼再一拍振，伸手拉走艾草，將她帶離藍光的攻擊範圍。

待拉格斐帶著艾草一落地，「鈴蘭」原本的位置只餘高聳冰岩，冰裡是被固定姿態的多枚花瓣。

「小不點，妳沒事吧？」拉格斐只瞥了冰岩一眼，就將注意力放回艾草身上。方才陰狠的藍眸看向她時只剩下焦灼。

「吾沒事。珠夏和野薔薇呢？」比起自己，艾草更關心同伴。

聞言，拉格斐也轉過頭。剛才他的一顆心都放在艾草身上，無暇注意他人情況。

另一邊，當艾草、拉格斐對上鈴蘭時，珠夏和野薔薇也各自對上了「百合」。

那名灰髮的夢魔分出兩個分身，她們毫不留情地施展凌厲攻擊，岩片如刀般射來，同時伴隨著更多的紙人形、木人偶的圍擊。

面對多方夾攻，野薔薇依舊那副沉靜、文弱的模樣，但髮絲、眼眸全都化爲海藍色。她的手指飛快往空中揮劃幾抹弧線，水流平空而生，宛如彩帶環在她身側。

緊接著，她再朝掌心吐出一口氣。頓時水流和大量泡泡全部往敵方衝去。

野薔薇毫不猶豫地蹬地掠起，戴著南瓜手偶的左手前似乎有什麼一閃而逝。等到逼近百合時，居然從南瓜手偶口中伸出了一柄由冰凝成的細刀。

刀鋒閃動危險光芒。

野薔薇的眼眨也不眨，瞬間就將刀尖送入百合體內。

相較之下，珠夏的手段更直接也更凶暴一些。

他的五指前燃出金色火焰，輕易就將逼近他的紙人形、木人偶都燒爲灰燼，旋即他的腳下再度捲起更熾烈的焰火。

燃動著的金焰就像某種張牙舞爪的怪物，一口氣捲向另一名百合，將那具黑色的軀體吞噬其中。

但無論是野薔薇面對的百合，或是珠夏面對的百合，她們在遭受致命一擊後，頓地都崩毀了形體，取而代之的是漫天飛揚的花瓣。

「嘎！咗！太沒用了，野薔薇！妳是笨蛋、笨蛋、笨蛋，水妖還識不破夢魔的幻術！」南瓜手偶吐掉口中細刀，氣急敗壞地開始發難。

「細細，你再不安靜，等事情結束後，我會直接把你的腦袋拔下來哪。」野薔薇面帶微笑，卻不含笑意地說完這句話，立刻就讓南瓜手偶驚恐地噤了聲。

確認四周暫無敵人現身，野薔薇退至艾草、拉格斐身邊。

「傷……腦筋呢，『年級會考』的時間還沒結束，無法使用通訊器直接向外聯絡。」

「打破結界？」珠夏也走了過來，指尖前還殘留著燃動的碎焰。

「說得簡單，誰知道那兩隻夢魔有沒有做什麼手腳？」拉格斐抱著胸冷哼一聲。

「既然如此，便只有一法可試。」艾草沉穩地說道。

所有人都知道她說的「那個辦法」是什麼。

無法對外聯繫，也不能貿然破壞這個世界的話，確實只剩一個辦法——擊敗這世界的創造者，抓住那對夢魔姊妹花！

「艾草，也讓我們兄弟倆加入吧！」利特哀怨地喊。

「我們兩人也想出一份力嘛！」安特試圖擺出最能激出艾草同情心的表情。

「哇喔！眞像是被主人遺棄的兩隻大狗耶！」南瓜手偶小小聲地說，又連忙用小短手摀住嘴巴，深怕一時衝動會換來腦袋不見的下場。

野薔薇倒是沒有再露出令南瓜手偶毛骨悚然的秀氣微笑，只是贊同地點了點頭。

「不。」艾草堅定地搖搖頭，「吾會很擔心爾等。」

百合和鈴蘭只說計量器毀壞，世界會崩塌，卻沒有保證是否會爲戴的人帶來傷害……

利特和安特眼神一亮，聽見艾草親口說出擔心他們，他們的心充斥著欣喜和溫暖。但很快，他們又發現這樣自己依舊只能在旁邊看，無法幫忙，臉上不禁露出痛苦的表情。

艾草不看向利特或安特，掌心重新凝聚青焰。

「擴。」艾草一揚袖，青幽碧火轉眼在荒漠上蔓延開來。

一簇、兩簇、三簇……數也數不清的青色火焰就像小燈一樣亮著。在青焰的照耀下，所有景象一覽無遺。

可是，偏偏沒有百合與鈴蘭的蹤影。

她們藏到何處了？

當所有人如此想的刹那，大地搖動！

「這、這是……」拉格斐臉色一變，下意識抓好艾草。

「咿啊啊啊！地震！世界末日！」南瓜手偶發出歇斯底里的尖叫。

「大家注意天空！」野薔薇是最先留意到異象的人，她短促地抽了一口氣。

聞言，眾人迅速往空中望。

紫黑色的詭異天空不知何時出現兩抹巨大模糊的影子，它們有著黑色如岩石的肌膚，上頭蜿蜒著紫色花紋；它們有著紫色和灰色的髮絲，如岩片組成的翅膀幾乎伸展至世界盡頭。

它們……不，她們是如此巨大，遮蔽了天日，闃黑的眼眸就像兩窪純粹的黑洞。

那是消失不見的鈴蘭和百合，在她們眼前，艾草等人是如此微小。

「哇靠，這會不會太大了……」利特低聲咂舌。

「閉嘴，兄弟，你沒看到她們兩個怪怪的嗎？她們在……哇靠！她們的身影正疊合在一起!?」安特也發出了和自己兄弟一樣的驚呼。

天空上只浮露模糊半身的兩抹人影，正漸漸地重疊在一起。

然後，不管是百合或鈴蘭都消失了，留下的是一名有著相同容貌，髮絲卻半灰半紫的巨大夢魔。

「令人厭惡的蟲子、令人厭惡的火焰……不可以，不可以留在這裡。」夢魔張啓唇瓣，吐出悅耳到像能魅惑人的嗓音，「這樣是不行的呢，都應該——應該消滅！」

猝不及防間，夢魔發出了一聲高亢尖嘯。她的髮絲化成堅硬細針，「唰」的一聲自高空飛刺下來。

即使只是一根頭髮，也足以輕易刺穿艾草等人。

「該消滅的是妳這噁心又難看的東西！」拉格斐掌心前利光一閃，五指握住軍刀，搶在髮絲刺下之前，飛快斬出無數個旋。

頓時只見斷髮插落在地面上，密集得就像是一小座、一小座針山。

「小不點！」拉格斐反射性尋找起艾草，他一下子就發現那具嬌小身軀。

裹著紅黑服飾的艾草就像一隻紅蝶，隨著袍袖翻掀揮舞，她的身形也輕盈又敏捷地飛竄至那些髮絲的間隙。黑氣在她掌中翻滾繚繞，瞬間凝成實體的黑鍊。

「去！」隨著那聲稚氣凜冽的音節散逸至空中，大把漆黑鎖鍊朝四面八方疾射出去。它們纏捆住多束髮絲，快速交繞在利特與安特上方，形成防護網。

就像事先說好，待艾草的黑鍊束縛住目標物，珠夏眼中熾光一閃。下一刻，壯烈的金色焰火以誰也攔阻不住的速度立即沾附上那些髮絲，一路飛快衝燃上去。

「不……不！」夢魔變了臉色，她又發出一聲更細的尖嘯，氣流颳起，形成數道風刃，切斷那些著火的頭髮。

就在同時，眾多淺藍色泡泡從下方沖上。

夢魔眼角餘光剛一瞄見，就發現吹出泡泡的野薔薇露出狡猾的笑。她心裡一驚，隨即只見一抹紅蝶似的嬌小身影竟利用那些泡泡為支撐點，三步併作兩步地朝她飛躍而來。

艾草和對方之間的距離越來越近。

她面無表情，唯有眸子裡流露勢在必得的堅定意志。

那雙眼睛讓夢魔感到莫名心慌。

不行，不能再讓她接近！

夢魔猛地拍振那對橫蔽天空的岩翼，強大氣流衝擊得艾草身形不穩，往下墜落，幸有泡泡接住，同時，地面的眾人也幾乎站不住腳。

抓準這個空隙，夢魔又一次張啓唇瓣。然而這次流瀉出來的卻不再是尖嘯聲，而是低沉柔美的誘惑呢喃。

那道呢喃由許多古怪音節組合，誰也無法理解意思。聽在任何人耳中就僅僅是一道聲音。

一道美麗、要掠奪人所有心神的「聲音」。

艾草跌靠在柔軟的泡泡上，忽然發現自己的腦海被一片空白侵佔，耳邊像是有誰在柔聲低語，背後似乎伸出一雙溫柔的手臂摟抱住她……

艾草眨了下眼，眼中的堅定意志逐漸被茫然取代。她感覺意識裡好像冒出一道聲音，要她放鬆身心，別再做任何抵抗。

「接受我們……哪，接受我們，讓我們讀取妳的一切……」

一模一樣的嬌美嗓音疊合在一起，分不出究竟是誰在說話。

只要接受就好，不須再做任何抵……不行！艾草猛地咬住嘴唇，疼痛和血腥味使得眼前的濃濃迷霧退去不少。

艾草掙扎地翻動身子，看見下方的同伴也陷入了和自己方才同樣的狀態。

「拉格斐、珠夏、利特、安特……」艾草艱難地吐出聲音，試圖朝對方伸出手。

但是，那陣古怪又魅惑人心的呢喃仍在繼續。

艾草發現自己失去野薔薇蹤跡的同時，眼前迷霧再度聚集，腦海內的意識即將要被空白吞沒。

就在這千鈞一髮之際，一道嘹亮高亢的嘯聲突破了一切。

那道聲音如同一柄錐子，刺入所有人腦海，瞬間逼退那陣古怪呢喃。

拉格斐等人急促地喘了一口氣，像是從夢魘中倏然驚醒。

「怎麼可能……這怎麼可能！」夢魘不敢置信地扭曲了臉，被暗色侵佔的眼眸憤恨地瞪向某個位置。

在那裡，佇立著藍髮藍眸的野薔薇，她的雙耳不知何時化爲魚鰭般的尖長狀。

「爲什麼不可能？論起幻術和魅惑人心……水妖可是不輸夢魘的哪。」當最末一字逸出嘴唇，野薔薇扔開南瓜手偶，雙手交握，「大家趁現在！」

剎那間，她海藍色的鬈髮急速變長，一下子長及地面。它們再度變化，化成如流水的存在，鋪蓋在荒漠之上。

「壓制住世界變化，不代表壓制住我！」夢魘的眼瞳霍然燃起漆黑火焰，眼看就要再揮動那對碩大無比的灰色岩翼。

說時遲、那時快，兩道同個模子印出來的高大身影宛若離弦之箭，手抓鋼戟，飛也似地往上直衝。

「利特、安特！」艾草驚察自己的青焰遭人突破，眼神流露焦急，掌心再竄黑氣，就怕貿然行動的那對孿生兄弟會有危險。

「艾草，鎖鍊借我們兄弟了！」利特踩上還停留在空中的泡泡，回身單手一抓，硬是將原本想帶回他們的漆黑鎖鍊抓纏在手臂上，「兄弟，這給你！」

「知道啦！」安特立刻抓住另一條黑鍊。

兩名外貌如出一轍的青年毫不猶豫地往上急衝掠，一晃眼躍至夢魔的肩頭上。

艾草當下明白他們要做什麼——既然無法使用自己的黑鎖鍊，那麼就借用別人的。

「吾，了解了。」艾草手指翻動，從掌心湧出更多黑氣迅疾地騰竄升空，纏上利特、安特兩人手中的黑鍊。

黑鍊的長度和重量瞬間增加。

「好了，妳這個大個子，乖乖安分一下吧！」利特猛然甩動黑鍊。

另一端的安特也是相同動作。

漆黑無光的鎖鍊霎時繞上夢魔巨大的岩之翼。

「以爲這樣就能阻止我們嗎？」

夢魔的聲音裡出現了兩個人的聲調，那是鈴蘭、那是百合。翅膀上所有岩片都立掀起，像刀片一樣要割裂上頭的黑鎖鍊。

「白痴。」安特咧出猙獰的笑。

「當然不只是這樣啊！」利特、安特同時躍離，手中鋼戟猛地漲大數倍，尖銳無比的叉尖閃動出森寒的光芒。

毫不留情，也不曾考慮要留情，利特、安特露出野蠻凶暴的笑容，使上全身力氣將鋼戟狠狠釘入夢魔的兩側肩膀。

「啊——」夢魔仰高脖頸，發出淒厲的尖叫聲。

就是現在！

同一瞬間，艾草腳下衝出龐大黑影。它們化作一把把的利劍，最後合而爲一，形成散發驚人魄力的巨劍。

「去！」艾草蹬地躍起，身子在半空一扭，紅黑袍袖像是蝴蝶展翅，在空中迷眩他人的眼時，繡花鞋已重重踢擊上劍柄。

巨劍沖天而起，同時左右還各衝來一道藍光、一道金芒。

藍光是寒冰，金芒是烈焰。

寒冰及金焰交繞在黑劍上，三者刺入了因爲鋼戟釘入而俯下的巨大身子，直沒胸口，僅留劍柄在外。

夢魔眼中黑焰驟滅，尖叫戛然而止，身子僵停在半空中，彷彿一座不動的黑色雕像。

下一秒，劈里啪啦的聲音從岩翼處傳來。被黑鍊纏住的碩大翅膀崩裂出深深裂縫，然後一塊塊地從高處砸落下來。

而那具覆滿紫紋的黑色軀體則潰爛如泥，大股大股地自空中摔下。

「嗚呃！」利特和安特同時發出了嫌惡的聲音，他們動作迅速地踩上那些砸落的岩塊，在高速墜落間繼續移動。

地面上的艾草等人則在見到夢魔的身體潰散後，馬上退至安全範圍。

那是一場持續了數分鐘才終於歸爲平靜的墜落過程。

高空中再也看不見巨大的夢魔。

大大小小的岩塊插立在地面上，爛泥則像一大灘沼澤，將岩塊淹沒大半。

但很快地，這些由夢魔身上剝離下來的東西就像被吸力拉往下，不一會兒便被荒漠吸收殆盡，只留兩抹嬌小身影一動也不動地倒在地上，潔白的皮膚上也沒有醜陋的花紋攀繞。

紫頭髮的是鈴蘭，灰頭髮的是百合。她們回復了原狀。

艾草向兩人一步步走上前，在她們身前蹲下，探了下她們的鼻息——還有呼吸，她們都還活著。

「看樣子……是結束了呢。」髮色和眼色褪回僞裝時模樣的野薔薇慢吞吞地說，接著她雙腳一軟，乏力地跌在地上。

這次使用的幻術對她來說似乎負擔太大了。

「接下來是試著喚醒她們嗎？」艾草抬頭問。

「先把她們綁起來再說吧。」拉格斐陰沉著臉說道。

「艾草，這種小事就交給我吧！」

「不對，是交給我！」

利特和安特爭先恐後地舉手。

珠夏的注意力被南瓜手偶引去，他似乎對那個奇怪的存在生起了興趣。

或許是事件已經結束，所有人都放鬆下來，就連艾草也失去了警戒。

就在她伸手要碰觸到鈴蘭時，紫髮少女驀然睜開眼睛，該是紫色的眼珠卻是詭異的闃黑！

「不對，現在才是結束。」鈴蘭說，她雙手中出現一柄通體透黑的手槍，她扣下扳機，子彈衝出，直接擊中了艾草的心窩。

艾草的身子向後倒，小臉失去血色，就像是一隻凋零的紅蝶。

十九 詛咒之誓

這一幕烙印在所有人的眼中，時間像是靜止了。

那具嬌小身軀倒在荒漠上，發出細微卻又沉重的聲音。

那聲音聽在其他人耳中，簡直沉重如雷響。

艾草雙眼緊閉，小臉蒼白，幾乎要被自己一身紅色吞沒，看起來前所未有地脆弱、幼小。

「測試，結束。」鈴蘭握著手槍，眼中忽地流淌出黑色液體。當她恢復色澤的紫眸閉上時，那流淌過臉頰的黑色液體也化爲深暗無光的結晶體。

但誰也沒有多看那顆結晶體一眼，每雙眼睛都緊緊盯住突然就沒了聲息的艾草。

「小不點……小不點！艾草！」拉格斐素來冷傲的小臉因恐懼而扭曲，他的聲音是連自己也認不得的尖銳。

「艾草！」野薔薇顧不得雙腿乏力，奮力撐起身子，只希望能確認對方狀況。

相較於其他三人都衝上艾草身邊，利特和安特就像是被釘住雙腳，他們的雙眼離不開艾草，但又邁不出步伐。

他們聽不見其他人的喊聲，只覺耳鳴得厲害，連帶頭痛欲裂。

誰在腦海中說話，稚氣的、淡然的、不時卻又洩露情緒的……

「羅剎！阿防！」

「吾不可能對爾等失望。」

「吾，可以摸摸你們的頭嗎？」

「此二人是吾之部下，亦是吾之家人。」

羅剎、阿防；利特、安特；羅剎、阿防……

羅剎、羅剎、羅剎、羅剎、羅剎、羅剎。

阿防、阿防、阿防、阿防、阿防、阿防。

有什麼碎裂的聲音乍然響起。

就在拉格斐、野薔薇、珠夏即將接近艾草的瞬間，無數漆黑鎖鍊在艾草身前飛快交錯纏繞，如同一面保護網，不容他人靠近。

拉格斐等人尚未反應過來，兩抹高大黑影已如鬼魅般越過他們，來到艾草正前方。

鋼戟一拄地，利特、安特面無表情，眼中凶氣四溢。

「你們兩個是幹什麼？還不閃開！」拉格斐眼神冰寒。

「不行。」利特說。

「不可以。」安特說。

「誰也不能接近她，誰也不能再傷害她！」利特和安特大吼一聲，眼中凶氣幾乎要化成實體。

瞬間，漆黑鎖鍊擴大勢力範圍，狂亂地飛舞著。氣流和塵沙捲起，兩人手上的花環隨之斷裂。

計量器毀壞了！

同一時間，紫黑色的天空也出現裂痕。

一道、兩道、三道……越來越多，似蛛網蔓延。

「我叫你們閃！」拉格斐暴怒。無法得知艾草的情況，讓他更加恐懼和焦灼，最後揉成一股巨大的怒氣。

他張開雪白雙翼，軍刀朝那凝事的黑鍊斬擊出去。

可是黑鍊如同被賦予生命力，立刻向軍刀纏來。

「不准上前、不准接近，我們會保護她！」利特怒吼，眼中被狂氣佔滿。他提起鋼戟，不由分說地把拉格斐視作敵人。

「你也是！你也別想傷害她！」安特的鋼戟毫不客氣地揮向珠夏。

這對孿生兄弟彷彿失去理智，激紅了眼，將所有人都當作意圖傷害艾草的敵人。

他們如同狂犬，每一擊使出的都是殺招。

鋼戟挾帶雷霆萬鈞之勢，毫不留情地迎撞上拉格斐的軍刀或是珠夏的火焰。

環繞在艾草四周的黑鍊同時舞動得更狂亂，彷彿想把周遭一切撕碎。

「讓開！」拉格斐咬牙大吼，時間拖得越久，他對艾草的情況越心急如焚。

然而他卻無法眞的出手重創面前的敵人——艾草說過，那是她的家人，他沒辦法見艾草爲此難過。

「利特、安特，你們的不冷靜只會造成事情無法挽回！」珠夏手一揚，火焰再度自他指尖湧現，瞬間化成一條火炎之鞭。

長鞭如靈蛇捲出，纏住一人的鋼戢，但對方竟是凶暴一笑，腰間短叉飛至手中，轉眼就切斷火炎之鞭的束縛。

「不冷靜？誰？你又是什麼東西？艾草只要由我們保護就夠了！」安特猙獰著眼，他的聲音分不清是吼叫，抑或是哀號。

天空在崩裂，荒漠也在搖晃，夢魔之檻正在分崩離析。

野薔薇緊張地看著天空，手指握緊，心中無能爲力。

水妖是擅長幻術的種族沒錯，可這裡終究是夢魔創造出來的世界。當時暫時壓制世界的變化已是她的極限，她沒辦法阻止這世界的毀滅，更不知道失去平衡而崩毀的夢魔之檻會爲他們帶來什麼危害……

眼看一切已無法阻止，倏然間，一陣異於天空崩裂、大地搖動的巨大聲響傳來。

咔！

那聽起來就像是有什麼硬物被咬碎的聲音。

這聲音讓所有人不禁仰起頭，就連利特和安特也停下攻擊了。

紫黑色的天空破了一個大洞，可以望見外面熟悉的蔚藍色。

是真實世界的天空！

還未等所有人反應過來是怎麼一回事，破洞外的藍天忽地被異物擋住了。

那是一顆大得不可思議的蛇頭，鮮紅的眼睛宛如紅寶石。

彷彿未察覺底下眾人的錯愕，銀白色大蛇張開大嘴，露出獠牙。

「咔」的一聲，牠又咬下了一大片紫黑色的天空。

「什……」野薔薇睜圓了眼睛，「那隻蛇直接從外咬掉這世界？這怎麼……」

無論有沒有可能，夢魔之檻劇烈的破壞確實是停下了，越來越多紫黑色天空被那隻白色巨蛇咬下。

屬於夢魔創造的世界在消失，現實正逐漸回歸。

❀❀❀

很快地，所有人發現到他們已經不是站在荒漠上，而是在一座森林的外圍。

「這個地方……」拉格斐一下子就認出來了，「是白之森！？」

「艾草呢？」忽有一道寂冷嗓音傳出。

拉格斐又是一愣，接著猛地發現在巨蛇的下方，赫然站著一抹白影。

蒼白的髮絲、膚色，一雙血紅如紅玉的眼，臉頰覆著幾枚蛇鱗，一身死氣沉沉，竟是白蛇！

沒想到就在這一瞬間，利特乘隙使力一擊，撞開了拉格斐，再與安特一同退至艾草身前，黝黑的眼珠凶狠地瞪向白蛇。

白蛇的眼眯了起來，昂立於他身後的巨蛇同時就要有所動作。

說時遲、那時快，兩抹一高一矮的身影搶先掠出。

「我們同伴間的事，就不勞他人費心了。」隨著那道柔美女聲落下，一名高䠷的黑髮女性落足在拉格斐等人之前。

女子膚白如雪，古典美的臉蛋上戴著眼鏡，嘴角噙著溫柔的笑意，然而鏡片後的美眸卻閃動著冷酷的光芒。

「所以你們兩隻蠢狗是怎麼回事？還不讓開，讓我等確認小姐的情況！」謝必安手中的白羽毛扇一指，眼神如刀犀利。

「呀哈哈哈！先不管你們是怎麼來的，現在就閃到旁邊去！」站在謝必安身旁的是名個子矮小的黧黑少女，一雙眸子炯炯有神，唇間露出了小虎牙。

可就如她的同伴一樣，范無救的眼神也是冷的，眼中的凶戾之氣完全不輸面前的兩名青年。

「羅剎、阿防，不閃就宰了你們，扭下你們的脖子！」

「管妳們是誰，別想傷害艾草。」利特低沉地說。

「敢越雷池一步，同樣不客氣。」安特的鋼戟往前一指。

謝必安和范無救臉上浮現一絲愕然，對方的態度就像是不記得她們是誰……而且，他們剛喊了小姐什麼……

「那兩人……似乎是喪失記憶。」野薔薇急促地喘口氣，她早就體力不支，全賴意志力撐著，「拜託妳們了，我擔心艾草……再拖延下去，我擔心艾草她……」

謝必安和范無救的目光停留在艾草身上。

她們的小姐還有呼吸，卻一動也不動，而該死的還有人擋著她們……

「無救，明白嗎？」

「了解，完全沒問題！」

高眺女子和嬌小女孩互看一眼，下一秒兩人竟是冷不防掠出。

「宰了那兩個白痴！」

白羽毛扇和黑紗折扇眨眼逼近利特、安特。假使不是他們反應得快，透出鋼鐵般光芒的兩把扇子就要削過他們的臉。

即使對方是看似弱不禁風的女性，但利特二人依舊本能地感到危險。他們說不上來，只知道若是大意，脖子可能真的就要被扭下來。

與先前戰鬥中仍有幾分顧忌，而無法發揮全力的拉格斐、珠夏不同，這兩名忽然出現的女性毫無猶豫。

她們的攻擊招式既凌厲又步步進逼，甚至似乎很了解對方的習慣一樣，有好幾次都比對方二人快一步地改變進攻路線。

謝必安和范無救當然不知道對方的心思，她們也沒興趣知道。隨著時間一點一滴地被消耗，她們的耐心也被磨到極限。

「不管你們阻礙我們是因爲沒帶腦袋，還是根本沒長過腦袋，乾脆讓你們的愚蠢在此徹底結束吧。」謝必安的白羽毛扇飛快自鋼戟下抽出，反手一搧，無數鋒利的白羽毛疾速射出。

「放心好了，我們會向小姐稟告你們是因公殉職的！」范無救咧開凶暴的笑，黑紗折扇快速迴旋，瞬間割出數道利弧。

因公殉職？利特和安特不知道自己怎麼了，反射性地大吼。

「不行！小姐不能讓妳們趁機獨佔！」

……咦？利特和安特愣住，就在這瞬間，漆黑鎖鍊出其不意地纏縛上他們的手臂及武器。

等到兩人驚覺事態不對時，已經來不及了。

謝必安和范無救同時逼近他們，一雪白、一黧黑的手臂猝然探出，五指毫不留情地一把拽扯住他們的頭髮。

然後、然後，誰也沒有想到，謝必安和范無救居然抓著利特、安特的腦袋，將其狠狠地、重重往地面掄下去。

磅！

狂亂的黑鍊瞬間消失，兩名身材高大的青年臉埋在地裡，換他們一動也不動。

「嗚！呃！哇！」被野薔薇撿起戴上的南瓜手偶目瞪口呆地發出不成調的驚呼。

「小姐！」

「小姐！」

謝必安和范無救完全沒多花心力在兩名同伴上，她們馬上鬆手，快步奔向艾草。

其餘人在愣怔過後也趕緊越過利特二人，好確認艾草的情況。

野薔薇因已乏力，沒有立刻圍上前。

「鬧劇都結束了嗎？」一道低啞女聲無預警自後落下。

野薔薇一震，立即仰高頭，疲倦的臉蛋迅速染上欣喜，「黑荊棘！」

「叫我老師！」戴著貓咪頭套、穿著白袍的一A班導師忽然出現，她大步走向圍在一起的眾人，不客氣地一腳踢上擋在她前面的兩個屁股。

「礙事，閃一邊去！不要妨礙我做事！」

「是哪個混……貓控教師？」受害者之一的拉格斐大怒，但一回頭，沒想到看見的會是自己的班導師。

受害者之二的珠夏不發一語，只沉默地向黑荊棘點下頭便退至一旁。他的目光在那個引人注目的頭套上多停留了幾秒，嘴唇微動。

如果有人仔細聆聽，就可以發現他說的是，「……貓咪。」

「爲……爲什麼妳會出現在這裡？」拉格斐愣了下，迅速反應過來。他們甚至都還沒跟誰聯繫，但黑荊棘、白蛇，還有艾草的兩名部下，宛如早已知道會發生什麼事地等候在此。

「不只我在這裡，待會危機處理小組的其他老師也會趕過來。」

黑荊棘蹲下身子，示意謝必安和范無救不要再抱著艾草，讓她好好檢查一下。她一邊熟練地測量艾草的體溫、呼吸、心跳，還有瞳孔，一邊平淡有力地說。

「你們的考試有問題，監視器七十一號之前向我們回報它偶然拍攝到的對話和影像，鈴蘭和百合的關卡疑似有人暗中做了手腳。但『年級會考』比想像中早開始，爲了鎖定那兩名夢魔的關卡，花了點時間。白蛇、謝必安、范無救則剛好收到沙羅她們的通知，說有兩個自稱是艾草部下的人綁走了她。還有其他問題的話，也不用現在問，我沒心情回答。艾草沒事，你們搖搖她應該就醒了。」

語畢，黑荊棘俐落地將艾草塞給謝必安，繼續檢查同樣昏迷不醒的鈴蘭和百合。

黑荊棘一眼就留意到那再熟悉不過的黑色結晶體，頭罩後的臉色頓時沉了下來。

又是黑暗元素的結晶？這到底是怎麼回事？

「小姐、小姐，妳聽得見我們的聲音嗎？」雖然黑荊棘說艾草並無大礙，但謝必安還是不敢貿然搖晃那具嬌小身子，而是輕柔地連聲呼喚，「小姐，是我和無救唷。」

「小不點，妳快點張開眼睛，妳要幾根羽毛我都答應。如果妳想要米迦勒老師的羽毛，我也可以……」拉格斐的聲音忽然停住，他屏著氣，看見艾草的眼睫微微顫動。

下一秒，那雙如黑潭的眸子慢慢張開，狂喜衝上了拉格斐心頭。

「小不……」

「小姐！」范無救用手肘撞開拉格斐，一把撲抱住艾草。

靠在謝必安懷裡的艾草看起來仍迷迷茫茫的，她眨了眨眼，然後對范無救露出小小的笑容，「八娘……」

「小姐！」范無救更激動了。

早已習慣范無救的熱情表現，任憑自己被人緊緊抱住，艾草的目光對上拉格斐，「拉格斐……眞的會給吾羽毛，沒騙吾？」

「天使可是說到做到的一族！」拉格斐不自在地別過臉。

「艾草，所以那兩個人形物體眞的是妳部下？」白蛇淡淡地問，同時那隻大蛇已在利特、安特兩人的上方俯下頭，似乎只要艾草一說不是，那蛇就會張開大嘴，將之吞下。

「人形物體……羅剎！阿防！」艾草下意識喊出部下的名字，她連忙坐了起來，想要看清楚對方的狀況。

而一看到兩人竟趴在地上、臉埋在土裡，她不禁一怔，「他們睡著了嗎？吾不知道他們有喜歡這樣睡的習慣。」

「沒錯、沒錯，呀哈哈哈！小姐，他們倆就是睡著了啦！」范無救當然不會說出眞相，她笑嘻嘻地糊弄過去，沒想到就在下一剎那，那兩名人形物體同時有了動靜。

「咳！呸！」

「該死的，我頭好痛……」

兩名無論身高、外貌都如出一轍的青年撐起身體，吐出不小心吃進的土。他們皺著臉，揉著前額，發現艾草後立即表情一亮。

「小姐！」

「小姐！」

他們就像是見著主人而歡欣不已的大狗，動作迅速地撲上前，只差沒搖尾巴。但是一把白羽毛扇和黑紗折扇擋在艾草前方，迫使那對孿生兄弟只能硬生生停下來。

「喂喂，謝必安、范無救，妳們這是什麼意思？」

「想要獨佔小姐就太過分了，這可是違反規定的！」

兩人眼裡明顯浮出不滿，殊不知他們這話使得艾草又是一愣，隨即黑眸睜大。

「你們記起來了？羅剎、阿防，你們記起吾等的事了嗎？」艾草平淡的語氣藏不住欣喜。

「咦？」阿防、羅剎同時一呆，他們對望一眼，緊接著大叫了一聲，「啊！」

「天啊！我居然會把小姐忘掉？這種事怎樣也不可能發生的才對啊！」阿防懊惱地抓扯著頭髮，「還認了一個無聊、無趣的小鬼當老大……」

被評為「無聊、無趣」的珠夏只是微挑了下眉梢。

「可惡，兄弟，這一定都是你的錯！你沒事認什麼小鬼當老大？」羅剎鬱悶得想捶地，

「要是沒多浪費那個時間，我們早就跟小姐碰面，然後這樣那樣……」

「這樣那樣是哪樣？」謝必安一腳踩上羅剎的腦袋，笑容溫柔如水，「笨狗，是當我和無救死了嗎？是真的想被人切開頭，把那無用如廢物的大腦挖出嗎？」

「呀哈哈哈哈！必安，在挖出之前要先問清楚他們怎麼會在這？換班時間可還沒到。」范無救咧開孩子氣的笑容。

「……所以還是想挖我們的大腦嘛，范無救。」阿防嘀咕著，「我們可沒忘妳們剛是怎麼對待我們的，當我們的頭是撞不爛嗎？」

「啊啦，聽起來很有意見。換作是你們，難道不會這麼做？」謝必安輕搖羽毛扇，收回了腳。

阿防、羅剎沉默一秒，抓抓頭髮。

好吧，換作是他們，也差不多是這種手段。

「總之，」阿防乾脆盤腿席地而坐，趁機堵住空隙，不讓拉格斐和白蛇有機會再靠近艾草，「妳們問我們怎麼會在這裡？」

「不是小姐召喚我們過來的嗎？」羅剎不客氣地堵住另一邊的位置。

「不。」艾草嚴肅地向兄弟倆搖搖頭，「吾並無召喚爾等。若是吾召喚，爾等也該是出現在吾面前。」

「等一下！小姐沒召喚？」

「但是我們確實過來了啊！」

羅剎、阿防錯愕地瞪著彼此。

「我和必安都可以確定，我們來了之後，小姐沒再使用過空間之……啊！」范無救忽然睜圓眼，張大嘴，猛然回想起什麼。

「哎呀……」謝必安也想起某件事了，她用白羽毛扇捂著嘴。

「是那時候吧？」接著說話的人是黑荊棘，她檢查完百合和鈴蘭，站了起來，「在我的實驗室，喝酒的那一次。」

「那……那一次？」艾草困惑地眨下眼，想不起相關記憶。

「有嗎？我怎麼也沒印象？」拉格斐緊皺著眉。

「嗯，我想那是因為……拉格斐你醉到分不清東西南北。」野薔薇細聲細氣地插話，「那時候清醒的人不多。不過我，記得艾草確實是拿出了空間之戒，打開了空間通道。」

「但是那時候什麼事也沒發生，我們還以為……看樣子，是喝醉的關係，力量不穩，才會造成召喚錯誤吧。」謝必安見艾草微露震驚，她莞爾一笑，「小姐，別在意，畢竟妳那時候都成蚊香眼了。」

「超可愛的唷！」范無救興高采烈地說。

艾草的小臉沒有特別表情，但是一抹紅暈迅速蔓延，瞬間染紅了整張臉蛋。

「吾。」艾草霍地站起，「吾這就回房反省，身為爾等上司，吾竟如此失態……吾有點想把吾自己埋起來了。」

最後一句，艾草說得極為小聲。她繃著背，腳步沉重地邁出第一步，卻在邁出第二步時猛地一個踉蹌。

「小姐！」

「小姐！」

「艾草！」

「小不點！」

所有人中，白蛇動作最快，兩條白色繃帶剎那間拉住艾草，再幫她慢慢地蹲跪下來。

艾草捂著心口，不明白那處為何會突然抽痛。

「艾草，妳在考試時還有傷到哪裡？」以手勢命令眾人不要圍在旁邊，黑荊棘扶著艾草的肩膀，嚴厲追問。

「吾……」艾草茫然地睜著眼。

「那把槍……那把槍！」羅刹扭曲了俊顏，頓時跳起來，「那個紫頭髮的丫頭對小姐開了槍！」

羅刹不敢相信自己居然因為見到艾草沒大礙，就被那份狂喜沖得忘記如此重要的事。

而這也是其他人的心聲，他們都不敢相信自己會這般大意！

「槍？」黑荊棘確定自己在鈴蘭和百合身上沒有發現那件武器。她眼神凌厲，當機立斷地採取行動。

「男的全給我閉上眼睛！敢張開就挖了它們！」黑荊棘厲聲一喝，同時手指使勁扯開艾草胸前衣襟，暴露出底下的肌膚。

「這、這是……！」謝必安倒抽一口氣。

羅剎、阿防幾乎按捺不住心裡的焦急，唯有他們的小姐發生什麼事，那名理智、善於謀略的女子才會發出這種罕見的驚呼聲，可偏偏他們也不敢擅自睜眼。

「小不點怎麼了？妳們是啞了不會說話嗎？」拉格斐暴躁地吼道。

「是圖案……艾草的心口上，出現了荊棘與薔薇花的圖案……」野薔薇的聲音不知爲何混著不安，「黑色的薔薇……」

羅剎和阿防不明白爲什麼野薔薇的聲音聽起來如此不安，然而拉格斐和白蛇卻當場僵住。白蛇總是漠然冷淡的臉，甚至破天荒地掠過震驚和一絲緊張。

艾草低下頭，見心口處烙著被荊棘包圍的薔薇花苞，黑色薔薇花苞栩栩如生，彷彿隨時會綻放。

來自東方的艾草、謝必安、范無救、阿防、羅剎不明白，西方世界的拉格斐他們卻寧願自己不要明白。

那個圖案，只代表一件事。

「有人對妳下了詛咒，艾草。」黑荊棘慢慢地、低啞地說，「那是地獄專屬的詛咒之誓，只要薔薇花完全盛開，荊棘——」

就會刺入被詛咒者的心臟！

《城隍．賽米絲物語 2》完

金之熾念

明淨的浴室裡，處處瀰漫氤氳的煙氣。

一名矮不隆咚的人影在這片水霧中搓洗著頭髮。

那頭在日光下有如黃金閃閃發亮的髮絲上，如今堆滿雪白泡泡。

拉格斐閉著眼睛，認眞地搓揉頭髮和頭皮，那張還保有嬰兒肥的臉蛋滿是嚴肅，彷彿正在進行什麼人生大事一樣。

對他來說，確實是人生大事。

仔仔細細地洗頭是很重要的。

就有不少大天使年少時不愛護頭髮，如今正爲掉髮危機而煩惱。

就連他的老師，米迦勒天使長也耳提面命地說過：頭髮是男人的財寶，更是送給女人的嫁妝——當然，如果對象是男人，那就是送給男人了。

拉格斐只聽了前半，後半任憑它左耳進、右耳出。

頭髮是他自己的，他沒事幹嘛要送給別人。

確認每個角落都沒有遺漏，拉格斐這才站到蓮蓬頭底下，讓水嘩啦嘩啦地沖刷頭髮。

這本來是一段悠閒時光，卻被突如其來的聲響打斷了。

咚、咚、咚！

聽起來像是有人在敲他的房門，拉格斐眉心皺出幾道摺痕，讓他可愛的臉增添幾分老成，他快速地在腦海內篩選一圈，猜想可能是同班同學。

更進一步地想，也許……大概……說不定……

會是那名小不點交換生？

隨著腦海浮現一張有著一雙烏黑眼珠的白皙小臉，拉格斐洗頭的速度不自覺加快，似乎完全遺忘洗頭也要仔仔細細的這條守則。

三兩下把泡泡沖乾淨，拉格斐快步踏出蓮蓬頭的水流範圍，像隻小狗甩甩頭髮，踮著腳尖抓下掛在一旁的毛巾。

當他抹去臉上的水珠，一張眼——

就看到淋浴間的門外飄浮著一支手機。

螢幕上還不停地閃爍著視訊邀請通知，「米迦勒老師」幾個大字顯眼無比。

拉格斐把湧到嘴邊的髒話吞了回去。

雖然說他平時很尊敬米迦勒，但不代表他很樂意洗澡洗到一半，被一支自動飛起來的手機打擾。

用腳趾想，就知道米迦勒又偷偷地對他的手機做了點改造，不然他入學前買新手機時可沒聽說有飛行追蹤的功能。

眼看那支手機不屈不撓地飄在淋浴間外，也絲毫沒有要掛斷的意思，拉格斐彈下舌，只好先停下洗澡。

他關了水，把身體擦個半乾，在腰間圍上一條浴巾，這才推開門走出去。

門一打開，滿室熱氣和水霧頓時飄了出來。

拉格斐不想在濕熱的空間講手機，他走出浴室，手機也自動跟著飛過去。

「眞是的……」拉格斐不高興地咕噥一聲，按下接受的按鈕。

視訊邀請一通過，螢幕上立刻跳出另一端的影像。

一名披著白衣的金髮美男子悠然地側躺在躺椅上，那副閒散到只差沒寫著「閒閒沒事做」的模樣，讓不得不中斷洗澡的拉格斐有點不爽。

但基於對方是大部分時間都値得尊敬的老師，拉格斐還是認認眞眞地問好。

「您好，米迦勒老師。」

米迦勒與徒弟一樣，都有著一頭金陽似的頭髮和蔚藍如晴天的眼眸，不過他的髮絲更長，像瀑布般從肩上滑落，傾瀉至躺椅。

乍看下，好似鋪了一層璀璨的金砂在椅上。

米迦勒沒有回應拉格斐的問好，而是目光上下打量一圈，發出了嘖嘖嘖的聲音。

拉格斐的臉皮抽動一下，不知道對方又是哪根筋不對勁，但他不想主動開口問，直覺告訴他不會是什麼好事。

但他不開口，不表示米迦勒也會保持靜默。

大天使長又嘖嘖兩聲，然後幽幽地嘆了一口長氣，「小拉啊……」

「請叫我的全名，老師。」換拉格斐眉毛挑動一下。

「眞是的，小拉格斐還是這麼不懂變通。老師我是想跟你說一件事，你那乾乾扁扁的身材眞的太沒看頭了，這樣該怎麼去勾搭可愛的小女士才好呢。」

拉格斐第一反應就是想反駁自己哪裡乾乾扁扁，這分明是正常孩童該有的樣子。可接著他就意識到米迦勒的第二句說了什麼，直接沉下臉。

「什麼小女士？哪來的那種東西？沒有的事還請老師不要在那胡說八道。」

「唔唔唔唔，不是有個東方來的……黑頭髮、黑眼睛的可愛小女士？」米迦勒刻意露出驚訝的表情，「難道我聽說有人要跟那位小女士去約會的消息不是眞的？」

「約約約……誰說我跟艾草是要去約會！那明明只是帶她認識一下賽米絲這個地方！」

拉格斐瞬間漲紅了臉，像被踩到尾巴的貓在那跳腳，只差沒憤怒地喵喵叫。

「原來是叫艾草呀。」米迦勒早知道這個名字，但還是故意拉長尾音。

「您是什麼意思？就說我只是要當個嚮導而已，我跟那小不點才沒什麼……我也不須要去勾搭她！」

「沒錯沒錯，你不須要，畢竟你那種連老師我都不忍看的乾扁身材……唉，除非那位可愛的小女士閉著眼挑人，不然絕不會看上你的。」

拉格斐知道自己該再次嚴正反駁身材的事，可話來到嘴邊，衝出口就變成……

「哪一種的她才可能看上？」

猛然反應到自己說了什麼，拉格斐露出一副想咬掉舌頭的表情。

那那那，那才不是他自己想知道的！他最多只是……順便問一下而已。

米迦勒懂得見好就收的道理，再逗下去，他的小徒弟就眞的要憤而掛電話了。

米迦勒坐直身體，金耀滑順的髮絲順勢流動，他端坐在那，散發著神性的氛圍。

「聽老師的，你明天就這樣……然後那樣再那樣……」

❀❀❀

約定好的時間轉眼到來。

告別了兩名保護過甚的下屬，艾草前往和拉格斐爾說好的會面地點。

她站在賽米絲學園的大門旁，黑髮一如往常梳成兩個垂髻，黑綢般的髮絲垂落在肩後，斜揹著一個黑貓大頭的包包。

今天的艾草穿著明亮的水手服，海藍的帆船領和雪白的裙子讓她像夏季的一股海風。

拉格斐看到這種打扮風格的艾草，一時愣在原地，還是艾草抬頭張望時先看見他。

「拉格斐，吾在這裡。」艾草假裝再自然不過地踮高腳，好拔高自己的身高，不想被拉格斐當成小矮子。

只是對拉格斐來說，艾草再怎麼努力踮腳，就是個小矮子沒錯。

咳，是有點可愛的小矮子啦。

今天的拉格斐和在學園內時也截然不同，身形修長，簡便又不失優雅的雪白衣飾突顯他的氣質。

就是上衣剪裁偏短，長褲也有點低腰，行走間容易看見他那一截結實緊緻的腰。

喔，不只。仔細一看，褲子還是八分褲，正好露出線條漂亮的腳踝。

無論如何，這副打扮的他簡直就像從書裡走出來的王子——前提是他能保持靜默，不要開口毒舌。

「你沒跟吾說會變成大人來。」艾草微微鼓起腮幫子，有點不滿，「不然吾也可以……」

頓了頓，艾草眉毛垮下，呈現哀傷的八字形。

「好吧，吾不行。」

有七娘跟八娘盯著，她不能隨便亂用力量，畢竟這裡不是她的國度，力量受到限制。

倘若不小心耗費太多，身體很可能會出問題。

但艾草覺得最大的問題是，八娘會淚汪汪地像隻慌張小狗撲上來；七娘會蹙起細眉，開始寫信給梁炫和長照，鉅細靡遺，甚至還會加油添醋地把事情誇張化。

然後梁炫可能會不管不顧地跨越東西方的邊界而來，長照則會胃痛到緊急送醫。

不好，吾不能讓長照再送醫了，他的胃很脆弱了……艾草在心中鄭重地搖搖頭。

「什麼東西行不行的？」拉格斐聽不懂艾草在說些什麼，他視線故意沒往她看過去，手則是朝她的方向遞出。

這表示很明顯了吧，是個人都該知道他是什麼意思了吧。

拉格斐的掌心在下一刻果然感到些許重量，但預料外的觸感讓他狐疑地低下頭。放到他手裡的不是艾草的小手，是一根未拆封的棒棒糖。

與拉格斐錯愕的目光對上，艾草鄭重其事地說，「拉格斐乖，吃糖。」

「啊啊啊！妳當是在哄三歲小孩嗎？」拉格斐端出的高冷姿態不到三秒就碎裂，他一把將糖果收進口袋，再重新遞出手。

他就不信，都表現得這麼明顯了，艾草還會再塞什麼過來。

艾草還眞的塞了。

拉格斐感到額角一抽一抽地痛，這狀況堪比昨天和自己老師視訊的時候。

這回放到他手上的是一條圍巾。

「這個給拉格斐繫腰上。」艾草一本正經地說，「就不怕風吹到肚子著涼。吾覺得你下次可以穿長一點的衣服，就不會冷了。」

拉格斐惱怒地磨牙，手卻還是很誠實地接過圍巾，當然不是綁腰上，而是改繫到自己的脖子上。

拉格斐決定再伸第三次，他不知道他這個行爲倒是很符合東方的兩句話——不到黃河心不死，不撞南牆不回頭。

這裡沒河，也沒牆，只有艾草第三度放上他掌心的東西。

拉格斐以爲自己看錯了，「襪子？妳爲什麼會給我一雙襪子？」

艾草的眼神誠實下移，落到拉格斐露出的白皙腳踝上，「吾明白，你腳冷，這是長筒襪，你毋須擔心腳沒遮好。」

不，妳什麼也不明白，而且追根究柢……

「爲什麼會有襪子？妳到底是帶了多少東西？」拉格斐簡直要被磨得沒脾氣了……才怪。

看著金髮少年氣鼓鼓的模樣，艾草獻寶似地捧起她的貓貓頭包包。

「七娘和八娘替吾準備的，她們考慮周全，擔心吾吹風會冷。」

拉格斐頭一次覺得考慮太周全也不是一件好事。

他深吸一口氣，慣例地收起襪子，再出其不意地抓住艾草的手，「走了！再拖拖拉拉的，太陽下山，妳這小不點就什麼也看不到了。」

艾草看了一眼天色，太陽還掛在很高的位置，一點也不像要下山了，她忍不住想起出門前謝必安對她說過的話。

「大人，千萬不要縱容那些臭男人，管他小的、大的，還是老不死的，本質都一樣，都是臭男人。他們的情緒總是反反覆覆，就跟有全年無休的更年期差不多。碰到他們膽敢甩臉色，大人，聽我的，務必朝他們胯下重重踹過去。」

接著換范無救開心地湊過來。

「要是他們跌倒了，要記得再上去補踩個一腳，用力地碾踩，像碾一隻臭蟲一樣喔，大人一定能做得很好的。」

艾草不是很懂兩人的意思，她抬頭望了拉格斐看似不高興，但頰上又飄著紅暈的側臉。她不覺得拉格斐哪裡臭，不過他剛剛心情起伏大，就是七娘說的更年期了吧。她也聽說過，更年期其實很辛苦的，那她要好好地包容拉格斐才行。

渾然不知自己被蓋上了「更年期」的章，還被謝必安和范無救背後詆毀過，拉格斐牽著艾草的手，開始他的導覽之旅。

說是導覽，實際上就是在西薊區走走逛逛，帶艾草熟悉一下這塊區域。

書店、有賣神奇小零食跟雜七雜八物品的雜貨店、好吃又便宜的各式餐廳，還有廣受女性們歡迎的甜點店。

這裡的每一間店鋪對艾草來說都很新鮮，那張雪白臉蛋雖然沒什麼表情，可一雙墨黑的眼睛亮晶晶的。

讓拉格斐想到黑夜裡閃耀的星星。

身為天使，比起黑夜他更喜歡白晝，但想到艾草的眼睛，黑夜好像也沒那麼討厭了。

依照拉格斐原本的計畫，逛完一些主要商店就差不多了——然而這計畫被米迦勒狠狠地打槍。

「天啊小拉格斐！」米迦勒擺出誇張的表情，「假如我是那位可愛的小女士，我一定會給你打零分！」

「艾草才不會對我做出那種事。」拉格斐不高興地說，接著又以更小音量開口，「……你覺得還需要加點什麼？」

米迦勒給出的答案很簡單。

簡單，但確實讓艾草的眼睛更亮了。

如果說之前是像星星，現在是到達銀河的程度。

拉格斐對於自己的不足有些氣餒，同時也暗自慶幸有聽取米迦勒的意見。

西薊區東邊有座新開幕不久的遊樂園，去那邊好好玩一天吧——以上就是米迦勒的建議。

還在開幕慶祝期間，凡是前往遊樂園的遊客都會獲得一頂可愛的動物帽子。

艾草拿到的是貓咪，正好跟她今天揹的黑貓包包完美搭配。

艾草戴好帽子，手指微屈，認真地對著拉格斐喵了一聲，「這樣，像貓？」

拉格斐火速地別過臉，捏著鼻子，就怕鼻血失控地流出來。

這什麼啊……這生物會不會太可愛了！這根本凶器吧！

「拉格斐，不像嗎？」艾草歪歪腦袋，臉上肉眼可見地流露一絲失望。

「咳，很像，是我看過……最像的貓了。」拉格斐也不曉得自己在說什麼，他捂著半張臉，就怕洩露大片紅潮。

「拉格斐也戴上。」艾草期待地瞅著人。

拉格斐這時才有空暇去看自己拿到的是什麼，隨後他拿著帽子的手指收緊。

可惡，是兔子，還是粉紅色的兔耳朵！

即便內心充滿抗拒，可在艾草的注視下，拉格斐勉強壓抑住嘴角的扭曲，將那頂顯眼至極的兔耳帽戴上。

這時拉格斐無比慶幸只有他們倆來這，要是讓班上其他人看到，肯定會笑得半死。

莉莉絲那女人會笑得最大聲。

粉紅兔耳帽讓拉格斐鬱悶，但接下來與艾草一起玩各項遊樂設施的時光，迅速撫平他的情緒。

雲霄飛車、大怒神、極速咖啡杯、海盜船……兩人默契十足地先選了刺激的項目。

遊玩過程中還展現出另一種默契。

拉格斐全程板著臉，艾草全程木著臉，一大一小缺乏波動的臉龐讓一塊搭乘的遊客不禁深深懷疑……他們搭的是同一種東西嗎？

不過有項遊樂設施倒是不約而同地被兩人排除。

那就是鬼屋。

拉格斐的理由很簡單，鬼屋的主題是地獄，裡頭肯定有許多醜惡魔，沒必要讓艾草看那些傷眼的東西。

艾草的理由更簡單，身爲地府城隍的她實在看過太多……嗯，放在旁人眼中勢必得打上厚厚馬賽克的恐怖景象了。

這趟遊樂園之行玩得相當開心，唯一讓拉格斐小小不滿的，大概就是艾草眞的準備得太充分。

或者說，她的兩名部下準備得過度周全。

拉格斐本來還想著只要艾草一渴一餓一累了，就馬上請她吃東西、喝飲料，揹她走路。

結果吃的……艾草掏出了各種口味的飯糰。

喝的……艾草掏出了果汁、茶和可樂。

至於說到累……

艾草對著拉格斐拍拍胸脯，彎起胳膊，秀出她的小肌肉。

「拉格斐累了嗎？吾揹你，吾力氣不小。」

拉格斐鐵青著臉拒絕了，他腳那麼長，趴上去根本兩腳拖地了。

從後面看哪像揹，分明像是要拖去棄屍吧！

屢屢找不到自己能發揮的地方，拉格斐不禁有幾分失落，緊接著他看見旁邊有賣冰淇淋的攤車。

拉格斐精神一振，牽著艾草的手往那邊走，「我請妳吃冰淇淋。」

「其實吾的包包裡……」

「不，妳沒有。」拉格斐強勢地打斷艾草的話，那個黑貓包包絕對要被列為今日最不受歡迎的存在。

艾草默默地把未竟的話吞回去。

嗯，更年期，要包容。

「老闆，給我……」拉格斐原本想說兩支，可鬼使神差地，話來到嘴邊就變成了……「給我一支冰淇淋就好。」

像是要為自己的行為找藉口，拉格斐咳了一聲，「嗯，錢就剛好買一支。」

當然是不可能的。

可是只買一支的話，兩人就會一一一一……咳，一起吃吧。

拉格斐唯一沒料到的是冰淇淋小販會將兩支冰淇淋遞給他。

還朝他眨眨眼，「哥哥下次記得帶夠錢喔，看在妹妹那麼可愛的份上，這次叔叔多請你們一支。」

拉格斐表面鎮靜地接過，內心則有個縮小版的他在憤怒跺腳。

啊啊啊啊啊！

拉格斐以凶猛的氣勢用力咬下一大口冰淇淋，看向艾草手上冰淇淋的眼神則透著怨念。

艾草敏銳地察覺到來自一旁的注視，她舔了口冰淇淋，仰頭看向拉格斐，再看向拉格斐手上的冰淇淋。

來回重複幾次同樣的動作後，艾草恍然大悟。

「拉格斐也想試試吾吃的口味嗎？等等我們交換吃吧。」

驚喜來得突然，拉格斐面上平淡，可那一聲「嗯」特別用力。

當接過艾草手中的冰淇淋，拉格斐紅著耳根想，米迦勒老師有時還是會出點好主意的。

今天比不錯還不錯！

〈金之熾念〉完

後記

早安，午安，晚安，又是我，蒼葵。

艾草成為交換生的第二集依然不平靜，如果問我最喜歡哪一幕，我一定選眾人ＰＫ章魚那段。

寫這個場景的時候，害我一直好想吃烤章魚，所以決定讓艾草他們把章魚當作下酒菜；而且為了確認這隻章魚的觸手數量有沒有對，我跟編輯還替觸手做了編號，不過觸手一到十號最後還是都被吃光光了XD

題外話插播一下，在去當交換生之前，其實艾草有在今年的暑期活動「蓋亞偶像之夏」中限時出道當偶像，蓋亞讀樂網都可以找到艾草的應援小物喔！

最讓賽米絲所有人震驚的是，白蛇居然是後援會會長，真的是悶騷兼惦惦吃三碗公；莉莉絲則表示，她不甘心只能當副會長，下次要爭取與小米粒貼貼的福利。

再來一定要讚揚夜風大的偉大！

原來艾草每集的衣服，包括封面跟封底，都是不一樣的！大家請務必要比對一下，發現不同處會很有成就感XD

而這次封面跟艾草一起搭檔的，就是氣噗噗天使拉格斐，就算走在艾草旁邊，依然難掩一臉傲嬌樣，其實他是很想跟艾草牽手的。特別喜歡夜風大營造出來的神祕氛圍，兩個小朋友要去冒險打怪了！

拉格斐除了登上封面之外，連特別收錄的新番外都是他的專場，還有大天使米迦勒特地幫他加持，遊樂園之行可以順利落幕眞是可喜可賀，可喜可賀。

下一集番外，要輪到貓控珠夏登場！（還在外面流浪的學長危機感要爆棚了）

我們第三集見～～

蒼葵

城隍 賽米絲物語 下集預告

年級會考落下帷幕，艾草卻中了詛咒之誓。
為了破除詛咒，白蛇等人與護主狂將軍罕見聯手，
他們要夜闖巴別塔，摘取金屬之花，
但此舉卻引來了黑荊棘的怒火──

「你們好大的膽子，竟敢瞞著我們闖入巴別塔？」

第三集．敬請期待！

國家圖書館出版品預行編目資料

城隍．賽米絲物語／蒼葵 著.—— 初版.——台北市：魔豆文化有限公司出版：蓋亞文化有限公司發行，2024.10
冊；　公分.——（Fresh；FS230）
ISBN　978-626-7542-04-0（第二冊：平裝）

863.57　　113013864

fresh FS230

城隍 賽米絲物語 2

作　　者　蒼葵
插　　畫　夜風
封面設計　莊謹銘
責任編輯　林珮緹
總 編 輯　黃致雲
發 行 人　陳常智
出 版 社　魔豆文化有限公司
發　　行　蓋亞文化有限公司
地址：台北市103承德路二段75巷35號1樓
電話：02-2558-5438　　傳眞：02-2558-5439
電子信箱：gaea@gaeabooks.com.tw
投稿信箱：editor@gaeabooks.com.tw
郵撥帳號 19769541　戶名：蓋亞文化有限公司
法律顧問　宇達經貿法律事務所
總 經 銷　聯合發行股份有限公司
地址：新北市新店區寶橋路二三五巷六弄六號二樓
電話：02-2917-8022　　傳眞：02-2915-6275
港澳地區　一代匯集
地址：九龍旺角塘尾道64號龍駒企業大廈10樓B&D室
電話：+852-2783-8102　　傳眞：+852-2396-0050
初版一刷　2024年10月
定　　價　新台幣 350 元
Published and printed in Taiwan

ISBN 978-626-7542-04-0

FS230

城隍 賽米絲物語 2

魔豆文化　讀者迴響

感謝您在茫茫書海中選擇了魔豆，您的支持是我們最大的動力。
不要缺席喔，讓我們一起乘著夢想的羽翼，穿越時空遨遊天地！

姓名：　　　　　　　性別：□男□女　　出生日期：　年　月　日
聯絡電話：　　　　　　手機：
學歷：□小學□國中□高中□大學□研究所　　職業：
E-mail：　　　　　　　　（請正確填寫）
通訊地址：□□□
本書購自：　　　縣市　　　　書店
何處得知本書消息：□逛書店□親友推薦□DM廣告□網路□雜誌報導
是否購買過魔豆其他書籍：□是，書名：　　　　□否，首次購買
購買本書的動機是：□封面很吸引人□書名取得很讚□喜歡作者□價格便宜 □其他
是否參加過魔豆所舉辦的活動： □有，參加過　　場　　□無，因爲
喜歡出版社製作什麼樣的贈品： □書卡□文具用品□衣服□作者簽名□海報□無所謂□其他：
您對本書的意見： ◎內容／□滿意□尚可□待改進　　◎編輯／□滿意□尚可□待改進 ◎封面設計／□滿意□尚可□待改進　◎定價／□滿意□尚可□待改進
推薦好友，讓他們一起分享出版訊息，享有購書優惠 1.姓名：　　　　e-mail： 2.姓名：　　　　e-mail：
其他建議：

廣告回信 郵資免付
台北郵局登記證
台北廣字第00675號

TO：魔豆文化有限公司　收

103 台北市承德路二段75巷35號1樓

魔豆

魔豆